聊斋志异译注

（清）蒲松龄 著
宋欣然 译注

北京联合出版公司
Beijing United Publishing Co.,Ltd.

目录

卷　三

卷　四

卷　五

卷　六

卷　七

卷　八

前　言

《聊斋志异》是清代文人蒲松龄创作的一部文言短篇小说集。作品成功地塑造了众多的艺术典型，人物形象鲜明生动，故事情节曲折离奇，结构布局严谨巧妙，文笔简练，描写细腻，堪称中国古典文言短篇小说之巅峰。书名中的“聊斋”取自他的书斋名，“志”是记述的意思，“异”指奇异的故事。所谓“聊”是指交谈，传闻蒲松龄曾在他住处附近设一茶棚，向路过的客人免费提供茶水，条件是客人要讲一些自己听说的奇闻异事，蒲松龄则把听来的奇闻记录下来，并加以润色。蒲松龄的“聊斋”便由此而生。

《聊斋志异》完成于清康熙十九年（1680），在蒲松龄生前多以抄本流传，到乾隆三十一年（1766），由赵起杲在浙江严州首次刻印，这次刻印的版本被称作青柯亭本。全书共 16 卷，凡 431 篇。青柯亭本出后，一般通行本都据此翻印。《聊斋志异》的注解本，通行的有吕湛恩、何垠两家。两种注本，指明典故，诠释字义，都给读者阅读《聊斋志异》

以很大便利。吕注详赡谨严，错误较少；何注则嫌芜杂，错误较多。《聊斋志异》尚有多种拾遗本。1962 年中华书局上海编辑所出版了辑校的《聊斋志异》会校会注会评本，编定为 12 卷，合共 491 篇，连同附录 9 篇，较通行本增补近 70 篇，采录宏富，是目前较为完备的一个本子。

本书为选本，共选取 33 篇故事。在原文版本上选用了青柯亭本《聊斋》，在原书基础上将体例扩充为注释、译文两个部分，帮助读者理解原文词句的含义。本书参考了众多前辈学者的成果，谨在此表示感谢。

宋欣然

2013 年 7 月

卷一

考城隍[①]

宋公，讳焘[②]，邑庠生[③]。一日病卧，见吏人持牒[④]，牵白颠马来[⑤]，云："请赴试。"公言："文宗未临[⑥]，何遽得考[⑦]？"吏不言，但敦促之。公力病乘马从去[⑧]，路甚生疏，至一城郭，如王者都。移时入府廨[⑨]，宫室壮丽。上坐十余官，都不知何人，惟关壮缪可识[⑩]。

注释

①城隍："城"原指挖土建造的高墙。"隍"原指没有灌水的护城沟。后城和隍被神化为城市的保护神。道教因袭世俗，称城隍为保护地方、剪除凶逆、专司阴界冥籍的神灵。

②讳：旧时提到过世的帝王或尊者长者的名字时，在前面加"讳"，用以表示尊敬。

③邑庠xiáng生：本县的秀才。邑，泛指一般城镇。大的叫"都"，小的叫"邑"。庠，乡学。

④牒dié：通过关卡用的文书，证件。

⑤白颠马：白额头的马。颠，指额头。

⑥文宗：本意指众人所仰慕的文章大家，此指主考官。

⑦遽jù：着急，仓促。

⑧力病：强力支撑病体。

⑨府廨 xiè：旧时对官署衙门的称呼。

⑩关壮缪 mù：指关羽（？—219），字云长，河东解县（今山西临猗县西南）人。三国时期蜀汉的大将，死后被追谥为壮缪侯。后来逐渐被神化，有“关帝”之称。

译文

宋公，讳名叫作焘，原本是城里的一位秀才。有一天，他生病躺在床上，忽然看到一名衙门的公差，手里拿着通关文牒，牵着一匹白额头的马走来，对他说：“请你去参加考试！”宋公说：“主考的官员还没到，怎么能突然就进行考试呢？”公差不回答，只是不断地催促他。宋公只好勉强地骑上马，跟随他走了。一路上的风景很是陌生，不久，他们便来到一座城墙脚下，如同帝王所居住的京都一样繁华。过了不一会儿，他们进入一座衙门，里面的宫室建筑宏伟华丽，堂上坐着十多位官员，不知道是些什么人，其中只有关帝可以认得出来。

檐下设几、墩各二[①]，先有一秀才坐其末，公便与连肩[②]。几上各有笔札[③]。俄题纸飞下[④]，视之，八字云：“一人二人，有心无心。”二公文成，呈殿上。公文中有云：“有心为善，虽善不赏。无心为恶，虽恶不罚。”诸神传赞不已。召公上，谕曰：“河南缺一城隍，君称其职。”公方悟，顿首泣曰：“辱膺宠命[5]，何敢多辞？但老母七旬，奉养无人，请得终其天年，惟听录用。”上一帝王像者，即命稽母寿籍[6]。有长须吏捧册翻阅一过，白：“有阳算九年[7]。”共踌躇间[8]，关帝曰：“不妨令张生摄篆九年[9]，瓜代可也[10]。”乃谓公：“应即赴任，今推仁孝之心[11]，给假九年，及期当复相召。”又勉励秀才数语。

注释

①几：茶几，长方形的小桌子。墩：一种矮小的座椅。

②连肩：肩靠着肩，这里指并排坐。

③笔札：即笔、纸。札，古时候供书写用的薄木简或竹简。

④俄：俄而，突然间。

⑤辱膺 yīng 宠命：古时候接受任命或命令时表示感激的词。辱，承蒙。膺，接受。宠命，恩赐的任命或命令。

⑥稽母寿籍：查看记载他母亲寿限的册子。稽，稽查，查看。寿籍，迷信传说中记载人们寿限的册子，即所谓的“生死簿”。

⑦阳算：阳寿，活在阳世的年数。

⑧踌躇：犹豫不决。

⑨摄篆：代为掌管印信，指代理官职。摄，代理。篆，古时印信刻有篆文，代指官印。

⑩瓜代：即“及瓜而代”的省词。原意是到来年吃瓜的季节命人替代。典故出自《左传·庄公八年》：“齐侯使连称、管至父戍葵丘，瓜时而往，曰：‘及瓜而代。’”后世称官员任期满后，由他人接任为“瓜代”。这里是接任代替的意思。

⑪推仁孝之心：推许他仁厚孝顺的心志。推，推许，推崇。

译文

衙门的檐廊下面摆着桌、凳各两个。已经有一位秀才坐在下位。宋公就与他肩并肩地坐下。每张桌子上都有笔和纸。过了一会儿，写有题目的卷纸发了下来，上面写着八个字：“一人二人，有心无心。”他们俩把文章写成后便呈送了上去。宋公的文章中有句话，说：“有的人有心地去做好事，虽然是做了好事，但不应奖励他；有的人不是有意却做了坏事，虽然造成恶果，但也不应该处罚他。”那些官员边传阅边称赞宋公的答卷。于是他们把宋公召唤到殿堂上，对他说：“河南缺少一位城隍，你很适合去担任这个职务。”宋公听了，方才明白过来，连忙跪下去，一边叩头一边哭着说：“我能得到如此光荣的任命，怎么敢再三地推辞呢？但是我家有七十多岁的老母亲，无人奉养。请让我奉养她直到去世，再来接受任命。”堂上一位有帝王面相的人立即命人查看宋公母亲的阳寿。有一位留着胡子的小吏，捧着记载着人寿禄的册子看了一遍，说道：“她还有九年阳寿。”大家听了之后，正犹豫不决，关帝说：“不如先让张先生代理这九年，等到了那个时候再让他去接任。”于是，为首的人对宋公说：“本应该让你立即上任的，但是你的仁爱孝敬之心应该得到嘉奖，给你九年的假，到了期限再去上任。”说完后，又对那位秀才说了几句鼓励的话。

二公稽首并下[①]。秀才握手，送诸郊野，自言长山张某[②]。以诗赠别，都忘其词，中有“有花有酒春常在，无烛无灯夜自明”之句。公既骑，乃别而去，及抵里，豁若梦寤[③]。时卒已三日，母闻棺中呻吟，扶出，半日始能语。问之长山，果有张生于是日死矣。后九年，母果卒，营葬既毕，浣濯入室而没[④]。其岳家居城中西门里，忽见公镂膺朱幩[⑤]，舆马甚众[⑥]，登其堂，一拜而行。相共惊疑，不知其为神，奔询乡中，则已殁矣[⑦]。公有自记小传，惜乱后无存，此其略耳。

注释

①稽qǐ首：伏在地上叩头，古时所行的跪拜之礼。

②长山：旧时县名。辖区为今山东省邹平县东部。

③豁若梦寤wù：一下子就从梦中惊醒了。豁，转瞬间，一下子。寤，睡醒。

④浣濯 zhuó：清洗，洗涤。

⑤镂膺 yīng 朱幩 fén：形容马身上的配饰华美。镂膺，马胸前挂的雕花金属带饰。

⑥舆：古代马车的车厢称作舆，是人乘坐的部分。

⑦殁 mò：死，去世。

译文

两位先生行叩首礼后走下殿来。秀才拉住宋公的手，一直送他到郊外，并自我介绍说："我是长山人，姓张。"还将自己作的诗送给宋公作为赠别纪念。可是，宋公把诗里的词句忘记了，只记得其中有"有花有酒春常在，无烛无灯夜自明"两句。宋公骑上马，辞别秀才而去，当他回到村子里的时候，就如同是从梦中醒来一样。这时，他已经死去三天了。宋公的母亲听到棺材里有呻吟声，便把他从里面扶出来。过了好半天，宋公才能够说出话来。他向人打听长山那个地方，果然有个姓张的人在那天死去。九年后，宋公的母亲果然去世了。丧事办完之后，宋公洗完澡，走进屋子里也死了。宋公的岳父家住在城中西门里，忽然看见宋公穿着一身新官服，所骑的马配饰华美，身后跟随着许多车马人员，走到厅堂中拜了一拜起身走了。岳父家里的人都非常惊奇，不知道宋公已经成了神，他们急忙跑到宋公家里打听消息，才知道宋公已经去世。宋公自己作有小传，可惜在战乱后没有保存下来，这里记载的只是个大概。

种 梨

有乡人货梨于市[1]，颇甘芳，价腾贵[2]。有道士破巾絮衣丐于车前[3]，乡人咄之亦不去[4]，乡人怒，加以叱骂。道士曰："一车数百颗，老衲止丐其一，于居士亦无大损[5]，何怒为[6]？"观者劝置劣者一枚令去[7]，乡人执不肯。

注释

①货梨于市：在集市上卖梨。货，卖。

②腾贵：物价上涨，昂贵。

③巾：指道巾、道士帽，黑色，用布缎制作。丐：行乞。

④咄 duō：呵斥。去：走，离开。

⑤居士：这里是道士对卖梨者的尊称，相当于"您"。

⑥何怒为：为什么发怒。"何为"即"为何"，为什么。

⑦置：给。

译文

有个乡下人在集市上卖梨，梨的味道很香甜，但是价钱很贵。有个道士，戴着破头巾，穿着破烂道袍，在乡下人车前伸手乞讨。乡下人呵斥他，他也不走开。乡下人生气了，就大声地辱骂他。道士说："您这一车梨有好几百个，贫道只向您讨要一个，对您来说没多大损失，为什么要发这么大的火呢？"围观的人劝乡下人拿一个不好的梨给道士，打发他走，乡下人执意不肯。

肆中佣保者①，见喋聒不堪②，遂出钱市一枚付道士。道士拜谢，谓众曰："出家人不解吝惜③。我有佳梨，请出供客。"或曰："既有之，何不自食？"曰："我特需此核作种。"于是掬梨大啖④，且尽，把核于手，解肩上镵⑤，坎地深数寸，纳之而覆以土。向市人索汤沃灌，好事者于临路店索得沸渖⑥，道士接浸坎上。万目攒视⑦，见有勾萌出⑧，渐大；俄成树，枝叶扶苏⑨；倏而花，倏而实，硕大芳馥，累累满树。道士乃即树头摘赐观者，顷刻向尽。已，乃以镵伐树，丁丁良久方断⑩。带叶荷肩头，从容徐步而去。

注释

①肆 sì 中佣保者：店铺雇用的杂役人员。肆，店铺。

②喋聒 diéguō：喧嚣、吵闹的样子。

③解：知道。

④掬梨大啖 dàn：两手捧着梨大吃。啖，吃，嚼。

⑤镵 chán：挖土用的工具，铁铲。

⑥沸渖 shěn：滚开的水。渖，汁水。

⑦万目攒 cuán 视：众人一齐注目而视。攒，汇集。

⑧勾萌：弯曲的幼芽。

⑨扶苏：这里的意思与“扶疏”相同，形容枝繁叶茂的样子。

⑩丁 zhēng 丁：表伐木声音的拟声词。

译文

路旁店铺里的一个伙计见他们吵闹得不成样子，就掏钱买了一个梨，给了道士。道士拜谢了他，然后对众人说：“出家人不懂得吝惜自己的东西。我有好梨，请诸位品尝。”有人问：“你既然有梨，为什么不吃自己的？”道士说：“我需要这个梨的核做种子。”于是捧着梨大口大口地吃了起来。道士吃完梨，把核放在手中，取下背在肩上的小铁铲，在地上挖了个几寸深的坑，然后把梨核放进去，盖上土，向旁边的人要些热水浇灌。有好事的人便到路边店铺中提来一壶滚开的水，道士接过开水浇进坑里。大家都一齐盯着看，只见一棵嫩芽儿冒了出来，并渐渐地长大，一会儿就长成一棵枝繁叶茂的大树；转眼间便开花、结果，枝头挂满了又大又香的梨子。道士从树上摘下梨子，分给围观的人吃，一会儿大家就把梨子吃光了。然后，道士就用铁铲砍树，叮叮当当地砍了好长时间才砍断。他把满带枝叶的梨树扛在肩上，不慌不忙地走了。

初，道士作法时，乡人亦杂立众中，引领注目[①]，竟忘其业。道士既去，始顾车中，则梨已空矣，方悟适所俵散皆己物也[②]。又细视车上一靶亡[③]，是新凿断者。心大愤恨。急迹之[④]，转过墙隅，则断靶弃垣下，始知所伐梨本即是物也，道士不知所在。一市粲然[⑤]。

注释

①引领注目：伸长脖子专注地观看。引领，伸长脖子。

②俵 biào 散：分发。俵，分散。

③一靶亡：一根车把没有了。靶，通“把”，车把。亡，失去，丢失。

④急迹之：赶忙随后追寻他。迹，名词用作动词，追寻踪迹。

⑤一市粲然：整个集市上的人都大笑不止。粲然，大笑露齿的样子。

译文

一开始，道士作法的时候，那个乡下人也夹杂在人群中，伸长脖子瞪眼看着，竟然忘记了自己的营生。道士走了以后，他才回头去看他车上的梨，却已经一个都没有了。他这才恍然大悟，道士刚才分的梨子都是他的；再仔细一看，有一根车把也没有了，碴口是新砍断的。乡下人心里非常气愤，急忙去追赶道士。转过一个墙角，看见砍断的车把扔在墙角下，这才明白道士刚才砍的那棵梨树，就是他的车把，而道士此时却已经不知去向。满集市上的人都笑得合不上嘴。

异史氏曰："乡人愦愦[①]，憨状可掬，其见笑于市人，有以哉[②]。每见乡中称素封者[③]，良朋乞米，则怫然[④]，且计曰：'是数日之资也。'或劝济一危难，饭一茕独[⑤]，则又忿然[⑥]，又计曰：'此十人、五人之食也。'甚而父子兄弟，较尽锱铢[⑦]。及至淫博迷心，则顷囊不吝；刀锯临颈，则赎命不遑。诸如此类，正不胜道，蠢尔乡人，又何足怪。"

注释

①愦 kuì 愦：昏聩、愚笨的样子。

②有以哉：是有道理的。

③素封：指无官爵俸禄却十分富有的人家。语出《史记·货殖列传》："今有无秩禄之奉、爵邑之入，而乐与之比者，命曰素封。"

④怫 fú 然：恼恨、气愤的样子。

⑤饭一茕 qióng 独：给一个孤苦的人饭食。饭，给……

饭。茕独，孤独无依的人。茕、独，都是孤独的意思。

⑥忿 fèn 然：愤怒的样子。

⑦较尽锱铢 zīzhū：极少的钱财也要彻底计较。锱、铢，古代极小的重量单位，借指极少的财利。

译文

异史氏说："乡下人那副昏乱糊涂的样子，十分痴傻，他被人嘲笑，是有原因的。我每每见到乡中一些没有爵位的富有人家，当亲朋好友有所求时，就表现出十分愤怒的样子，并且计算着说：'这是可用数天的物资了。'有人劝富有人家救济有危难的人，或施舍饭食给孤苦无依的人，他们就愤怒地又计算着说：'这可足够十人、五人食用了。'甚至父子兄弟之间，付出极少的金钱也斤斤计较。但当他们不节制地赌博时，就算是散尽家财也不吝惜；自己大祸临头，就会用尽家财赎命。像这类例子，真是说之不尽。相比之下，这个愚蠢的乡下人的做法，又有什么值得奇怪呢？"

劳山道士

邑有王生，行七[①]，故家子[②]。少慕道[③]，闻劳山多仙人，负笈往游[④]。登一顶，有观宇甚幽[⑤]。一道士坐蒲团上，素发垂领，而神光爽迈[⑥]。叩而与语[⑦]，理甚玄妙。请师之[⑧]，道士曰："恐娇惰不能作苦[⑨]。"答言："能之。"其门人甚众[⑩]，薄暮毕集[⑪]，王俱与稽首，遂留观中。

注释

①行 háng：名词用作动词，排行。

②故家：世代为官的人家。

③慕道：喜慕道术。道术，指道士的修行和法术。

④负笈 jí：背着书箱。古时学子、士人出外游学都背着书箱。游：游学，这里指出门寻仙访道。

⑤观 guàn 宇：道士居住和祀神的庙宇。

⑥迈：高远过人。

⑦叩：恭敬地询问。

⑧请师之：请求以之（道士）为师。师，名词作动词用，拜某人为师。

⑨作苦：服苦役。

⑩众：多。

⑪薄暮：傍晚。薄，接近。暮，天色灰暗。

译文

本县有个姓王的书生，在家里排行第七，是一个世代为官人家的后代。他从小就爱慕道术。听人说劳山有许多仙人，他就背着书箱出门游访。他登上山顶，看见一座道观，环境十分清幽。一个道士坐在蒲团上，白发垂到衣领上，神情相貌都清爽高迈。王生恭敬地向他请教，而道士的回答则深远高妙，难以领会。王生请求拜道士为师。道士说："只怕你娇生惯养，做不了艰苦的劳动。"王生回答说："我可以做到。"道士的徒弟非常多，到傍晚时全都到齐，王生和他们全都向道士叩头，于是王生就留在观中学道了。

凌晨，道士呼王去，授一斧①，使随众采樵。王谨受教②。过月余，手足重茧③，不堪其苦④，阴有归志⑤。

注释

①授一斧：给他一把斧子。

②谨受教：恭敬地接受教令。

③重 chóng 茧：很厚的硬皮。

④堪：承受。

⑤阴：暗自地。志：想法，念头。

译文

道士一大早就把王生叫去，给他一把斧子，让他随众弟子一起上山砍柴。王生恭敬地接受了命令。过了一个多月，王生的手脚磨出很厚的老茧，他实在忍受不了这种苦楚，暗地里有了回家的想法。

一夕归，见二人与师共酌[①]，日已暮，尚无灯烛。师乃剪纸如镜粘壁间[②]，俄顷，月明辉室[③]，光鉴毫芒[④]。诸门人环听奔走[⑤]。一客曰："良宵胜乐，不可不同。"乃于案上取酒壶分赉诸徒[⑥]，且嘱尽醉。王自思：七八人，壶酒何能遍给[⑦]？遂各觅盎盂[⑧]，竞饮先釂[⑨]，惟恐樽尽，而往复挹注[⑩]，竟不少减。心奇之。俄一客曰："蒙赐月明之照[⑪]，乃尔寂饮[⑫]，何不呼嫦娥来？"乃以箸掷月中[⑬]。见一美人自光中出，初不盈尺，至地遂与人等。纤腰秀项，翩翩作"霓裳舞"[⑭]。已而歌曰[⑮]："仙仙乎！而还乎！而幽我于广寒乎[⑯]！"其声清越，烈如箫管。歌毕，盘旋而起，跃登几上，惊顾之间，已复为箸。三人大笑。又一客曰："今宵最乐，然不胜酒力矣。其饯我于月宫可乎[⑰]？"三人移席，渐入月中。众视三人，坐月中饮，须眉毕见[⑱]，如影之在镜中。移时[⑲]，月渐暗，门人燃烛来，则道士独坐，而客杳矣。几上看核尚故；壁上月，纸圆如镜而已。道士问众："饮足乎？"曰："足矣。""足，宜早寝，勿误樵苏⑳。"众诺而退。王窃欣慕㉑，归念遂息。

注释

①酌：饮酒。

②剪纸如镜：剪下一张大小形状像镜子一样的纸。

③辉：名词作动词用，照耀。

④光鉴毫芒：光亮能照出极微小的东西。鉴，原意是镜子，这里名词用作动词，是"照亮"的意思。毫，鸟兽身上的细毛。芒，谷类种子壳或草木上的小刺。

⑤环听奔走：环绕着他不停奔走，指为他办事，奔忙不停。

⑥分赉 lài：分赏。

⑦壶酒何能遍给 jǐ：一壶酒怎么够供给大家呢？壶，指一壶，文言中数词"一"可省略。给，供给。

⑧盎 àng：装饮食用的瓦器。

⑨竞饮先釂 jiào：争着抢先喝酒。釂，把酒喝光。

⑩挹 yì 注：从一个容器中取出注入另一个容器。挹，倒出。

⑪蒙：承蒙。

⑫乃尔寂饮：却这样寂寞地独饮。尔，如此。

⑬箸：筷子。

⑭翩翩作“霓裳cháng舞”：翩然跳起霓裳羽衣舞。霓裳，用霓虹做成的长裙。“霓裳舞”是依照《霓裳羽衣曲》的节拍编的舞蹈。此曲相传由唐明皇编制。传说术士叶法善引唐明皇入月宫，听得这个曲子。

⑮已而：过了不久。

⑯广寒：即广寒宫，传说中月上嫦娥住的地方。

⑰其：语气助词，表希望。饯：设宴送行。

⑱须眉毕见xiàn：胡子眉毛全都清楚地显露。见，呈现。

⑲移时：过了好一会儿。

⑳勿误樵苏：不要耽误砍柴打草。樵，砍柴。苏，打草。

㉑窃：暗地里。

译文

有一天晚上回来，王生看见师父在和两个人一起喝酒。天已经黑了，还没有点蜡烛，师父于是剪了一片像镜子一样形状的纸贴在墙壁上。不久，纸片像明亮的月亮一样照耀着房子，即使是极其微小的物体也照得很清楚。众徒弟环绕在道士身边奔忙办事。一位客人说：“这个美好的夜晚，如此多的乐趣，不能不和大家分享。”于是拿起桌案上的一壶酒，赏赐给所有的门徒，并且嘱咐他们喝个痛快。王生心想：一壶酒怎么够七八人喝呢？

个个徒弟分别找来盛酒的器物，争着先喝酒，只怕壶中的酒被喝光。但是来回倒了很多次，壶中的酒竟然还是没有减少。王生心中感到很奇怪。一会儿，另一位客人说："承蒙主人赏赐明亮的月光，而我们却这样寂寞地喝酒，实在太无趣了，为什么不把嫦娥请来同饮呢？"于是师父把筷子抛向月亮。王生看到一位美女从月光中走出，开始时她的身高不到一尺，走到地上后就和常人一样高了。她身材纤细，容貌秀丽，轻盈地跳起霓裳羽衣舞。不久又歌唱道："仙人哪，仙人哪！你还会回来吗？为什么把我幽禁在广寒宫呢？"她的声音清脆高昂，响亮得如同洞箫的乐声。唱完歌，嫦娥轻步飘摇而上，一跳登上了桌子，就在大家觉得惊奇时，她又变成了一支筷子。三个人大笑起来。又一位客人说："今天晚上真快乐，可是我不能再喝酒了，希望你们到月宫为我送行好吗？"于是三个人离开座席，渐渐走进月亮中。众徒弟看到三人坐在月亮上喝酒，连胡子眉毛都看得非常清楚，就像印在镜子里的身影一样。过了好一会儿，月光渐渐变暗。一个徒弟点上蜡烛，却只见道士一个人坐在桌旁，而客人们都不见了，桌上菜肴和核果还像往常一样，再看墙壁上的月亮，只是一张像镜子一样的圆纸片罢了。道士问众徒弟说："酒喝够了吗？"众徒弟回答："足够了。"道士说："既然喝够了，就早些休息吧，不要耽误明天砍柴割草。"众徒弟答应后就退了出去。王生私下里欣喜羡慕师父的道术，打消了回家的念头。

又一月，苦不可忍，而道士并不传教一术。心不能待，辞曰："弟子数百里受业仙师[①]，纵不能得长生术，或小有传习，亦可慰求教之心。今阅两三月[②]，不过早樵而暮归。弟子在家，未谙此苦[③]。"道士笑曰："吾固谓不能作苦[④]，今果然。明早当遣汝行。"王曰："弟子操作多日，师略授小技，此来为不负也。"道士问："何术之求？"王曰："每见师行处，墙壁所不能隔，但得此法足矣[⑤]。"道士笑而允之。乃传一诀[⑥]，令自咒毕，呼曰："入之！俯首辄入，勿逡巡[⑦]！"王果去墙数步，奔而入，及墙，虚若无物，回视，果在墙外矣。大喜，入谢。道士曰："归宜洁持[⑧]，否则不验。"遂助资斧遣归[⑨]。

注释

①受业仙师：从仙人您这里学道术。仙师，对道士的尊称。

②阅：经历，经过。

③谙 ān：熟知，了解。

④固谓：早就说过。

⑤但：只要。

⑥诀：口诀，咒语。

⑦逡 qūn 巡：犹豫徘徊不前进。

⑧归宜洁持：回家之后，应当洁身自好，严守戒律。持，遵守戒律。

⑨资斧：路费。

译文

又过一个月，王生实在忍受不了这种苦楚，可是道士却仍然一点法术都没有传授给他。他心急了，不想再等，就向师父辞行说："弟子从几百里外来向师父您学道术，即使不能学到长生不老的法术，学会一两个小法术，也可以安抚我这颗求教的心。现在已过了两三个月，我每天不过是一大早上山砍柴，到天色昏暗时才回来。弟子在家的时候，没受过这种苦。"道士笑着说："我早就说过，你吃不了这种苦，如今果然是这样。我明天早上就送你回家吧。"王生说："弟子在这里劳作多日，请师父传授点小法术给我，我也就不负此行了。"道士问："你想学什么法术？"王生说："我每次看见师父不论走到哪里，坚硬的墙壁都不能阻挡你，我只要学到这个法术就足够了。"道士笑着答应了他的要求。于是就把口诀传授给他，让他自己默念口诀，念完，道士喊了声："进去！低着头猛然进入，不要犹豫！"王生照着师父的话，从离墙几步远的地方，朝墙壁飞奔过去。碰到墙，就像什么东西也没有一样，回头一看，果然已经站在墙外。他心中大喜，进去谢过师父。道士说："回家之后，要洁身自守，不然这个口诀就不灵验了。”于是给他一些路费，打发他回家。

抵家，自诩遇仙[1]，坚壁所不能阻。妻不信。王效其作为，去墙数尺，奔而入，头触硬壁，蓦然而踣[2]。妻扶视之，额上坟起[3]，如巨卵焉。妻揶揄之[4]。王惭忿，骂老道士之无良而已[5]。

注释

①自诩 xǔ：自称，自夸。

②蓦然而踣 bó：突然倒地。蓦然，猛然。踣，跌倒，摔倒。

③坟起：肿起，鼓起。

④揶揄 yéyú：开玩笑，嘲弄。

⑤无良：没良心，不善。

译文

回到家里，王生自称遇见仙人，学到法术，就算是坚硬的墙壁也阻挡不了他。他的妻子不相信，王生就效仿从师父那学到的方法念诵口诀，在离开墙几尺远的地方，向墙跑去，头刚碰到坚硬的墙壁，就一下子跌倒了。妻子扶起他一看，额头上肿起一个大包。妻子嘲笑他。王生又惭愧又愤怒，直骂老道士没安好心。

异史氏曰："闻此事，未有不大笑者，而不知世之为王生者正复不少。今有伧父[①]，喜疢毒而畏药石[②]，遂有舐痈吮痔者[③]，进宣威逞暴之术，以迎其旨[④]，绐之曰[⑤]：'执此术也以往[⑥]，可以横行而无碍。'初试未尝不小效，遂谓天下之大，举可以如是行矣，势不至触硬壁而颠蹶不止也[⑦]。"

注释

①伧 cāng 父：魏晋南北朝时，南方人讥讽北方人粗鄙，蔑称为"伧父"。

②喜疢 chèn 毒而畏药石：喜好伤身的疾患，而害怕治病的药石。比喻喜欢别人阿谀奉承，而害怕直言忠告。疢毒，指疾病，灾难。药石，治病的药物和砭石。

③舐痈 yōng 吮痔 zhì：为人舔吸疮痔上的脓血，比喻用卑劣地手段奉承别人。舐，舔舐。痈，毒疮。

④旨：主旨，意思。

⑤绐 dài：欺骗。

⑥执：凭借。

⑦颠蹶 jué：指碰到墙壁疼痛的样子。

译文

异史氏说："听说这件事的人，没有不放声大笑的。可是像王生这样的人，世上还真不少。如今有一个粗鄙的人，喜好伤身的疾患，而害怕治病的药石。于是就会有人为他舔吸疮痔上的脓血，进而告诉他治病的法术，来迎合他的意思，骗他说：'凭借这个法术，可以治愈百病。'一开始尝试时，未尝不会稍有点效果，于是他们便认为天下的病都可以这样来医治。看来，他们不到撞墙壁而疼痛难忍的时候，是不会停止这么做的。"

画　皮

太原王生早行，遇一女郎，抱襆独奔[1]，甚艰于步，急走趁之，乃二八姝丽[2]。心相爱乐，问："何夙夜踽踽独行[3]？"女曰："行道之人，不能解愁忧，何劳相问。"生曰："卿何愁忧？或可效力，不辞也。"女黯然曰："父母贪赂[4]，鬻妾朱门。嫡妒甚，朝詈而夕楚辱之，所弗堪也，将远遁耳。"问："何之？"曰："在亡之人[5]，乌有定所。"生言："敝庐不远，即烦枉顾。"女喜从之。生代携襆物，导与同归。女顾室无人，问："君何无家口？"答云："斋耳。"女曰："此所良佳。如怜妾而活之，须秘密勿泄。"生诺之。乃与寝合。使匿密室，过数日而人不知也。

注释

①抱襆独奔：怀抱包袱独自赶路。襆，同"袱"，包裹，包袱。奔，赶路。

②二八姝丽：十六岁左右，形貌美丽。姝，美丽。

③踽jǔ踽：孤独无依的样子。

④贪赂：贪财。赂，赠送的财物，这里指聘礼。

⑤在亡：处在逃亡的境地中。

译文

太原王生早上出行，遇见一个女子怀抱包袱，独自赶路，步履非常艰难。王生疾跑几步赶上一看，原来是个十六七岁的美貌女子。他心里非常欢喜，就问女子："为什么天还没亮就一个人孤零零地出行？"女子说："你也是赶路之人，不能解除我的忧愁，哪里用得着你费心问我。"王生说："你有什么忧愁？如果我可以为你效力，我决不推辞。"女子黯然说："父母贪财，把我卖给大户人家作妾。正妻十分妒忌我，从早到晚对我辱骂责打，我不堪忍受，打算向远处逃跑。"王生问："去什么地方？"女子说："逃亡中的人，哪有确定的地方。"王生说："我家离这里不远，就烦请你屈驾到我家去。"女子很高兴，听从了王生。王生帮女子拿着包袱，带着女子一同回家。女子四处看看室中没有别人，于是问："你怎么没有家眷？"王生回答说："这是书房。"女子说："这地方很好。假如你可怜我，想救活我，一定要保守秘密，不要泄露消息。"王生答应了她。于是和女子交合。他把女子藏在密室中，过了许多天都没有人知道。

生微告妻[①]。妻陈，疑为大家媵妾[②]，劝遣之[③]，生不听。

注释

①微告妻：把情况大致地告诉了妻子。

②媵 yìng 妾：大户人家陪嫁的姬妾。古代诸侯贵族女子出嫁时从嫁的婢女，称媵。后因以“媵妾”泛指侍妾。

③遣：送走。

译文

王生把这件事情大致告诉了妻子。妻子陈氏，怀疑女子为大户人家的陪嫁侍妾，劝王生打发女子走，王生没有听从。

偶适市，遇一道士，顾生而愕[①]。问：“何所遇？”答言：“无之。”道士曰：“君身邪气萦绕，何言无？”生又力白。道士乃去，曰：“惑哉！世固有死将临而不悟者！”生以其言异，颇疑女。转思明明丽人，何至为妖，意道士借魇禳以猎食者[②]。无何，至斋门，门内杜不得入，心疑所作，乃逾垝垣[③]，则室门已闭。蹑足而窗窥之[④]，见一狞鬼，面翠色，齿巉巉如锯[⑤]，铺人皮于榻上，执彩笔而绘之。已而掷笔，举皮如振衣状，披于身，遂化为女子。睹此状，大惧，兽伏而出[⑥]。急追道士，不知所往。遍迹之，遇于野，长跪求救。道士曰："请遣除之。此物亦良苦，甫能觅代者，予亦不忍伤其生。"乃以蝇拂授生[7]，令挂寝门。临别，约会于青帝庙[8]。生归，不敢入斋，乃寝内室，悬拂焉。一更许，闻门外戢戢有声，自不敢窥，使妻窥之。但见女子来，望拂子不敢进，立而切齿，良久乃去。少时复来，骂曰："道士吓我，终不然，宁入口而吐之耶！"取拂碎之，坏寝门而入，径登生床，裂生腹，掬生心而去。妻号。婢入烛之[9]，生已死，腔血狼藉[10]。陈骇涕不敢声。

注释

①愕：惊愕。

②魇禳 yǎn rǎng：镇压妖邪叫魇，驱除灾祸叫禳，都是道教的法术。猎食：骗饭吃。

③垝垣 guǐ yuán：残破的院墙。垝，坍塌。垣，外墙。

④蹑足：蹑手蹑脚。窗窥：靠近窗户窥视。

⑤巉 chán 巉：山势高峻的样子，此处用来形容女鬼牙齿长而尖的样子。

⑥兽伏而出：像野兽一样贴地爬行着出去。

⑦蝇拂：又名拂尘、拂子、麈尾、云展，是将兽毛、麻等扎成一束，再加一长柄，用以拂除尘埃和蚊虫等。禅宗以拂尘作为庄严具，用以说法。而在道教的体系里，拂尘又是道场中的一种法器，也是一种武器。

⑧青帝：我国古代神话中的五天帝之一，是位于东方的司春之神，又称苍帝、木帝。

⑨烛：用蜡烛照亮。

⑩狼藉：纵横散乱，这里指（王生）血肉模糊的样子。

译文

王生偶然去集市，碰见一个道士，道士回头看见王生，非常惊愕，就问王生："你遇见了什么？"王生回答说："没有啊。"道士说："你身上有邪气萦绕，怎么说没有？"王生又极力辩白。道士这才离开，并且说："真是糊涂啊！世上竟然有死将临头而不醒悟的人。"王生因为道士的话奇怪，有些怀疑那女子；转而又想，明明是漂亮女子，何至于成为妖怪，便猜想道士是想借作法驱妖来骗取食物。不一会儿，王生已走到书斋前，发现门从里面堵住，不能进去。王生心中怀疑，于是翻过残缺的院墙，发现书房的门也关着。王生蹑手蹑脚走到窗口窥看，见到一个面目狰狞的鬼，翠色面皮，牙齿长而尖利，像锯子一样。鬼在榻上铺了张人皮，正手拿彩笔在人皮上绘画；不一会儿鬼扔下笔，举起人皮，像抖动衣服的样子，把人皮披到身上，于是鬼变成了女子。王生看到这种情况，十分害怕，像野兽一样在地上爬行而出。他急忙去追赶道士，却不知他去了哪里。王生到处寻找，在野外遇见道士，长跪在道士面前乞求他救救自己。道士说："请让我赶走她。这鬼也很苦，刚刚找到替身，我也不忍心伤害她的性命。”于是拿蝇拂交给王生，让王生把蝇拂挂在卧室门上。临别时，约定在青帝庙相会。王生回去，不敢进书房，于是睡在内室，在门上悬挂蝇拂。一更左右，听到门外有齿牙磨动的声音，自己不敢看，叫妻子去窥探情况。只见女子来了，远远望见蝇拂便不敢进门，站在那儿咬牙切齿，很久才离去。过了一会儿又来，骂道：“道士恐吓我，我怎么情愿将吃到嘴里的东西再吐出来呢！”于是取下蝇拂扯碎它，撞坏卧室门进去。登上王生的床，撕开王生的肚腹，掏取王生的心而后离去。王妻号哭。婢女进去用蜡烛一照，只见王生已死，腔中血流得处处都是。陈氏惊骇，只流泪，不敢出声。

明日使弟二郎奔告道士。道士怒曰：“我固怜之，鬼子乃敢尔！”即从生弟来。女子已失所在。既而仰首四望，曰：“幸遁未远。”问：“南院谁家？”二郎曰：“小生所舍也。”道士曰：“现在君所。”二郎愕然，以为未有。道士问曰：“曾否有不识者一人来？”答曰：“仆早赴青帝庙，良不知，当归问之。”去，少顷而返，曰：“果有之，晨间一妪来，欲佣为仆家操作，室人止之[①]，尚在也。”道士曰：“即是物矣。”遂与俱往。仗木剑立庭心，呼曰：“孽鬼！偿我拂子来！”妪在室，惶遽无色[②]，出门欲遁，道士逐击之。妪仆，人皮划然而脱[③]，化为厉鬼，卧嗥如猪。道士以木剑枭其首④。身变作浓烟，匝地作堆⑤。道士出一葫芦，拔其塞，置烟中，飗飗然如口吸气⑥，瞬息烟尽。道士塞口入囊。共视人皮，眉目手足，无不备具。道士卷之，如卷画轴声，亦囊之，乃别欲去。

注释

①室人：妻子。止：留下。

②惶遽jù无色：恐惧慌张，面无人色。

③划然：指皮肉撕裂的声音。

④枭xiāo其首：砍下它的头。

⑤匝zā地作堆：环绕在地上，堆成一堆。匝，环绕。

⑥飗liú飗然：微风吹动的样子。

译文

天亮后，陈氏叫王生的弟弟二郎跑去告诉道士。道士发怒说："我本来同情她，鬼东西竟然敢这样！"他就跟随二郎一起来到王家。女子已经不知道去了哪里。一会儿道士仰头向四面眺望，说："幸好逃得不远。"问："南院是谁家？"二郎说："是我住的地方。"道士说："现在她在你家里。"二郎十分惊愕，认为没在自己家中。道士问道："是否有一个不认识的人来？"二郎回答说："我早上赶赴青帝庙，实在不知道。我回去问问。"去了一会儿就返回来说："果然有个这样的人。早晨一名老妇人来，想要为我们家做仆佣，我妻子留下她，现在还在我家。”道士说：“这就是那个鬼。”于是和二郎一起到他家。拿着木剑，站在庭院中心，喊道：“孽鬼！赔偿我的蝇拂来！”老妇人在屋子里，惶恐害怕得变了脸色，出门想要逃跑。道士追上去击打老妇人。老妇人倒在地上，人皮哗的一声脱下来。老妇人变成了恶鬼，躺在地上像猪一样地嗥叫。道士用木剑砍下恶鬼的脑袋；鬼身化作浓烟，旋绕在地，堆成一堆。道士拿出一个葫芦，拔去塞子把葫芦放在浓烟中，葫芦像口吸气一样，瞬间浓烟就被吸尽。他塞住葫芦口，把葫芦放入囊中。大家一同去看人皮，皮上眉目手足，样样具备。道士把人皮卷起来，人皮发出像卷画轴的声音，他把人皮卷好后也装入囊中，于是与他们告别，准备离去。

陈氏拜迎于门，哭求回生之法。道士谢不能[①]。陈益悲，伏地不起。道士沉思曰：“我术浅，诚不能起死。我指一人或能之。”问：“何人？”曰：“市上有疯者，时卧粪土中，试叩而哀之。倘狂辱夫人，夫人勿怒也。”二郎亦习知之，乃别道士，与嫂俱往。

注释

①谢不能：推辞表示自己无能为力。谢，推辞。

译文

陈氏在门口跪拜着迎接他，哭着求问让王生起死回生的办法。道士推辞说自己无能为力。陈氏更加悲痛，伏在地上不肯起来。道士沉思了一会儿说："我的法术尚浅，实在不能起死回生。我给你指一人，或许他有办法。"陈氏问："什么人？"道士说："集市上有个疯子，经常躺在粪土中。你试着去哀求他。如果他发狂侮辱夫人，夫人千万不要发怒。"二郎也曾多次听说过这个人，于是告别道士，同嫂嫂一起去找这个疯子。

见乞人颠歌道上，鼻涕三尺，秽不可近。陈膝行而前。乞人笑曰："佳人爱我乎？"陈告以故。又大笑曰："人尽夫也[①]，活之何为！"陈固哀之。乃曰："异哉！人死而乞活于我，我阎罗耶？"怒以杖击陈，陈忍痛受之。市人渐集如堵。乞人咯痰唾盈把，举向陈吻曰："食之！"陈红涨于面，有难色；既思道士之嘱，遂强啖焉。觉入喉中，硬如团絮，格格而下，停结胸间。乞人大笑曰："佳人爱我哉！"遂起，行已不顾。尾之，入于庙中。迫而求之，不知所在，前后冥搜，殊无端兆，惭恨而归。既悼夫亡之惨，又悔食唾之羞，俯仰哀啼，但愿即死。方欲展血敛尸[②]，家人伫望，无敢近者。陈抱尸收肠，且理且哭。

哭极声嘶，顿欲呕，觉鬲中结物[3]，突奔而出，不及回首，已落腔中。惊而视之，乃人心也，在腔中突突犹跃，热气腾蒸如烟然。大异之。急以两手合腔，极力抱挤。少懈，则气氤氲自缝中出，乃裂缯帛急束之。以手抚尸，渐温，覆以衾裯[4]。中夜启视，有鼻息矣。天明竟活。为言："恍惚若梦，但觉腹隐痛耳。"视破处，痂结如钱，寻愈。

注释

①人尽夫也：人人都可以成为你的丈夫。

②展血敛尸：擦去血迹，收尸入棺。展，擦拭。敛，收起，收住。

③鬲中：胸腹之间。鬲，通"膈"，胸腔和腹腔之间的膈膜。

④衾裯qīn chóu：指被褥床帐等卧具。

译文

在集市上见到一个讨饭的人，疯疯癫癫地在道上唱歌，鼻涕流有三尺长，全身脏得不能靠近。陈氏跪下来用膝盖行走上前。讨饭的人笑着说："美人喜欢我吗？"陈氏告诉他来求他的缘故。讨饭的人又大笑着说："人人都可以成为你的丈夫，救活他干什么？"陈氏仍然不停地哀求。他竟然说："真是奇怪啊！人死了求我把人救活，我是阎王吗？"怒气冲冲地用杖打陈氏，陈氏忍痛挨打。集市上的人渐渐聚拢过来，围得像堵墙。讨饭的人咯出满把的痰和唾沫，举着送到陈氏嘴边说："吃了它。"陈氏脸涨得通红，有为难的神色，又想起道士的嘱咐，于是勉强吃了下去。她觉得那东西进入喉咙中，像团棉絮那么硬，勉强吞下去，堵在胸口部位。讨饭的人大笑着说："美人喜欢我啊！"于是起身，头也不回地走了。陈氏尾随着他，进入庙中。她想追上去哀求他，却不知道他去了哪里，前前后后细细搜寻，一点儿影子也没有，只能惭愧恼恨地回家。到家后，既伤心丈夫死得凄惨，又后悔遭受吃人痰唾的羞辱，仰天俯地哀哭，只希望马上就死。陈氏想拭去血迹收殓尸首，家中人全站在一旁看着，没有谁敢靠近。陈氏抱着丈夫尸首，把肠子放入腹中，一边整理一边哭，哭到声嘶力竭，突然想要呕吐。她觉得胸腹之间那吞下去的硬物突然从口里奔涌而出，来不及回头，已经落在王生尸身的腹腔中。陈氏吃惊地去看，竟是人心，在腹腔中突突跳动，还有像烟一样的热气向上冒。陈氏十分惊讶，急忙用两只手抱合腹腔，极力把两边挤在一起。稍微松点劲，便有热气从缝中丝丝冒出来。于是撕开缯帛紧紧地缠束腹腔。拿手抚摸尸身，感觉尸身渐渐由凉变温。用被子把尸身盖起来。半夜里打开被子看看，王生鼻子里已有呼吸了。到天亮，王生竟然活了。他对人说："恍恍惚惚，像在梦中，只觉得腹中隐隐作痛。"看看那被撕破过的地方，结了像铜钱那样的痂，不久就痊愈了。

异史氏曰："愚哉世人！明明妖也而以为美。迷哉愚人！明明忠也而以为妄。然爱人之色而渔之[①]，妻亦将食人之唾而甘之矣。天道好还[②]，但愚而迷者不悟耳。哀哉！"

注释

①渔：贪恋，这里指贪婪地追求女色。

②天道好hào还：旧指天可主持公道，善恶终有报应。天道，天理。好，常常会。还，回报别人。

译文

异史氏说："真蠢啊，世上的人！明明是妖怪，却以为是美人。糊涂啊，愚蠢的人！明明是忠谏之言，却认为是胡说妄言。然而贪恋别人的美色而占有她，自己的妻子也将吃人的唾沫认为甘美。天道讲究一报还一报，只是愚蠢、糊涂的人不醒悟罢了。真是悲哀啊！"

卷二

聂小倩

宁采臣，浙人，性慷爽，廉隅自重[①]。每对人言：“生平无二色[②]。”适赴金华[③]，至北郭，解装兰若[④]。寺中殿塔壮丽，然蓬蒿没人[⑤]，似绝行踪。东西僧舍，双扉虚掩，惟南一小舍，扃键如新[⑥]。又顾殿东隅，修竹拱把[⑦]，阶下有巨池，野藕已花。意甚乐其幽杳[⑧]。会学使案临[⑨]，城舍价昂，思便留止，遂散步以待僧归。日暮有士人来，启南扉，宁趋为礼，且告以意。士人曰：“此间无房主，仆亦侨居。能甘荒落，旦暮惠教，幸甚！”宁喜，藉藁代床[⑩]，支板作几，为久客计。是夜月明高洁，清光似水，二人促膝殿廊[⑪]，各展姓字[⑫]。士人自言燕姓，字赤霞。宁疑为赴试者，而听其音声，殊不类浙。诘之，自言秦人[⑬]，语甚朴诚。既而相对词竭，遂拱别归寝。

注释

①廉隅：棱角，比喻不邪曲、不苟且的行为、品性。

②无二色：指男子不纳妾，不外遇。色，女色。

③金华：今浙江省金华市。

④兰若：即阿兰若，佛教名词，原意指森林，引申为“寂静处”“空闲处”“远离处”，也泛指佛寺。

⑤没 mò：遮住，淹没。

⑥扃 jiōng 键：指门闩、门环之类。

⑦拱把：握满一只手。

⑧幽杳 yǎo：幽静。

⑨学使案临：学使，督学使者，即学政，为封建时代朝廷派往各省督察学政的长官。各省学使在三年任期内，依次巡行所辖各府，以考核生员，称“案临”。

⑩藉：借用。藁：野草。

⑪促膝：古人席地而坐，膝盖对着膝盖，指相对近坐。

⑫姓字：即姓名。字，表字，古时男子成年后，不便直呼其名，故往往称呼正名以外的别名，即字。

⑬秦：古秦国之地，今陕西境内。

译文

宁采臣，浙江人，生性慷慨豪爽，洁身自好。经常对人说：“我一生不会喜欢第二个女子。”恰逢他到金华去，到了城北，在兰若寺里落脚休息。寺中佛殿佛塔非常壮丽；但是蒿草比人还高，好像很长时间没有人来过。东西两旁的和尚住处，两扇门都虚掩着；只有南边一座小房子，门窗还像新的。宁采臣又看了看佛殿东边的角落，修长的竹子一簇簇的，台阶下有个大池子，野荷花已经盛开了。宁采臣非常喜欢这里的清幽安静。那时正值朝廷派来的学府官员来视察，城里的客店价格昂贵，于是就打算在这里借宿，于是一边散步一边等和尚回来。到了傍晚，来了个书生，打开南边那扇房门。宁采臣赶快过去行礼，并告诉他自己想要在此借住的想法。书生说："这里没有房主，我也是借宿的。如果您愿意住在这么荒凉的地方，早晚对我有所教诲，我非常荣幸。"宁采臣大喜，在地上铺上枯草当作床，支起木板当作桌子，俨然有常住的打算。当晚，月亮皎洁，月光如水，两人在佛殿走廊上坐在一处，各自通报了姓名。那书生自己说："我姓燕，字赤霞。"宁采臣怀疑他是赴京赶考的书生，但是听他的口音，完全不像是浙江人。一问，他说："我是秦地人。"燕赤霞说话很是朴实真诚。后来两人无话可说，于是作揖告别各自回去睡觉。

宁以新居，久不成寐。闻舍北喁喁[①]，如有家口。起，伏北壁石窗下微窥之，见短墙外一小院落，有妇可四十余；又一媪衣黦绯[②]，插蓬沓[③]，鲐背龙钟[④]，偶语月下[⑤]。妇曰："小倩何久不来？"媪曰："殆好至矣。"妇曰："将无向姥姥有怨言否？"曰："不闻；但意似蹙蹙[⑥]。"妇曰："婢子不宜好相识。"言未已，有十七八女子来，仿佛艳绝。媪笑曰："背地不言人，我两个正谈道，小妖婢悄来无迹响，幸不訾着短处。"又曰："小娘子端好是画中人，遮莫老身是男子[⑦]，也被摄去。"女曰："姥姥不相誉，更阿谁道好？"妇人女子又不知何言。宁意其邻人眷口[⑧]，寝不复听；又许时，始寂无声。

注释

①喁 yú 喁：象声词，低语声。

②衣黦绯 yèfēi：穿着红色衣服。衣，穿。黦，变色、褪色。绯，红绸。

③插蓬沓：簪插着银栉。蓬沓，银梳子，一种头饰。

④鲐 tái 背：也作“台背”，驼背。龙钟：行动不便。形容老态。

⑤偶语：相聚议论，窃窃私语。

⑥蹙 cù 蹙：皱眉，忧愁的样子。

⑦遮莫：假设，假如。

⑧卷口：家常话，邻里间的闲聊。

译文

宁采臣因为刚住到这里，很长时间都睡不着。听到房子北边有声响，好像有人家，就起来趴在北墙的石头窗下，偷偷观看。看见短墙外边有一个小院子，有个妇人大约四十多岁；又有一个老妇人穿着褪了色的红色衣服，插着一根银簪子，老态龙钟，两人在月下对话。妇人说：“小倩怎么还不来？”老妇人说：“马上就到了。”妇人说：“难道她对姥姥没有怨言吗？”老妇人说：“没听说过，但是她的表情好像很愁苦。”妇人说：“那丫头真是不识好歹！”话没说完，一个十七八岁的女子来了，长得极其艳丽。老妇人笑着说：“不要在背后说人，我们两个正在谈论道说，小丫头就悄无声息地来了。幸好我们没有说你的短处。”又说：“小娘子真像画里的人，如果我是个男的，这么老了也得被你勾了魂去。”女子说：“姥姥不夸我，就没有人夸我了。”妇人和女子不知又说了些什么话。宁采臣觉得这是邻里间的家常话，于是睡下不再偷听。又过了大约一个时辰，外面才寂静无声。

方将睡去，觉有人至寝所，急起审顾，则北院女子也。惊问之，女笑曰：“月夜不寐，愿修燕好[①]。”宁正容曰：“卿防物议[②]，我畏人言。略一失足，廉耻道丧。”女云：“夜无知者。”宁又咄之。女逡巡若复有词。宁叱：“速去！不然，当呼南舍生知。”女惧，乃退。至户外忽返，以黄金一锭置褥上。宁掇掷庭墀[③]，曰：“非义之物，污我囊橐！”女惭出，拾金自言曰：“此汉当是铁石。”

注释

①修燕好：结为夫妇。燕好，亲好，指夫妻恩爱。

②物议：闲话。

③墀 chí：台阶上的空地，也指台阶。

译文

正要睡去，觉得有人走进了卧室。宁采臣赶紧起来一看，原来是北院的那个年轻女子。宁采臣很惊讶，问她来做什么，女子笑着说："您在月夜睡不着觉，我愿意和您相好。"宁采臣正色说："你要防备闲话，我也怕人家的闲话；稍一失足，道德廉耻就都丧尽了。"女子说："晚上没有人知道。"宁采臣又呵斥她。女子犹犹豫豫好像还有话说。宁采臣大声喝道："快走！否则，我就叫醒南房的书生。"女子很害怕，于是走了。到门外又返回来，拿一锭黄金放在被褥上。宁采臣拿起来扔到院子里，说："这是不义之财，别玷污了我的行李！"女子很惭愧地走出去，拾起金子自言自语说："这个人真是铁石心肠。"

诘旦，有兰溪生携一仆来候试[①]，寓于东厢，至夜暴亡。足心有小孔，如锥刺者，细细有血出，俱莫知故。经宿，一仆死，症亦如之。向晚，燕生归，宁质之[②]，燕以为魅。宁素抗直[③]，颇不在意。宵分，女子复至，谓宁曰："妾阅人多矣，未有刚肠如君者。君诚圣贤，妾不敢欺。小倩，姓聂氏，十八夭殂[④]，葬于寺侧，被妖物威胁，历役贱务，腆颜向人，实非所乐。今寺中无可杀者，恐当以夜叉来[⑤]。"宁骇求计。女曰："与燕生同室可免。"问："何不惑燕生？"曰："彼奇人也，固不敢近。"又问："迷人若何？"曰："狎昵我者，隐以锥刺其足，彼即茫若迷，因摄血以供妖饮。又惑以金，非金也，乃罗刹鬼骨[6]，留之能截取人心肝。二者，凡以投时好耳。"宁感谢，问戒备之期，答以明宵。临别泣曰："妾堕玄海[7]，求岸不得。郎君义气干云[8]，必能拔生救苦。倘肯囊妾朽骨，归葬安宅[9]，不啻再造。"宁毅然诺之。因问葬处，曰："但记白杨之上，有乌巢者是也。"言已出门，纷然而灭。

注释

①诘旦：平明，清晨。

②质：询问。

③抗直：刚直。抗，同"亢"。

④夭殂 cú：夭殁，死亡。

⑤夜叉：梵语音译。佛经中的一种恶鬼，形象丑陋，勇猛暴恶，能食人。

⑥罗刹：梵语音译。佛教故事中食人血肉的恶鬼。

⑦玄海：深渊，苦海。

⑧干云：直冲云霄。

⑨安宅：安定的住所。这里指安静的墓地。

译文

第二天清晨，有个兰溪的书生带着一个仆人来赶考，住在东厢房，到了晚上突然死了。他的脚心有个小孔，像是锥子刺的，有血细细地流出。大家都不知道什么原因。又过了一夜，仆人也死了，症状也是这样。当晚，燕赤霞回来，宁采臣问他这件事，燕赤霞说是鬼怪作祟。宁采臣向来正直，也没放在心上。到了半夜，先前那女子又来了，对宁采臣说："我见到的人多了，没有一个像你一样刚直的。你确实是圣贤，我不敢欺骗你。我叫小倩，姓聂，十八岁时死了，埋在兰若寺旁边，被妖怪胁迫，干些下贱的事，厚着脸皮伺侍别人，这实在不是我的本意。今天寺里没有其他能杀的人，恐怕那怪物会派夜叉来害你了。"宁采臣非常害怕，问该怎么办。女子说："你和姓燕的书生住在一个屋里就能幸免。"宁采臣问："为什么你不迷惑燕赤霞？"聂小倩说："他是一个奇人，我不敢接近他。"宁采臣又问："你是怎么迷惑人的？"聂小倩说："和我亲热的人，我偷偷用锥子刺他的脚心，他就会昏迷过去不省人事，我便采了他的血让那怪物喝。又经常用金子迷惑人，但那也不是金子，乃是罗刹鬼骨，人要是收了就会被挖取心肝。美色和金钱这两样，都是投人所好罢了。"宁采臣向她道谢，并询问防备的日子。聂小倩回答说是明天晚上。聂小倩临别哭着说："我堕落在这个黑暗的苦海，找不到岸。公子您义气直冲云天，一定能救苦救难。如果您肯装殓我的尸骨，把我安葬在平安的地方，您就是我的再生父母。"宁采臣慷慨地答应了，并问她葬在哪里，聂小倩说："你只要记着，白杨树上，有乌鸦窝的那个就是。”说完话就走出门，一下就不见了。

明日恐燕他出，早诣邀致。辰后具酒馔，留意察燕。既约同宿，辞以性癖耽寂[①]。宁不听，强携卧具来，燕不得已，移榻从之，嘱曰：“仆知足下丈夫，倾风良切[②]。要有微衷，难以遽白。幸勿翻窥箧襆，违之两俱不利。”宁谨受教。既各寝，燕以箱箧置窗上，就枕移时，齁如雷吼[③]。宁不能寐。近一更许，窗外隐隐有人影。俄而近窗来窥，目光睒闪[④]。宁惧，方欲呼燕，忽有物裂箧而出，耀若匹练，触折窗上石棂，歘然一射，即遽敛入，宛如电灭。燕觉而起，宁伪睡以觇之。燕捧箧检征[⑤]，取一物，对月嗅视，白光晶莹，长可二寸，径韭叶许[⑥]。已而数重包固，仍置破箧中。自语曰：“何物老魅，直尔大胆，致坏箧子。”遂复卧。宁大奇之，因起问之，且告以所见。燕曰：“既相知爱，何敢深隐。我，剑客也。若非石棂，妖当立毙；虽然，亦伤。”问：“所缄何物？”曰：“剑也。适嗅之，有妖气。”宁欲观之。慨出相示，荧荧然一小剑也。于是益厚重燕。

注释

①耽寂：非常喜爱静寂。

②倾风：倾倒，极其仰慕。

③齁 hōu：鼻息声。

④睒 shǎn 闪：闪烁。

⑤征：征兆，迹象。

⑥径韭叶许：宽约一韭菜叶。径，宽。

译文

第二天，宁采臣怕燕赤霞外出，早早就来邀请他。辰时过后就准备了酒菜，留意观察燕赤霞，并和他约好住在一起。燕赤霞推辞说他生性孤僻，喜欢清静。宁采臣不答应，强行搬了卧具来。燕赤霞不得已，只好挪动自己的床给他腾点儿地方，并嘱咐他："我知道你是个大丈夫，很是仰慕。但我有隐衷，难以一下子说清楚。请千万不要翻看我箱子里的东西，不然对咱们二人都不利。"宁采臣恭敬地答应了。然后二人各自睡觉，燕赤霞把箱筐放在窗台上，倒在枕头上不一会儿，就鼾声如雷。宁采臣睡不着觉。大约快一更天时，窗外隐隐约约有人影出现。不一会儿就靠近窗户来偷看，目光明亮闪烁。宁采臣很害怕，正要叫醒燕赤霞，忽然有个东西从箱子里飞出来，像条白练一样耀眼，撞断窗户上的石棂，白光一闪，又立即收回去了，就像雷电一闪即没。燕赤霞警觉地从床上起来。宁采臣装睡偷偷地观看。只见燕赤霞捧着箱子检查，取出来一件东西，对着月亮看看、闻闻，那东西白光晶莹，大约二寸长，宽度和韭菜叶子差不多。燕赫霞看完后，就把那东西层层包裹起来，仍然放在破箱子里。他自言自语地说："什么样的老怪物，这么大胆，弄坏我的箱子。"于是接着睡觉。宁采臣非常惊奇，就爬起来问他，并把自己所看到的情形告诉了他。燕赤霞说："既然你我关系这么好，我怎么好再隐瞒。我是个剑客，刚才要不是那个石棂，妖怪当场就被杀死了。即便如此，它也受了伤。"宁采臣问："你箱子里所藏的是什么东西？"燕赤霞说："一把剑。刚才闻了闻，上面有妖气。"宁采臣要求看一下，燕赤霞慷慨地拿出来让他看，俨然是一把荧荧发光的小剑。于是，宁采臣更加敬佩燕赤霞。

明日，视窗外有血迹。遂出寺北，见荒坟累累，果有白杨，乌巢其颠。迨营谋既就，趣装欲归。燕生设祖帐[①]，情义殷渥[②]，以破革囊赠宁，曰："此剑袋也。宝藏可远魑魅。"宁欲从受其术。曰："如君信义刚直，可以为此，然君犹富贵中人，非此道中人也。"宁托有妹葬此，发掘女骨，敛以衣衾，赁舟而归。宁斋临野，因营坟葬诸斋外，祭而祝曰："怜卿孤魂，葬近蜗居，歌哭相闻，庶不见凌于雄鬼[③]。一瓯浆水饮，殊不清旨，幸不为嫌！"祝毕而返，后有人呼曰："缓待同行！"回顾，则小倩也。欢喜谢曰："君信义，十死不足以报。请从归，拜识姑嫜[④]，媵御无悔[⑤]。"

审谛之，肌映流霞，足翘细笋，白昼端相，娇丽尤绝。遂与俱至斋中。嘱坐少待，先入白母。母愕然。时宁妻久病，母戒勿言，恐所骇惊。言次，女已翩然入，拜伏地下。宁曰："此小倩也。"母惊顾不遑。女谓母曰："儿飘然一身，远父母兄弟。蒙公子露覆[6]，泽被发肤[7]，愿执箕帚，以报高义。"母见其绰约可爱[8]，始敢与言，曰："小娘子惠顾吾儿，老身喜不可已。但生平止此儿，用承祧绪[9]，不敢令有鬼偶。"女曰："儿实无二心。泉下人既不见信于老母，请以兄事，依高堂，奉晨昏[10]，如何？"母怜其诚，允之。即欲拜嫂，母辞以疾，乃止。女即入厨下，代母尸饔[11]。入房穿榻，似熟居者。

注释

①祖帐：道旁设帐饯行，也指送行的酒筵。祖，祭名，出行以前，祭祀路神。

②殷渥 wò：情谊恳切深厚。殷，殷切。渥，深厚。

③雄鬼：猛悍强大的鬼。

④姑嫜 zhāng：古代妻子对丈夫的母亲和父亲的称呼，俗称公婆。丈夫的母亲称"姑"，丈夫的父亲称"嫜"。

⑤媵 yìng 御：以婢妾对待。媵，泛指婢妾。

⑥露覆：庇覆，庇护。

⑦泽被发肤：对我施予恩泽。被，覆盖。

⑧绰约：风姿温柔秀美。

⑨承祧 tiāo 绪：传宗接代。祧绪，使对祖先的祭祀不断绝，指世代相承的宗族系统，即所谓传宗接代。祧，祖庙。

⑩奉晨昏：指对父母的侍奉。

⑪尸饔 yōng：料理饮食。

译文

第二天，再看窗外，有血迹。宁采臣于是来到寺北，看见荒坟累累，果然有棵白杨树，树顶上有个乌鸦巢。于是打算照小倩的嘱咐，把她的尸骨装殓起来带回去。燕赤霞摆了酒宴为宁采臣饯行，两人情义深厚。燕赤霞把一个破皮袋赠给宁采臣，说："这是剑袋。你好好收藏可以远离鬼魅。"宁采臣想跟随他学习法术。燕赤霞说："像你这样讲信义又刚直的人，倒是可以学。但是你终将是富贵中人，不是我们这一类人。"宁采臣于是借口说有个妹妹埋葬在这里，发掘出聂小倩的尸骨，用衣服包裹上，租了一条船回家了。宁采臣的书房临近荒野，因此就在房子外边修了一座坟把聂小倩安葬了。他祭奠并为她祈祷说："可怜你的孤魂，埋在我的房子边上，你的歌声哭声我能听到，但愿你不再被恶鬼欺凌。一杯酒水让你来喝，不算清洁甘甜，千万不要嫌弃！"祈祷完之后就往回走。听到身后有人叫他说："等一下，咱们同行！"回头一看，原来是聂小倩。聂小倩欢喜地道谢说："你的信义，我死十次也不足以报答。请让我跟你回去，拜见婆婆，为婢为仆也毫无怨言。"宁采臣仔细打量她，原来肌肤洁白，一双脚就像细笋。白天一端详，美貌绝伦。于是和她一起回到家。宁采臣嘱咐她稍坐，他先进屋告诉母亲。他的母亲非常惊异。当时宁采臣的妻子病了很长时间，母亲告诉宁采臣不要对妻子说，恐怕吓坏了她。刚一说完，聂小倩就翩然进来，跪拜在地。宁采臣说："这就是聂小倩。"宁母大惊失色。小倩对宁母说："我孤身一人，远离父母兄弟。蒙公子相救，恩泽深厚，我愿意承担家务，来报答他的大恩大德。"宁母见她绰约可爱，才敢和她说话，说："你喜欢我的儿子，我也非常高兴。但是我一生就这一个儿子，还指望他来传宗接代，不敢让他有个鬼妾。"小倩说："我实在没有别的心思。我是九泉之下的人，既然不能被母亲相信，请让我把他当哥哥对待，陪着您，早晚侍奉您，怎么样？"宁母爱怜她的真诚，就答应了。小倩打算去拜见嫂子。宁母说她有病在身，就没让她去。小倩于是走进厨房，替宁母做饭。在家里出出进进，像对这个家非常熟悉似的。

日暮，母畏惧之，辞使归寝，不为设床褥。女窥知母意，即竟去。过斋欲入，却退，徘徊户外，似有所惧。生呼之。女曰："室有剑气畏人。向道途中不奉见者，良以此故。”宁悟为革囊，取悬他室。女乃入，就烛下坐；移时，殊不一语。久之，问：“夜读否？妾少诵《楞严经》[1]，今强半遗忘。浼求一卷，夜暇，就兄正之。”宁诺。又坐，默然，二更向尽，不言去。宁促之。愀然曰：“异域孤魂，殊怯荒墓。”宁曰：“斋中别无床寝，且兄妹亦宜远嫌。”女起，颦蹙欲啼，足恇儴而懒步[2]，从容出门，涉阶而没。宁窃怜之，欲留宿别榻，又惧母嗔。女朝旦朝母，捧匜沃盥[3]，下堂操作，无不曲承母志。黄昏告退，辄过斋头，就烛诵经。觉宁将寝，始惨然出。

注释

①《楞 léng 严经》：大乘佛教经典，全称为《大佛顶如来密因修证了义诸菩萨万行首楞严经》。

②恇儴 kuāngráng：急遽不安的样子。

③捧匜 yí 沃盥 guàn：侍奉洗手。匜，中国先秦礼器之一，用于沃盥之礼，为客人洗手所用。沃盥，浇水洗手。

译文

到了傍晚，宁母害怕小倩，让她回去睡觉，却不给她准备床褥。小倩知道宁母的意思，于是打算离开。她路过宁采臣的房间想进去告别，却退了几步，徘徊在房外，好像怕什么东西。宁采臣叫她进来。小倩说：“屋里剑气逼人。之前在路上我不敢出来拜见你，就是因为这个缘故。”宁采臣想起来是因为剑袋，就取出来挂到别的屋里。小倩才进来，在灯下坐下。过了很久，都没有说一句话。又过了很长时间，小倩问道：“您晚上读书吗？我从小就背诵《楞严经》，现在有一半都忘了。求你给我一卷，晚上有空诵读，请哥哥帮我指正。”宁采臣答应了。小倩又坐下，默然不语，二更鼓响完，小倩还不说要走。宁采臣催促她。小倩发愁说：“我是他乡的孤魂，非常害怕荒坟。”宁采臣说：“家里没有别的卧室了，况且兄妹之间要避嫌的。”小倩起身，眉头紧皱快要哭的样子，脚步踉跄地慢慢走出房门，走下台阶就不见了。宁采臣心中可怜她，打算让她住在别的屋里，又害怕母亲责怪。聂小倩一早就来拜见宁母，捧盆递水，下厨做饭，全都按照宁母的心思做事。黄昏就告别，每次经过宁采臣的房间，就在灯下诵经。她觉得宁采臣该睡觉了，才愁苦地离去。

先是，宁妻病废，母劬不堪；自得女，逸甚，心德之。日渐稔，亲爱如己出，竟忘其为鬼，不忍晚令去，留与同卧起。女初来未尝饮食，半年渐啜稀酏[①]。母子皆溺爱之，讳言其鬼，人亦不知辨也。无何，宁妻亡，母隐有纳女意，然恐于子不利。女微知之，乘间告曰：“居年余，当知肝膈。为不欲祸行人，故从郎君来。区区无他意[2]，止以公子光明磊落，为天人所钦瞩[3]，实欲依赞三数年，借博封诰[4]，以光泉壤。”母亦知无恶意，惧不能延宗嗣。女曰：“子女惟天所授。郎君注福籍[5]，有亢宗子三[6]，不以鬼妻而遂夺也。”母信之，与子议。宁喜，因列筵告戚党。或请觌新妇，女慨然华妆出，一堂尽眙[7]，反不疑其鬼，疑为仙。由是五党诸内眷[8]，咸执贽以贺，争拜识之。女善画兰、梅，辄以尺幅酬答，得者藏之什袭以为荣[9]。一日俯颈窗前，怊怅若失[10]。忽问：“革囊何在？”曰：“以卿畏之，故缄致他所。”曰：“妾受生气已久，当不复畏，宜取挂床头。”宁诘其意，曰：“三日来，心怔忡无停息，意金华妖物，恨妾远遁，恐旦晚寻及也。”宁果携革囊来。女反复审视，曰：“此剑仙将盛人头者也。敝败至此，不知杀人几何许！妾今日视之，肌犹粟栗[11]。”乃悬之。次日又命移悬户上。夜对烛坐，欻有一物，如飞鸟至。女惊匿夹幕间[12]。宁视之，物如夜叉状，电目血舌，睒闪攫拿而前，至门却步，逡巡久之，渐近革囊，以爪摘取，似将抓裂。囊忽格然一响，大可合篑[13]，恍惚有鬼物突出半身，揪夜叉入，声遂寂然，囊亦顿索如故。宁骇诧，女亦出，大喜曰：“无恙矣！”共视囊中，清水数斗而已。

注释

①稀酏yí：稀粥。酏，通“酏”，粥食。

②区区：自谦之词，类似于“不才”。

③钦瞩：钦佩重视。

④封诰gào：明、清制度，皇帝对五品以上官员及其先代和妻室授予封典的诰命。这里指因丈夫做官，妻子受封。

⑤注福籍：命中注定的福分。注，载入。福籍，旧时迷信传说中记载人间福禄的簿籍。

⑥亢宗子：旧时称能扩展宗族地位的子嗣为亢宗之子。亢宗，光宗耀祖。

⑦眙chì：直视；瞪眼看。形容惊愕的表情。

⑧五党：指五服内的宗亲。

⑨什袭：把物品一层又一层地包裹起来，以示珍贵。

⑩怊chāo怅若失：失意伤感的样子。

⑪粟粟：因为恐惧而起鸡皮疙瘩。

⑫夹幕：帷幕。

⑬大可合篑kuì：大约有两个竹筐合起来那么大。篑，盛土的竹筐。

译文

起初，宁采臣的妻子病得很重，宁母劳累不堪；小倩来了以后，宁母非常安逸，内心很感激小倩。宁母与她渐渐亲近熟悉，对她亲近喜爱得就像自己亲生的一样，竟忘了她是鬼，不忍心再让她晚上走，就挽留她和自己睡在一处。小倩刚来的时候从不吃饭喝水，半年后慢慢能喝点稀粥。宁采臣母子二人都疼爱她，不对人说她是鬼，别人也分辨不出。没过多久，宁采臣的妻子死了。宁母暗地里有让宁采臣娶小倩的意思，但是又担心对儿子不利。小倩大致知道宁母的心思，趁机告诉宁母说："我来了一年多，您应当知道我的底细。为了不祸害行人，所以我跟随哥哥来这里。我没有别的意思，只因为公子光明磊落，被天人敬仰，实在是想跟随他几年，借此博得朝廷的封诰，来光耀我在地下的身份。"宁母也知道她没有恶意，但是担心她不能生儿育女。小倩说："儿女是天命，公子注定有福，会有三个儿子，不会因为他的妻子是鬼而耽误他。"宁母相信了她，和儿子商量。宁采臣大喜，就摆下酒席并遍告亲戚朋友。有人请求让新媳妇出来相见，小倩打扮完大方地出来，满堂都瞪大了眼睛，不怀疑她是鬼，反倒怀疑她是神仙。因此五服之内的宗族，全都带着贺礼来庆贺，争相观看、结识小倩。小倩擅长画兰花和梅花，每次都作画回赠他们，得到的人都珍藏起来，认为很荣耀。

有一天，聂小倩在窗前低着头，怅然若失。忽然问宁采臣："那剑袋在哪里？"宁采臣说："因为你害怕它，所以我把它藏在别的地方了。"聂小倩说："我接触人类的生气已经很久，应该不再害怕它了，最好把它拿来放在床头。”宁采臣问她的本意，小倩说：“三天来，我心里一直忐忑不安，担心金华的那个妖怪怨恨我远逃，恐怕它找来。”宁采臣就把剑袋拿过来。小倩反复观看，说：“这是剑仙用来盛人头的。破烂到这个地步，不知道杀了多少人了！我现在看它，依然感到战栗。”于是把它挂起来。第二天，又命人把它改挂到窗户上。晚上对着蜡烛坐着，嘱咐宁采臣不要睡觉。突然见一个东西，像飞鸟一样落下来。小倩慌忙藏进帷幕里。宁采臣上前一看，那东西长得像夜叉，亮眼血口，眨眼间就到了跟前。到门口停住，徘徊很久，慢慢靠近剑袋，用爪子去摘剑袋，好像要把它抓裂。剑袋突然“格格”一响，变大了，有两个竹筐般大小，恍惚好像有怪物，突出来半个身子，把那夜叉一把揪到剑袋里，声音跟着没了，剑鞘也顿时缩回到和从前一样。宁采臣非常害怕和惊诧。聂小倩走出来，高兴地说：“没事了！”二人一起来看剑袋里的东西，只有几斗清水而已。

后数年，宁果登进士。举一男。纳妾后，又各生一男，皆仕进有声[①]。

注释

①有声：有声誉，指做官的声誉很好。

译文

后来过了几年，宁采臣果然考中进士。小倩生了一个男孩。宁采臣纳妾后，两人又各生了一个男孩，都考中进士，而且为官声誉很好。

地 震

康熙七年六月十七日戌时[①]，地大震。余适客稷下[②]，方与表兄李笃之对烛饮[③]。忽闻有声如雷，自东南来，向西北去。众骇异[④]，不解其故。俄而几案摆簸，酒杯倾覆，屋梁椽柱，错折有声[⑤]。相顾失色[⑥]。久之，方知地震，各疾趋出[⑦]。见楼阁房舍，仆而复起[⑧]，墙倾屋塌之声，与儿啼女号，喧如鼎沸[⑨]。人眩晕不能立，坐地上随地转侧[⑩]。河水倾泼丈余[⑪]，鸡鸣犬吠满城中。逾一时许始稍定[⑫]。视街上，则男女裸体相聚，竞相告语[⑬]，并忘其未衣也[⑭]。后闻某处井倾侧不可汲[⑮]，某家楼台南北易向，栖霞山裂，沂水陷穴[⑯]，广数亩。此真非常之奇变也[⑰]。有邑人妇夜起溲溺[⑱]，回则狼衔其子。妇急与狼争。狼一缓颊，妇夺儿出，携抱中，狼蹲不去。妇大号，邻人奔集，狼乃去。妇惊定作喜，指天画地，述狼衔儿状，已夺儿状。良久，忽悟一身未着寸缕[⑲]，乃奔。此当与地震时男女两忘，同一情状也。人之惶急无谋，一何可笑[⑳]！

注释

①康熙七年：即公元1668年，该年阳历7月25日，中国山东郯 tán 城一带发生8.5级地震。戌时：晚上

七点至九点。

②稷下：古地名，在战国齐都城临淄稷门。这里代指临淄。

③方：正在。

④骇异：惊骇，觉得恐惧和奇怪。

⑤错折有声：折断时发出声响。

⑥失色：面无血色，形容慌张害怕的样子。

⑦趋：快步小跑。

⑧仆而复起：倒了又起来。仆，倒下，趴着。

⑨喧：吵闹。鼎沸：像鼎里的水烧开了一样，形容人声喧哗。

⑩转侧：旋转起伏。

⑪丈：长度单位，十尺为一丈。

⑫逾一时：超过一个时辰。逾，超过。

⑬竞：争着。

⑭并：全都，全部。

⑮汲jí：从井里打水。

⑯陷穴：地陷，指地表由于地下物质移动而发生下陷，危害相当严重。

⑰非常：非同寻常的，不一般的。

⑱溲sōu溺：便溺，解小便。

⑲悟：想起。未着寸缕：身上没有一寸的丝缕，指没有穿衣服。

⑳一何：多么。

译文

康熙七年六月十七日戌时，发生了大地震。我当时恰好到稷下做客，正在和我的表兄李笃点着蜡烛喝酒。忽然听见有打雷一样的声音，从东南方传来，向西北方而去。大家都很惊诧，而且觉得很奇怪，不知是什么缘故。不一会儿，茶几、桌子等家具开始颠簸摇晃，酒杯也倒下了，屋子的梁柱发出折断的声音。大家互相看着都大惊失色。过了好一会儿，才知道是地震了，都各自快步地跑到室外。只见楼房屋舍一会儿低下去一会儿又起来，围墙倾倒、房屋垮塌的声音和小孩子、女人哀号的声音，吵得很厉害，像沸腾了一样。人头晕目眩，不能站立，只能坐在地上随着地面转动翻腾。河水翻起一丈多的浪打到岸上来，整座城都是鸡和狗的叫声。过了一个多时辰，才开始稍稍安定一些。看街上，男人和女人裸着身体聚在一起，争相谈论这件事情，忘记了自己没有穿衣服。后来听说有个地方井塌了不能打水，还有一家人的房子南方和北方居然换了位置，栖霞山裂开，沂水河塌陷出一个洞穴，有好几亩大。这真的是非常奇异的变化。同一个地方有个人的老婆晚上起来上厕所，回去的时候发现狼把她的孩子叼走了。这个女人急忙上前与狼争夺，狼稍稍一松嘴，妇人就把小孩夺出来了，抱在怀中，但是狼蹲在那里不肯离去。妇人大声呼喊，邻居们都奔跑着聚集过来，狼才离去。妇人受惊的心情安定下来，感到很幸运，指天画地地叙述起狼把孩子叼走时的情况和自己争夺孩子的情形。过了很久，忽然发现自己身上什么都没有穿，于是赶忙跑了。这应该和地震的时候男人、女人都忘记自己没有穿衣服是一样的情形。人在惊惶时的束手无策，是多么可笑啊！

丁前溪

丁前溪，诸城人[①]，富有钱谷，游侠好义[②]，慕郭解之为人[③]。御史行台按访之[④]。丁亡去，至安丘遇雨[⑤]。避身逆旅[⑥]。雨日中不止。有少年来，馆谷丰隆[⑦]。既而昏暮[⑧]，止宿其家，莝豆饲畜[⑨]，给食周至。问其姓字，少年云："主人杨姓，我其内侄也。主人好交游，适他出[⑩]，家惟娘子在。贫不能厚客给，幸能垂谅。"问："主人何业？"则家无资产，惟日设博场以谋升斗[⑪]。次日雨仍不止，供给弗懈。至暮锉刍[⑫]，刍束湿，颇极参差。丁怪之。少年曰："实告客，家贫无以饲畜，适娘子撤屋上茅耳。"丁益异之，谓其意在得直[⑬]。天明，付之金不受，强付少年持入。俄出，仍以反客[⑭]，云："娘子言：我非业此猎食者[⑮]。主人在外，尝数日不携一钱，客至吾家，何遂索偿乎？"丁赞叹而别。嘱曰："我诸城丁某，主人归，宜告之。暇幸见顾。"数年无耗[⑯]。

注释

①诸城：县城名，今属山东省。

②游侠：古时对救人困厄、扶贫济弱、轻生重义的人的称呼。

③郭解 xiè：字翁伯，河内轵 zhǐ（今河南济源东南）

人，西汉时期游侠。
④御史：官名。历代职衔累有变化。明、清有监察御史，分道行使纠察权，巡按府、县。行台：临时派出机构。按：察访。
⑤安丘：县名，今属山东省。
⑥逆旅：旅馆，客房。
⑦馆谷：供给客人的食物。
⑧既而：过了一会儿。
⑨莝cuò豆：铡碎的草和料豆。
⑩适：恰巧。
⑪升斗：升、斗都是较小的容量单位，升斗连用，比喻收入微薄。
⑫锉cuò刍：铡碎饲草。刍，刍藁，一种喂牲口用的干草。
⑬直：通“值”，偿还的钱财。
⑭反：通“返”，归还。
⑮业此猎食者：意为以此为业，以谋生计的人。猎食，获取食物。
⑯耗：消息，音信。

译文

丁前溪，是诸城人。家中富有钱粮，为人喜好仗义疏财、打抱不平，最钦佩古侠客郭解的为人。御史行台要察访他，丁前溪知道后就逃跑了。走到安丘，遇上下雨，他就到一家旅舍暂避。雨一直下到中午，仍不停歇。这时，有个少年过来，用丰盛的饭菜招待他。转眼间天黑了，雨仍下得很大，丁前溪只好去少年家过夜。那少年既照料他的食宿，又照看他的马，处处细心周到。丁前溪问那少年的姓名，回答说："我家主人姓杨，我是他的内侄。主人喜好交游，刚才有事出去了，现只有他的妻子在家。家中贫穷，拿不出更好的东西款待你，请多多包涵。"丁前溪又问主人从事什么职业，得知杨某并无资产，只靠开设赌场来养家糊口。第二天，仍旧阴雨连绵，但主人供给丁前溪的饭食照样细致周到，无丝毫怠慢。傍晚铡草喂马时，丁前溪见饲料长短不齐，而且干草一把把都已湿了，觉得很奇怪，就问少年。少年说："实不相瞒，我家穷得没有草喂马，这还是婶娘让我从屋顶上撤下来的茅草呢！"丁前溪越发觉得奇怪，以为这是主人借此向他收钱。天亮后，见雨已停，他便收拾好行李，拿出银子给少年，少年不要。丁前溪硬塞给他，少年无可奈何，拿着银子进屋请示女主人。一会儿出来又把银子还给丁前溪，并说："婶娘说，我们不是靠这个来赚钱吃饭的。主人在外，常常好几天不捎回一文钱来，你是客人，怎么能向你索要报酬呢？"丁前溪听了很受感动，连声称赞，叹服女主人的为人。临走再三嘱咐说："我是诸城的丁前溪。主人回来后，请你转告他，让他有空时到我家一聚。"丁前溪走后数年没有音信。

值岁大饥，杨困甚，无所为计，妻漫劝诣丁，从之。至诸，通姓名于门者[①]，丁茫不忆[②]，申言始忆之[③]。踩履而出[④]，揖客入[⑤]，见其衣敝踵决[⑥]，居之温室，设筵相款，宠礼异常。明日为制冠服，表里温暖。杨义之[⑦]，而内顾增忧[⑧]，褊心不能无少望[⑨]，居数日殊不言赠别。杨意甚亟，告丁曰："顾不敢隐，仆来时米不满升。今过蒙推解固乐[⑩]，妻子如何矣！"丁曰："是无烦虑，已代经纪矣。幸舒意少留[⑪]，当助资斧[⑫]。"走伻招诸博徒[⑬]，使杨坐而乞头，终夜得百金[⑭]，乃送之还。归见室人[⑮]，衣履鲜整，小婢侍焉。惊问之，妻言："自君去后，次日即有车徒赍送布帛米粟[⑯]，堆积满屋，云是丁客所赠。又婢十指，为妾驱使[⑰]。"杨感不自已[⑱]。由此小康，不屑旧业矣。

注释

①门者：看守城门的人。

②忆：记得。

③申言：再三地申辩。

④踩履而出：连鞋也来不及提上就跑出来迎接，形容欢迎之急切热诚。踩履，指趿拉着鞋。履，鞋子。

⑤揖客入：作揖请客人进门。

⑥衣敝踵决：衣物破烂不堪，鞋子露着脚后跟。形

容穷困潦倒的样子。

⑦义之：意动用法，“以之义”，认为他很讲义气。

⑧内顾：对家事的牵挂。内，指家里。

⑨褊 biǎn 心：又作“偏心”，心胸狭窄的意思。望：怨恨。

⑩推解：推食解衣，把穿着的衣服脱下给别人穿，把正在吃的食物让别人吃。形容对人热情关怀。推，让给。

⑪舒意：心思舒畅。

⑫资斧：旅费。

⑬走伻 bēng：派仆从前往。

⑭终夜：一整夜。

⑮室人：指内人妻室。

⑯徒：平白无故地。赉 lài：赠送，赐给。

⑰驱使：命令某人做某事，使唤。

⑱感不自已：非常感动，以至于不能控制自己的感情。已，止住，控制住。

译文

这一年，正赶上闹饥荒，杨某一家极为穷困，生活没法维持下去。妻子有意无意地劝丈夫去找丁前溪接济，杨某同意了。到了诸城，找到丁前溪的家，让看门人通报姓名，可丁前溪听后一点儿也记不起这个人来。杨某又将当年的事对仆人说了一遍，丁前溪才想起来，忙趿拉着鞋跑出来迎客。见杨某衣衫破烂，鞋子露着脚后跟，他就将杨某请到暖和的屋里，设宴盛情款待，礼仪隆重，非同寻常。第二天，又为杨某赶制衣帽鞋袜，杨某被装扮得表里一新，心里很感激他的义气，但一想到家中断炊的情形，便增添了忧愁，只盼望主人能尽快接济点儿钱粮好赶回家去。可住了几天，见主人还没有送别的意思，杨某急了，忍不住对丁前溪说："实不相瞒，我来时，家中的米已不到一升了，如今我受到你的盛情款待，当然很高兴，可家里的妻子怎么过呢？"丁前溪说："这你不用担忧，已经替你张罗过了。请你放心小住几天，一定凑点盘缠送你回家。"丁前溪就派人去召集众赌徒来聚赌，让杨某向赢的一方抽头渔利，一夜间就得到百两银子。这才送杨某回家。杨某回到家，看见妻子穿戴鲜艳整齐，身边还有小丫鬟侍候着。他惊奇地问妻子。妻子说："自你走后，第二天就有人赶着马车送来布匹粮食，堆了满满一屋，说是姓丁的那位客人送的。又给了一个会做针线活的丫鬟，听我支使。"杨某感激不尽。从此家道小康，再也用不着设赌场赚钱度日了。

异史氏曰："贫而好客，饮博浮荡者优为之[①]；异者，独其妻耳。受之施而不报，岂人也哉？然一饭之德不忘[②]，丁其有焉。"

注释

①优：通“犹”，尚且。

②一饭之德不忘：指对别人给予自己的恩惠，即使是小到一餐一饭，也不忘记给予回报。语出《史记·范雎列传》：“一饭之德不忘，睚眦之怨必报。”

译文

异史氏说：“贫穷而好客，饮酒赌博、轻浮浪荡的人多能做到；最难得的，是杨某之妻也能做到这点。接受过这样人家的恩惠而不报答，还算是人吗？而不忘报答一顿饭的恩德，丁前溪应该是具有这种品质的人吧。”

侠　女

顾生，金陵人①，博于材艺②，而家綦贫③。又以母老不忍离膝下④。惟日为人书画⑤，受贽以自给⑥。行年二十有五⑦，伉俪犹虚⑧。对户旧有空第⑨，一老妪及少女税居其中⑩，以其家无男子，故未问其谁何。一日偶自外入，见女郎自母房中出，年约十八九，秀曼都雅⑪，世罕其匹，见生不甚避，而意凛如也⑫。生入问母。母曰："是对户女郎，就吾乞刀尺⑬，适言其家亦止一母。此女不似贫家产。问其何为不字，则以母老为辞。明日当往拜其母，便风以意⑭，倘所望不奢⑮，儿可代养其母。"明日造其室，其母一聋媪耳⑯。视其室并无隔宿粮，问所业，则仰女十指⑰。徐以同食之谋试之，媪意似纳，而转商其女；女默然，意殊不乐。母乃归。详其状而疑之曰："女子得非嫌吾贫乎？为人不言亦不笑，艳如桃李，而冷如霜雪，奇人也！"母子猜叹而罢。

注释

①金陵：今江苏省南京市。战国时，为楚国的属地，当时命名为金陵邑，因此得名。

②博于材艺：学识和艺术素养都很广博。

③綦qí贫：非常贫穷。綦，极其，非常。

④以：因为。

⑤日：每天。为：替，给。

⑥受贽 zhì：接受赠礼。贽，古代初次拜见尊长所送的礼物，这里指顾生拿到的报酬。

⑦行年：时年，年龄。

⑧伉俪 kànglì 犹虚：还没有妻子。伉俪，配偶，夫妻，这里指妻子。伉，相当。俪，并也。古时候用成对的鹿皮作为订婚用物，称为伉俪。

⑨第：住所。

⑩税居：借住。

⑪秀曼都雅：秀丽雅致。曼，美，长。都，美丽。

⑫凛 lǐn 如：凛然，一身正气、严肃正义的样子。

⑬乞刀尺：求借剪刀和尺子。乞，借、乞讨。

⑭风：同“讽”，从旁侧示意。

⑮所望不奢：要求的条件不高。奢，奢侈，这里指要求高。

⑯媪 ǎo：古代对老妇人的通称。

⑰仰女十指：依靠女红为生。

译文

南京有一个姓顾的书生，博学多才，能写擅画，家里却非常贫穷。因为母亲年老，顾生不忍离开老母膝下，只能每天给人家画画，得点钱以维持生计。顾生已经二十五岁了，还没有娶妻。他家对门原是一所空房子，有一个老太太和一个少女借住在里边。因为她们家没有男人，所以也从没问过她们是什么人。一天，顾生偶然从外面回家，见对门的女子从他母亲房里出来，年纪约十八九岁，长得秀丽风雅、世间罕见。女子迎头碰见顾生，也不怎么回避，但神情冷峻威严。这女子走后，顾生走到母亲房里询问，母亲说："刚才来的是对门的女子，向我借剪刀尺子。她说她家也只有一个母亲，别无他人。我看这个女子不像穷人家孩子，问她为什么不嫁人，她说母亲年老无人侍奉。明天我过去拜访一下她母亲，顺便试探一下。如果她们要求条件不高，我们结亲，你可以代养她的母亲。"第二天，顾母去女郎家里拜访，见她母亲是一个耳聋的老太太。看她家里穷得没有隔夜粮，问她们靠什么维持生活，回答说靠女儿做针线活。顾母试探着说了一起过日子的想法，老太太似乎同意，转头询问女儿，女儿默默不语，意思挺不乐意。顾母没再说什么，就回家了。回到家里仔细想一下当时的情景，对顾生说："莫不是女子嫌我们家穷？这孩子为人严肃，不爱说笑，长得虽艳如桃李，性情却冷如冰霜，真是个怪人！"母子二人猜测一会儿，也就作罢了。

一日生坐斋头[①]，有少年来求画，姿容甚美，意颇儇佻[②]。诘所自[③]，以"邻村"对。嗣后三两日辄一至[④]。稍稍稔熟[⑤]，渐以嘲谑，生狎抱之[⑥]，亦不甚拒，遂私焉。由此往来昵甚。会女郎过，少年目送之，问为谁，对以“邻女”。少年曰：“艳丽如此，神情何可畏？”少间，生入内，母曰：“适女子来乞米，云不举火者经日矣。此女至孝，贫极可悯，宜少周恤之。”生从母言，负斗米款门，达母意。女受之，亦不申谢。日尝至生家，见母作衣履，便代缝纫，出入堂中，操作如妇。生益德之。每获馈饵[7]，必分给其母，女亦略不置齿颊[8]。母适疽生隐处，宵旦号啕。女时就榻省视，为之洗创敷药，日三四作。母意甚不自安，而女不厌其秽。母曰：“唉！安得新妇如儿，而奉老身以死也！”言讫悲哽[9]，女慰之曰：“郎子大孝，胜我寡母孤女什百矣。”母曰：“床头蹀躞之役[10]，岂孝子所能为者？且身已向暮，旦夕犯雾露[11]，深以祧续为忧耳[12]。”言间生入，母泣曰：“亏娘子良多，汝无忘报德。”生伏拜之。女曰：“君敬我母，我勿谢也，君何谢焉？”于是益敬爱之。然其举止生硬，毫不可干。

注释

①斋头：房子的一边。

②儇佻 xuāntiāo：言行浮夸轻佻。

③诘 jié 所自：问某人从哪里来。

④嗣 sì 后：此后。

⑤稔 rěn 熟：了解，熟悉。

⑥狎：亲近，亲昵。

⑦馈饵：馈赠，礼物。

⑧略不置齿颊：不说感谢的话。齿颊，指口舌、言语。

⑨讫qì：完结，结束。

⑩床头蹀躞diéxiè：指在床前侍奉其母。蹀躞，小步走路的样子。

⑪犯雾露：外感风寒致病，这里指得重病而死。雾露，指风寒。

⑫祧tiāo续：传宗接代。

译文

一天，顾生坐在屋子一端作画，有个少年来求他画幅画。这少年长得很俊俏，但言行举止很轻佻。顾生问他从哪里来，他说是"邻村"。此后，少年每三两天就来一次。稍稍熟了点，少年就渐渐和顾生调笑。顾生抱他，他也不怎么拒绝，两人关系随即暧昧起来。自此两人来往更加亲昵。一次，少年见女郎走过，盯着她走远后，问顾生那女郎是谁。顾生说是"对门的女子"，少年说："这女子长得这么漂亮，神情却为何那么可怕！"一会儿，顾生去母亲屋里，母亲说："刚才女子来借米，说她们已经断炊一天了。这个女子很孝顺，家里穷得可怜，我们应该多少周济她一些。"顾生听了母亲的话，就背一斗米去女子家，并转告母亲的话。女子收下米，也没说感谢的话。自此，女子也常到顾生家来，看到顾母在做衣服或鞋子，她就拿过来替顾母做，进进出出，帮着操持家务，就像顾家的儿媳妇一样。顾生看到这情形，越发感激女子。之后顾家每次得到别人送来的礼物，总是分一半给女子的母亲，而女子也依旧不说感谢之类的客气话。一次，顾母的阴处生病，疼得日夜喊叫，女子便天天来探望她，给她擦洗换药，一天往来三四次。顾母心里很是不安，但女子却从不嫌脏。顾母说："唉！我们家到哪里娶个像你这样的媳妇，早晚伺候老身到死！"说完就哭了起来。女子安慰她说："您的儿子很孝顺，比我们寡母孤女强几百倍呢！"顾母又说："在我床头来来去去服侍，这哪是孝子能做的？况且老身已是暮年之人，早晚即将入土，最忧心的就是没有后代根苗。"她俩正说着，顾生走进屋来。顾母哭着对儿子说："我们欠姑娘的太多了，你不要忘记报答她的大恩大德呀！"顾生便向女子施礼感谢。女子说："你照顾我的母亲，我都没有谢你，你何必谢我呢？"于是顾生更加敬爱她。然而女子的言行举止一直很严肃，顾生丝毫也不敢轻易接近她。

一日，女出门，生目注之，女忽回首，嫣然而笑。生喜出意外，趋而从诸其家，挑之亦不拒，欣然交欢。已，戒生曰："事可一而不可再。"生不应而归。明日又约之，女厉色不顾而去。日频来，时相遇，并不假以词色[1]。少游戏之[2]，则冷语冰人。忽于空处问生[3]：“日来少年谁也？”生告之。女曰：“彼举止态状，无礼于妾频矣[4]。以君之狎昵，故置之。请更寄语[5]：再复尔[6]，是不欲生也已！”生至夕，以告少年，且曰：“子必慎之，是不可犯！”少年曰：“既不可犯，君何私犯之？”生白其无[7]。曰：“如其无。则猥亵之语[8]，何以达君听哉？”生不能答。少年曰：“亦烦寄告：假惺惺勿作态[9]；不然，我将遍播扬。”生甚怒之，情见于色[10]，少年乃去。一夕方独坐，女忽至，笑曰：“我与君情缘未断，宁非天数。”生狂喜而抱于怀，欻闻履声籍籍[11]，两人惊起，则少年推扉入矣。生惊问：“子胡为者？”笑曰：“我来观贞洁人耳。”顾女曰：“今日不怪人耶？”女眉竖颊红，默不一语，急翻上衣，露一革囊，应手而出，则尺许晶莹匕首也。少年见之，骇而却走。追出户外，四顾渺然。女以匕首望空抛掷，戛然有声，灿若长虹，俄一物堕地作响。生急烛之，则一白狐身首异处矣。大骇。女曰：“此君之娈童也[12]。我固恕之[13]，奈渠定不欲生何[14]！”收刃入囊。生曳令入，曰：“适妖物败意，请来宵。”出门径去。次夕，女果至，遂共绸缪。诘其术，女曰：“此非君所知。宜须慎秘，泄恐不为君福。”又订以嫁娶，曰：“枕席焉[15]，提汲焉[16]，非妇伊何也？业夫妇矣，何必复言嫁娶乎？”生曰：“将勿憎吾贫耶？”曰：“君固贫，妾富耶？今宵之聚，正以怜君贫耳。”临别嘱曰：“苟且之行[17]，不可以屡。当来，我自来，不当来，相强无益。”后相值，每欲引与私语，女辄走避。然衣绽炊薪，悉为纪理，不啻妇也。

注释

①假以词色：表现出友好的话语和脸色。假，给予。

②少：稍微。

③空处：没人的地方。

④频：频频，多次。

⑤请更寄语：请转告他。

⑥再复尔：再这样。再、复：都是“再次”的意思。尔，这样。

⑦白：陈述，辩白。

⑧猥亵之语：本义是“下流的话”，这里指男女之间不方便外泄的话。

⑨假惺惺：指假装正经。

⑩情见于色：从脸色上显露了（愤怒）情绪。

⑪欻xū：忽然之间。籍籍：拟声词，形容纷乱的声音。

⑫娈luán童：古时指被当女性玩弄猥亵的美少年，也作男妓解。娈，美好。

⑬固：虽然，固然。

⑭奈：奈何。渠：第三人称代词，他。

⑮枕席：以枕席之间来比喻男女同居。

⑯提汲：从井中汲水，指操持家务。

⑰苟且之行：指男女幽会。

译文

一天，女子出了房门，顾生注视着她。她忽然回头，向顾生嫣然一笑。顾生喜出望外，就跟在女子后面进了她家。顾生亲近她，女子也不拒绝，欣然同意。事后，女子告诫顾生说："这种事只可一而不可再！"顾生没表示同意，就回了家。第二天，顾生又约女子相会，女子神色严厉，连理也不理就走了。此后，女子仍天天来顾家，与顾生天天相见，却并不给顾生好话听、好脸色看。有时顾生说句笑话逗她，她也冷语拒绝。一次，女子忽然在没有人的地方问顾生："常来你家的那个少年是谁？"顾生告诉了她。女子接着说："那人举止行为间几次对我无礼！因为是你的朋友，没有理会他。请转告他：要再对我无礼，他是不想活了！"当天晚上，顾生把女子的话告诉那少年，并且告诫说："你要小心，她可不是好惹的！"少年说："既然她不好惹，你怎么私下惹了她呢？"顾生辩白说并无此事。少年又说："若是没有，怎么男女之间不好说的话她都说给你呢？"顾生一时回答不上来。少年又说："也请你转告她：不要装模作样！不然的话，我就四处给你们宣扬！"顾生听了很生气，怒形于色，那少年就走了。一天晚上，顾生正一个人坐在屋里，女子忽然来了，笑着说："我和你情缘未断，这岂不是天意！”顾生狂喜，急忙把女子抱在怀里。忽然听到有脚步声，两人惊慌地起来，就见少年推门进来。顾生惊问：“你来干什么？”少年笑着说：“我来看贞洁的人呀！”又望着女子说：“今天不怪我吧！”女子柳眉倒竖、脸色发红，一句话不说，急忙翻开上衣，露出一个皮囊，随手抽出一把一尺来长的匕首，闪闪发光。少年一见，吓得拔腿就跑，女子追出门外，四下一看，不见少年踪影。她把匕首向空中一抛，嘎嘎有声，一道亮光像长虹一样，接着就有一件东西“扑通”一声落在地上。顾生急忙用蜡烛一照，见是一只白狐，身子和脑袋已经分了家，他大惊失色。女子说：“这就是你恋着的好朋友！我本来想饶了他，谁知他偏偏不想活！”便收了匕首放回革囊。顾生又拉女子进屋，女子说：“刚才让妖精败了兴，请等明晚吧！”说罢就出门走了。第二天晚上，女子果然又来了，二人便共同欢好。顾生问她有什么法术，女子说：“这不是你该知道的，需要保密。泄露出去，恐怕对你不利。”顾生又与女子商量嫁娶的事，女子说：“我们已经同床共枕，我又帮你干家务，不是你的妻子又是什么呢？既然已经是夫妻，还谈什么嫁娶呢？”顾生又说：“你是不是嫌我家穷？”女子说：“你家固然穷，难道我家富有？今晚相会正是可怜你穷呀！”临走时又对顾生说：“这种见不得人的事，不能次数太多。该来的时候我自然会来，不该来的时候，你强求也没有用。”以后两人相遇，顾生每每想引她单独说句话，女子每次都避开了。但是她来顾家缝衣做饭、料理家务依然如故，不亚于真正的妻子。

积数月[1]，其母死，生竭力葬之。女由是独居。生意孤寝可乱[2]，逾垣入[3]，隔窗频呼，迄不应[4]。视其门，则空室扃焉。窃疑女有他约。夜复往，亦如之。遂留佩玉于窗间而去之。越日，相遇于母所。既出，而女尾其后曰："君疑妾耶？人各有心，不可以告人。今欲使君无疑，乌得可[5]？然一事烦急为谋。"问之，曰："妾体孕已八月矣，恐旦晚临盆。'妾身未分明'，能为君生之，不能为君育之。可密告母觅乳媪[6]，伪为讨螟蛉者[7]，勿言妾也。"生诺，以告母。母笑曰："异哉此女！聘之不可，而顾私于我儿。"喜从其谋以待之。又月余，女数日不至，母疑之，往探其门，萧萧闭寂。叩良久，女始蓬头垢面自内出。启而入之，则复阖之[8]。入其室，则呱呱者在床上矣[9]。母惊问："诞儿时矣？"答云："三日。"捉绷席而视之[10]，则男也，且丰颐而广额[11]。喜曰："儿已为老身育孙子，伶仃一身[12]，将焉所托？"女曰："区区隐衷，不敢掬示老母[13]。俟夜无人[14]，可即抱儿去。"母归与子言，窃共异之[15]。夜往抱子归。

注释

①积数月：又过了几个月。

②乱：胡作非为。

③逾：跳过，穿过。垣 yuán：墙。

④讫 qì：始终。

⑤乌得可：不可得。乌，没有。

⑥密：私下里，悄悄地。

⑦螟蛉 mínglíng：一种绿色小虫。蜾蠃是一种寄生蜂，常捕捉螟蛉存放在窝里，产卵在它们身体里，卵孵化后就以螟蛉为食物。古人误认为蜾蠃不产子，喂养螟蛉为子，因此用“螟蛉”比喻义子。

⑧阖 hé：关门。

⑨呱 gū 呱者：指婴儿。呱呱，拟声词，婴儿的哭声。

⑩捉绷席：指抱起婴儿。捉，抱起。绷席，即“襁褓”。

⑪丰颐而广额：脸颊丰满而额头宽阔。

⑫伶仃 língdīng：孤苦无依的样子。

⑬掬 jū 示：用手捧出来展示给别人看。

⑭俟 sì：等待。

⑮窃：私下里。

译文

又过了几个月，女子的母亲去世，顾生尽全力帮助女子料理丧事。女子从此就一个人过日子。顾生想着女子一个人住在家里，可以随便去找她了。于是他就跳墙进女子的院子，隔着窗户叫她。但喊了好几声，没有人答应。他看看门，门关得好好的，人却没在屋里。顾生怀疑女子可能与别人约会去了。第二夜又去探看，仍和昨晚一样，他便将一块玉佩放在窗台上回家了。隔了一天，顾生与女子在顾母房里相遇，顾生走出房来，女子也跟出来，对顾生说："你怀疑我吗？人都有自己的心事，有的不能随便告诉别人。现在这样不叫你怀疑，也不可能。但是有一件急事你得赶快帮我想办法。"顾生问是什么事，女子说："我已怀孕八个月，恐怕不久就要生。我没有名分，只能给你生下来，不能帮你抚养。你可偷偷告诉你母亲，找一个奶妈，假说是抱了个小孩，不能说是我生的。"顾生答应了，回去告诉母亲。他母亲笑着说："这个姑娘真奇怪，娶她不愿意，却与我儿私自相好。"高兴地听从了她的意见，只等生下孩子再说。又过一个多月，一连几天女子没有来顾家。顾母心里有疑虑，就去女子家探望。一看大门关得严严的，院里寂静无声。叫门很长时间，女子才蓬头垢面地从屋里出来，请顾母进屋，又把门关上。顾母进屋一看，一个小婴儿在床上。顾母惊讶地问："生多长时间了？"回答说："三天了。"顾母解开小褥子一看，是一个小男孩，胖胖的脸蛋，宽宽的脑门，非常可爱。顾母高兴地说："我的儿，你已经为我生孙子了。可是你孤单一人，以后依靠谁呢？”女子说：“我还有一件心事未了，不能告诉母亲。等夜里没有人时，可把小儿抱过去。”顾母回到家里，对儿子说了这一切，母子二人都暗暗觉得奇怪。到了夜里，便把婴儿抱回去了。

更数夕，夜将半，女忽款门入[①]，手提革囊[②]，笑曰：“我大事已了，请从此别。”急询其故，曰：“养母之德，刻刻不去诸怀。向云‘可一而不可再’者，以相报不在床笫也[③]。为君贫不能婚，将为君延一线之续。本期一索而得[④]，不意信水复来[⑤]，遂至破戒而再。今君德既酬，妾志亦遂，无憾矣。”问：“囊中何物？”曰：“仇人头耳。”检而窥之，须发交而血模糊。骇绝，复致研诘[⑥]。曰：“向不与君言者，以机事不密，惧有宣泄。今事已成，不妨相告：妾浙人。父官司马[⑦]，陷于仇，彼籍吾家[⑧]。妾负老母出，隐姓名，埋头项[⑨]，已三年矣。所以不即报者，徒以有母在；母去，又一块肉累腹中[⑩]，因而迟之又久。曩夜出非他[⑪]，道路门户未稔，恐有讹误耳。”言已出门，又嘱曰：“所生儿，善视之。君福薄无寿，此儿可光门闾[⑫]。夜深不得惊老母，我去矣！”方凄然欲询所之，女一闪如电，瞥尔间遂不复见[⑬]。生叹惋木立，若丧魂魄。明以告母，相为叹异而已。后三年生果卒。子十八举进士，犹奉祖母以终老云。

注释

①款：缓缓地。

②革囊 náng：皮革口袋。

③床笫 zǐ：指男女之事。

④一索而得：这里指初次欢会就怀孕。索，求索。

⑤信水：月经。

⑥研诘 jié：细致地盘问。

⑦司马：明清时的官名。

⑧籍吾家：抄没我的家产。籍，登记、查抄。

⑨埋头项：低下头，不敢露面。

⑩肉累：指腹中的胎儿。

⑪曩 nǎng：以往，过去的。

⑫光门闾 lǘ：光耀门楣。闾，本义指里巷的大门，后指族人的聚居处。

⑬瞥尔间：转眼间。尔，助词，无实义。

译文

又过了几天，到夜半三更时，女子忽然推开顾生的门进来，手里提着一个皮口袋，笑着对顾生说："我的大事已经办完，从此咱们就分别了。"顾生急忙问是什么原因，女子说："你帮我奉养母亲的恩德，我时时刻刻不会忘记。以前我曾对你说过'可一而不可再'，是说报答你的恩情不在于与你欢好。因你家贫不能娶妻，所以想给你留下后代根苗。本来希望一次就能怀孕，谁知又来了月经，所以破戒又与你同房一次。今日既已报答你的恩德，我的心事也已了却，没有什么遗憾了！”顾生问：“皮袋中是什么东西？”回答说：“仇人的脑袋。”打开一看，人头胡须、毛发缠在一起，血肉模糊。顾生非常惊恐，细问原因。女子说：“过去一直没有对你说，就是因为事情机密，怕走漏了风声。今天大事已经成功，不妨告诉你。我本是浙江人，父亲官居司马，为仇人陷害，我家被满门抄斩。我背着母亲逃出来，隐姓埋名三年。之所以没有立即报仇，就是因为有老母在世。后来老母去世，却又有一婴儿在肚内，因此又推迟了一些时间。那几天晚上我没在家，是去探查仇人家的道路和门户，怕不熟，出了差错。”说罢，就出了顾生房门，回头又嘱咐说：“我生的孩子，你要好好抚养。你福薄且没有多少寿限，这个孩子可以给你家光宗耀祖。夜已深了，不要惊动老母亲，我走了。”顾生心里很悲伤，正想问她到哪里去，女子身子一闪，像一道闪电，就不见了。顾生呆呆地站在那里像木头一样，感到失魂落魄。到天亮，顾生告诉了母亲，母子两人只有感叹而已。三年后，顾生果然去世。他的儿子十八岁就中了进士，奉养祖母，直到送终。

异史氏曰：“人必室有侠女，而后可以畜娈童也[①]。不然，尔爱其艾豭，彼爱尔娄猪矣[②]！”

注释

①畜：养。

②“尔爱”二句：你爱他这个公猪，他就爱你的那个母猪了。指你爱娈童，娈童就要爱你的妻子。艾豭jiā：公猪。娄猪：母猪。

译文

异史氏说：“人的家中一定要有侠女，然后才能畜养娈童，不然的话，你爱娈童，娈童就要爱你的妻子了！”

卷三

道　士

韩生，世家也[①]。好客，同村徐氏常饮于其座。会宴集[②]，有道士托钵门上[③]，家人投钱及粟皆不受，亦不去，家人怒，归不顾[④]。韩闻击剥之声甚久[⑤]，询之家人，以情告[⑥]。言未已，道士竟入，韩招之坐[⑦]。道士向主客皆一举手，即坐。略致研诘，始知其初居村东破庙中。

注释

①世家：世代显贵的人家。

②宴集：宴饮集会。

③托钵bō：拿着僧人的食器，指化缘。

④家人：仆人。顾：看，管。

⑤击剥之声：敲门声。击，敲门。剥，指剥啄，敲门的声音。

⑥情：实情。

⑦招：招呼。

译文

韩生，是大户人家的子弟。他平生好客，同村有一个姓徐的人，经常在他家喝酒。一次，韩生和徐某又在家里宴饮，门外来了个道士，手托着饭钵化缘。仆人们给他钱和粮食他都不要，也不走。仆人生气地走开，不再理他。韩生听见门外敲钵的声音响了很久，叫来仆人询问，仆人向他禀报事情的经过。话还没说完，道士已径直走进来。韩生招呼他入座，道士抬手向主客略一致意，便坐下了。韩生大致地问了一下他的来历，得知他住在村东破庙中。

韩曰："何日栖鹤东观①，竟不闻知②，殊缺地主之礼③。"答曰："野人新至④，无交游，闻居士挥霍⑤，深愿求饮焉。"韩命举觞。道士能豪饮。

注释

①栖鹤：传说中得道者驾鹤而行，因此敬称道士宿止为栖鹤，又称息驾。

②竟不闻知：竟然没有听说。

③地主之礼：指一个区域的人对另一个区域的客人进行招待的礼数。地主，东道主。

④野人：道士自谦的说法，意谓山野莽夫。

⑤居士：意思是向道慕善在家修行的人。是宗教徒对世俗人士的敬称。挥霍：豪奢不吝。

译文

韩生说："道长什么时候在村东庙里住下的？我竟

一点也不知道，太缺主人之礼了！”道士回答说：“小道刚来这里不久，跟人没什么交往。听说您慷慨好客，所以来讨杯酒喝。”韩生便斟上酒，让道士举杯畅饮。道士酒量很好。

徐见其衣服垢敝，颇偃蹇[①]，不甚为礼。韩亦海客遇之[②]。道士倾饮二十余杯，乃辞而去。

注释

①偃蹇：骄横，傲慢。

②海客遇之：把道士当作走江湖的看待。海客，浪迹四方的人。

译文

徐某见道士衣服又脏又破，很瞧不起，傲慢地不大理睬他。韩生也把道士当作一般的江湖食客对待。道士一连喝了二十多杯，才告辞离去。

自是每宴会道士辄至[①]，遇食则食，遇饮则饮，韩亦稍厌其频。饮次[②]，徐嘲之曰：“道长日为客，宁不一作主？”道士笑曰：“道人与居士等，惟双肩承一喙耳[③]。”徐渐不能对[④]。道士曰：“虽然，道人怀诚久矣，会当竭力作杯水之酬[5]。”饮毕，嘱曰：“翌午幸赐光宠[6]。”次日，相邀同往，疑其不设[7]。行去，道士已候于途，且语且步，已至寺门。入门，则院落一新，连阁云蔓[8]。大奇之，曰：“久不至此，创建何时？”道士答：“竣工未久。”比入其室，陈设华丽，世家所无。二人肃然起敬。甫坐[9]，行酒下食，皆二八狡童[10]，锦衣朱履。酒馔芳美[11]，备极丰渥[12]。饭已，另有小进[13]。珍果多不可名，贮以水晶玉石之器，光照几榻。酌以玻璃盏[14]，围尺许。道士曰：“唤石家姊妹来。”童去少时，二美人入，一细长如弱柳，一身短，齿最稚；媚曼双绝[15]。道士即使歌以侑酒[16]。少者拍板而歌，长者和以洞箫，其声清细。既阕，道士悬爵促釂[17]，又命遍酌。顾问：“美人久不舞，尚能之否？”遂有僮仆展氍毹于筵下[18]，两女对舞，长衣乱拂，香尘四散。舞罢，斜倚画屏。韩、徐二人心旷神飞[19]，不觉醺醉。

注释

①自是：从此。

②次：多次。

③双肩承一喙 huì：两只肩膀扛着一张嘴。意思是白吃白喝，没有回报。

④渐：通“惭”，惭愧，羞愧。

⑤杯水：一杯水酒。水，指酒味寡淡。

⑥幸赐光宠：希望赐予恩宠光临。

⑦不设：不能设宴。

⑧连阁云蔓：楼阁如云一样蔓延连绵，形容阁楼之多。

⑨甫坐：入席坐下。

⑩狡童：聪慧善解人意的幼仆。

⑪馔zhuàn：饮食。

⑫丰渥wò：丰厚优渥。

⑬小进：小吃，宴席后的茶点果品。

⑭酌：指酌酒。

⑮媚曼：同“靡曼”，谓姿容美丽。

⑯侑yòu酒：劝酒。侑，相助，这里指在筵席旁助兴，劝人吃喝。

⑰悬爵促釂jiào：举杯劝客人饮尽。釂，干杯。

⑱氍毹qú shū：一种织有花纹图案的毛毯。毛或毛麻混织而成，古代产于西域，可用作地毯、壁毯、床毯、帘幕等。

⑲心旷神飞：心思旷荡，魂不守舍。

译文

从此以后，韩生每次宴会，道士总会不请自到，见到食物就吃，见到酒就喝。次数多了，韩生也多少有些厌烦。一次在酒席上，徐某嘲笑道士说：“道长天天当客人，难道一次东道主也不做吗？”道士笑着说：“我和你一样，都是双肩托着一张嘴罢了！”徐某大为羞惭，无言以对。道士又说：“话虽然这样说，但小道很早就想诚意邀请了，改日定当尽力准备几杯水酒，聊以回报。”喝完后，道士嘱咐说：“明天中午，敬请光临。”第二天，韩生和徐某一起去村东庙中，疑心道士什么也没准备。一路走去，见道士已在途中等候。三人边谈边走，已到庙门前。进门一看，只见房舍院落，焕然一新，楼台亭阁，绵延一片。韩、徐二人大吃一惊，说：“很久没来这里，这是什么时候建造的？”道士回答说：“刚竣工不久。”等走进屋子，只见陈设富丽堂皇，连富贵大家都没这般气派。二人不禁肃然起敬。入席坐下后，往来斟酒上菜的都是些十几岁的聪明小童，穿着锦衣红鞋。酒香菜美，极为丰盛。饭后，又上了些茶点果品，都很珍奇，叫不上名来，盛在用水晶、玉石制作的盘里，光华晶莹，照亮了桌几、床榻。酒用大玻璃杯盛着，杯子周长一尺多。道士命小童说：“去叫石家姐妹来！”小童去了不一会儿，就有两个美人进来。一个细高，如风摆弱柳；另一个身材稍矮，年龄也小。二人都妩媚多姿，俊丽无比。道士命她们唱歌劝酒。年纪小的那个击节而歌，年龄大的吹着洞箫伴奏，声音清细嘹亮。一首歌唱完，道士举杯劝酒，喝完后，又命小童都斟上，回头看着二女说：“美人很久没有跳舞了，还能跳吗？”话刚说完，便有童仆在地上铺下毛毯，两个美人在毯上翩翩对舞起来，只见长袖飞舞，香气四散。舞完，二女娇媚地斜倚在画屏旁休息。韩、徐二人看得神魂颠倒，不知不觉喝得大醉。

道士亦不顾客，举杯饮尽，起谓客曰："姑烦自酌，我稍憩，即复来[1]。"

注释

①即复来：马上回来。

译文

道士也不管他们，自己举起酒杯一饮而尽，站起身对两个客人说："请你们自斟自饮吧。我去稍稍休息一会儿，马上回来。"

即去。南屋壁下，设一螺钿之床[1]，女子为施锦裀[2]，扶道士卧。道士乃曳长者共寝，命少者立床下为之爬搔[3]。二人睹此状颇不平。徐乃大呼："道士不得无礼！"往将挠之[4]，道士急起而遁[5]。见少女犹立床下，乘醉拉向北榻，公然拥卧。视床上美人，尚眠绣榻。顾韩曰："君何太迂[6]？"韩乃径登南榻，欲与狎亵[7]，而美人睡去，拨之不转；因抱与俱寝。天明酒梦俱醒，觉怀中冷物冰人，视之，则抱长石卧青阶下[8]。急视徐，徐尚未醒，见其枕遗屙之石[9]，酣寝败厕中。蹴起[10]，互相骇异。四顾，则一庭荒草，两间破屋而已。

注释

①螺钿 diàn 之床：镶嵌珠贝图案的床榻。钿，以金银珠宝、贝壳镶嵌器物。

②施锦裀 yīn：铺上锦缎制的褥子。

③爬搔：挠痒。爬，抓、挠。

④挠：阻止。

⑤遁：遁走，逃跑。

⑥迂：迂腐，木讷。

⑦狎亵 xiá xiè：态度轻薄、狎昵。

⑧青阶：青石台阶。

⑨遗屙之石：大便坑旁的踏脚石。遗屙，拉屎。

⑩蹴起：踢起。

译文

道士说完便走了。南屋墙下摆着一张华美的螺钿床，两个女子铺上锦褥，扶着道士躺下。道士拉着高个的女子同床共枕，命年纪小的那个在一边给他挠痒。韩、徐二人见此情景，十分不平。徐某大叫道："道士不得无礼！"跑了过去，要阻止他们，道士急忙起来逃走了。徐某见年龄小的美女还站在床下，乘着酒意把她拉到北边一张床上，公然拥抱着她躺下了。见道士床上的美人还睡在被窝里，便对韩生说：“你怎么这样傻啊！”韩生听了，径直上了道士的床，想跟那美女亲热，却见她已沉沉睡去，扳也扳不动，便搂抱着她睡着了。天亮后，韩生一下子从醉酒和睡梦中醒过来，觉得怀中有个东西非常冰冷，一看，原来自己正抱着块长条石躺在石阶下。急忙看看徐某，见他还没醒过来，头枕着块茅坑里的臭石头，酣睡在一个破厕所里。韩生忙踢醒他，二人都非常惊骇，四下一看，只有一院荒草、两间破房而已。

胡 氏

直隶有巨家欲延师[①]，忽一秀才踵门自荐，主人延之。词语开爽[②]，遂相知悦。秀才自言胡氏，遂纳贽馆之[③]。胡课业良勤[④],淹洽非下士等[⑤]。然时出游，辄昏夜始归，扃闭俨然[⑥]，不闻款叩而已在室中矣。遂相惊以狐。然察胡意固不恶，优重之[⑦]，不以怪异废礼。

注释

①直隶：清代直隶省，即今天的河北一带。延师：聘请私塾教师。延，聘请。

②开爽：开朗爽快。

③纳贽 zhì：付给聘金。贽，古代初次拜见尊长所送的礼物。馆之：留出客舍，为之设馆，聘为先生。

④课业：授业，考课。

⑤“淹洽”句：指（胡秀才）学问渊博，不是一般秀才可比的。下士，指秀才。

⑥扃 jiōng 闭：锁闭。扃，从外面关门的闩、钩等，引申为关门。

⑦优重：优礼重待。

译文

河北有一户大户人家，想请一名教书先生。忽然来了个秀才，找上门来推荐自己。主人就请他进来谈。此人说话开朗直爽，主客谈得很投机。秀才自我介绍说姓胡，主人便聘请他来家里教书。胡氏教书很勤苦，学识也很渊博，比一般教书先生好得多。就是喜欢出馆游玩，常常深夜才回来。大门关着，没听见敲门，人已进屋了。于是家人都怀疑他是狐妖，但仔细观察，又看不出他有什么恶意，所以主人仍然对他礼遇有加，不因他是狐妖而怠慢。

胡知主人有女，求为姻好[①]，屡示意，主人伪不解[②]。一日，胡假而去[③]。次日有客来谒[④]，絷黑卫于门[⑤]，主人逆而入。年五十余，衣履鲜洁，意甚恬雅[⑥]。既坐，自达[⑦]，始知为胡氏作冰[⑧]。主人默然良久，曰："仆与胡先生，交已莫逆[⑨]，何必婚姻？且息女已许字矣[⑩]，烦代谢先生。"客曰："确知令嫒待聘[⑪]，何拒之深？"再三言之，而主人不可，客有惭色，曰："胡亦世族，何遽不如先生[⑫]？"主人直告曰："实无他意，但恶非其类耳。"客闻之怒，主人亦怒，相侵益亟。客起抓主人，主人命家人杖逐之，客乃遁[⑬]。遗其驴，视之，毛黑色，批耳修尾[⑭]，大物也。

牵之不动，驱之则随手而蹶[15]，嘤嘤然草虫耳[16]。

注释

①求为姻好：求婚。

②伪：假装。

③假：请假。

④谒 yè：拜访，拜见。

⑤絷 zhí：用绳索拴住或拌住。黑卫：黑驴。卫，驴子的代称。

⑥恬雅：安闲雅致。

⑦自达：表明自己的来意。

⑧作冰：作媒。

⑨交已莫逆：已是莫逆之交。交，交往，友谊。莫逆，没有抵触，感情融洽。

⑩息女：亲生女。许字：许配人家，订婚。

⑪令媛：您的女儿，对别人女儿的敬称。待聘：没有聘约，指未订婚。

⑫何遽 jù：怎么就，表示反问。遽，助词，相当于“遂”。

⑬遁：逃跑。

⑭批耳修尾：尖耳长尾，是好马的体形特征。批，指耳朵尖如削竹。

⑮蹶 jué：踢，踏，踩。

⑯嘤 yāo 嘤：拟声词，草虫鸣叫声。

译文

胡氏知道主人有个女儿，想向主人求婚，多次向主人示意，主人都佯装不明白。有一天，胡氏向主人告假出去了。第二天，有个客人来拜访主人，拴一头黑驴在门外。主人请他进屋，这人大概五十多岁，衣服鞋袜光鲜洁净，谈吐风雅。宾主落座后，来人说他是来给胡氏提亲的。主人听后沉默很久才说：“我与胡先生已是莫逆之交，何必非成为亲戚不可呢？况且小女已许配人家了，请代我婉谢他的好意。”客人说：“我知道女公子并没有许亲，为什么这样坚决推辞呢？”客人再三恳求，主人执意不肯。客人有些不高兴地说：“胡先生也是世家大族，怎么就配不上你家呢？”主人就直截了当地说：“不为别的，只因为我们不是同类。”客人听了大怒，主人也生了气，两人争吵起来。客人站起来用手抓主人，主人就命家人用棍子把他打了出去。客人驴子也没骑，就跑了。众人见这驴毛色是黑的，长着尖耳朵，长尾巴，个头很大，可是牵它不动，一赶它竟随手倒下，却是个正在鸣叫的草虫。

主人以其言忿①，知必相仇，戒备之。次日果有狐兵大至，或骑、或步、或戈、或弩②，马嘶人沸，声势汹汹。主人不敢出，狐声言火屋③，主人益惧。

有健者率家人噪出，飞石施箭，两相冲击，互有夷伤[4]。狐渐靡[5]，纷纷引去。遗刀地上，亮如霜雪，近拾之，则高粱叶也。众笑曰："技止此耳[6]。"然恐其复至，益备之。明日，众方聚语，忽一巨人自天而降，高丈余，身横数尺，挥大刀如门，逐人而杀。群操矢石乱击之，颠踣而毙[7]，则刍灵耳[8]。众益易之[9]。狐三日不复来，众亦少懈。主人适登厕，俄见狐兵张弓挟矢而至，乱射之，集矢于臀。大惧，急喊众奔斗，狐方去。拔矢视之，皆蒿梗。如此月余，去来不常，虽不甚害，而日日戒严[10]，主人患苦之。

注释

①忿 fèn：生气，愤恨。

②戈、弩：兵器名。戈，长柄有刃的武器。弩，一种用机械连发的弓。

③火屋：放火烧房子。火，名词的意动用法，放火。

④夷伤：创伤。

⑤靡：势力衰颓。

⑥技止此耳：本领不过如此而已。

⑦颠踣而毙：倒地而死。

⑧刍灵：草扎的送葬物。

⑨易之：把它看得平常，轻视它。

⑩戒严：严密戒备。

译文

主人因为客人走时很气愤，估计肯定会来报复，所以叫家人多加戒备。第二天果然有大批狐兵来侵犯。他们有骑兵，有步兵，有持戈的，有拿弓箭的，人喊马嘶，声势浩大。主人不敢出去。狐兵扬言要用火烧屋，主人越发害怕。这时，有个胆大的家人带领大伙叫喊着冲了出去，两相厮打，飞石放箭，各有伤亡。狐兵渐渐败退，纷纷逃走，将一些刀剑丢弃在地上，亮如霜雪，走近拾起一看，都是些高粱叶子。众人笑着说："就是这么点本事罢了。"但仍怕它们再来，加强了戒备。第三天，家人正聚集在一起议论，忽见一个巨人从天而降，高一丈多，身粗好几尺，挥舞着一把像门扇一样的大刀，追着众人砍杀。众人便拿石块打他，放箭射他，很快那巨人就倒下死了。走近一看，原来是一个用草扎的哀杖。众人更加不怕狐兵了。这一仗后，狐兵三天没再来，家人也稍有懈怠。一天主人正上厕所，忽见狐兵朝他乱箭射来，都射到他的屁股上。主人大叫，命家人来反击，狐兵才退去。主人拔出腚上的箭一看，竟是些黄蒿杆子。以后一个多月，双方经常小规模地打来打去，虽没有什么大害，却也日夜不宁，需要天天防范，主人很是苦恼。

一日，胡生率众至，主人身出，胡望见，避于众中，主人呼之，不得已，乃出。主人曰："仆自谓无失礼于先生，何故兴戎[①]？"群狐欲射，胡止之。主人近握其手，邀入故斋，置酒相款。从容曰："先生达人[②]，当相见谅。以我情好，宁不乐附婚姻？但先生车马、宫室，多不与人同，弱女相从，即先生当知其不可。且谚云：'瓜果之生摘者，不适于口[③]。'先生何取焉[④]？"胡大惭。主人曰："无伤，旧好故在。如不以尘浊见弃，在门墙之幼子年十五矣[⑤]，愿得坦腹床下[⑥]。不知有相若者否？"胡喜曰："仆有弱妹，少公子一岁，颇不陋劣，以奉箕帚[⑦]，如何？"主人起拜，胡答拜。于是酬酢甚欢[⑧]，前隙俱忘，命罗酒浆，遍犒从者[⑨]，上下欢慰。乃详问居里，将以奠雁[⑩]，胡辞之。日暮继烛，醺醉乃去。由是遂安。

注释

①兴戎：动武。

②达人：通情达理的人。

③"瓜果"句：生摘的瓜果不好吃，相当于现代谚语"强扭的瓜儿不甜"。

④何取：何必采用强婚的下策。

⑤在门墙：指拜师受业。门墙，师门。语出《论语·子张》："夫子之墙数仞，不得其门而入，不见宗庙之美、百官之富；得其门者或寡矣。"

⑥坦腹床下：指做胡生家的女婿。用王羲之东床坦腹而卧的典故：有一次，太尉郗鉴派门生来见王导，想在王家子弟中选位女婿。王导让来人到东边厢房里去看王家子弟。门生回去后，对郗鉴说："王家子弟个个不错，可是一听到有信使来，都显得拘谨不自然，只有一个人坐在东床上，袒腹而食，若无其事。"郗鉴说："这正是我要选的佳婿。"一打听，原来是王羲之。郗鉴就把女儿嫁给了他。见《世说新语·雅量》。

⑦奉箕帚：指主妇做家务。

⑧酬酢 zuò：宾主互相敬酒，泛指交际应酬。酬，向客人敬酒。酢，向主人敬酒。

⑨犒 kào：用酒食慰劳。

⑩奠雁：献雁，指迎亲之礼。古代婚礼，新郎到女家迎亲，献雁为贽礼，称"奠雁"，是取嫁娶以时、夫妇和顺、长幼有序之意。

译文

一天，胡氏亲自带狐兵来犯，主人也亲自出面。胡氏见主人出来，就躲在众狐兵后面。主人叫他，他才出来相见。主人对他说："我自认为没有失礼于先生，为什么三番五次兴兵动众来扰乱我呢？”众狐正要朝主人放箭，胡氏立即制止。主人便走上前去握住胡氏的手，请他进屋，并设宴款待。主人从容地说：“先生是明白人，一定能理解。以我们之间的交情，我能不愿与你结亲吗？可是先生的房子、车马，都和我们人类不一样，小女嫁过去，先生也会认为不合适。何况俗话说：‘强扭的瓜不甜。’先生何必采取强娶的办法呢？”胡氏觉得很惭愧。主人又说：“没有关系，咱们交情仍在。你若不嫌我们是尘俗之辈，我有个尚在求学的小儿子，今年才十五六岁，愿与你们结亲，不知有合适的女孩子没有？”胡氏高兴地说：“我有个小妹妹，年纪比小公子小一岁，长得也不丑，愿嫁给小公子，你同意吗？”主人起身拜谢，胡氏也答拜。于是饮酒谈心，以前的不快顿时消除。主人又命家人摆酒招待同来的狐兵，上下人等皆大欢喜。主人接着又问胡氏住在哪里，准备去行聘礼。胡氏谢绝了，说日后自会送来。一直喝到黄昏，胡氏才大醉而归。从此之后，主人家才安安静静地过日子。

年余胡不至，或疑其约妄，而主人坚待之。又半年，胡忽至，既道温凉已[①]，乃曰：“妹子长成矣。请卜良辰[②]，遣事翁姑[③]。”主人喜，即同定期而去。至夜，果有舆马送新妇至[④]，奁妆丰盛[⑤]，设室中几满。新妇见姑嫜，温丽异常，主人大喜。胡生与一弟来送女，谈吐俱风雅，又善饮。天明乃去。新妇且能预知年岁丰凶⑥，故谋生之计皆取则焉⑦。胡生兄弟以及胡媪，时来望女，人人皆见之。

注释

①道温凉：嘘寒问暖。指相见时互相致以相思慰问之辞。

②卜：占卜，通过占卜选定。

③翁姑：即下文中的“姑嫜”，指公婆。

④舆 yú：指车中装载东西的部分，后泛指车。

⑤奁 lián 妆：古代女子的嫁妆，是女子出嫁时从娘家带到婆家的财物。奁，女子梳妆用的镜匣，泛指精巧的小匣子。

⑥丰凶：丰年和灾年。

⑦取则：以此为准则，指按她的意见办事。

译文

一年多过去，胡氏一直没有来，大家怀疑他忘记了婚约，但主人还是坚持等着。又过了半年，胡氏忽然来了，互道寒暄以后，胡氏说：“小妹已长大成人，请你选个吉日过门成亲，好让她来侍奉公婆。”主人大喜，随即一同定了成亲的日子。到那天夜里，果然有车马人等来送新人，新娘的嫁妆非常丰厚，摆了满满一新房。新娘美丽异常，见了公婆温顺有礼。主人夫妇极为高兴。胡氏与一个弟弟来送亲，弟弟的言谈举止也很风雅，饮酒海量，兄弟二人一直喝到天明才离去。新娘进门后，能预知年成丰歉，所以胡氏一家都听她的主意居家过日子。胡氏兄弟及亲家婆，还时常来走亲戚，人人都见过他们。

苏仙

高公明图知郴州时[1]，有民女苏氏浣衣于河，河中有巨石，女踞其上[2]。有苔一缕，绿滑可爱，浮水漾动，绕石三匝。女视之心动。既归而娠[3]，腹渐大，母私诘之，女以情告，母不能解。数月竟举一子[4]，欲置隘巷[5]，女不忍也，藏诸椟而养之[6]。遂矢志不嫁，以明其不二也。然不夫而孕，终以为羞。

注释

①知：动词，任知州。郴 chēn 州：清代为直隶州，属湖南，在今湖南郴州市境。

②踞：蹲着。

③娠 shēn：怀孕。

④举：生育。

⑤置隘巷：扔进小胡同，指抛弃。

⑥椟：木柜，木匣。

译文

高明图任彬州知州期间，发生了这样一件事：有一个姓苏的民女在河边洗衣服，河中有一块大石头，女子蹲在石头上。见一缕青苔，碧绿柔滑，非常可爱，在水面上荡漾，绕着石头飘动了三圈。民女看了后心动了一下，回家后就怀孕了，肚子一天天大起来。她母亲私下问她，女子把实情告诉母亲，母亲一时也不明白是怎么回事。几个月后，女子竟生下一个男孩。家人想偷偷把他扔掉，但女子不忍心，藏在柜子里养着他。女子也决心不出嫁，以表明好女不嫁二夫。然而没有嫁人就生孩子，总归是不光彩的事。

儿至七岁未尝出以见人，儿忽谓母曰："儿渐长，幽禁何可长也[①]？去之不为母累。"问所之。曰："我非人种，行将腾霄昂壑耳[②]。"女泣询归期。答曰："待母属纩儿始来[③]。去后，倘有所需，可启藏儿椟索之，必能如愿。"言已，拜母竟去。出而望之，已杳矣[④]。女告母，母大奇之。女坚守旧志，与母相依，而家益落。偶缺晨炊，仰屋无计[⑤]。忽忆儿言，往启椟，果得米，赖以举火[⑥]。自是有求辄应。逾三年母病卒，一切葬具皆取给于椟。

注释

①幽禁：软禁，禁闭，使别人不得见。

②腾霄昂壑：昂首于涧壑间，飞腾于云霄上。这里是以困龙腾飞自喻。

③属纩 zhǔ kuàng：古代汉族丧礼仪式之一，即病人临终前，要用新的丝絮放在其口鼻上，试看是否还有

气息。此指临终。属，放置。纩，新丝绵。

④杳yǎo：遥远，难觅踪影。

⑤仰屋：忧愁，无计可施的样子。

⑥举火：生火做饭。

译文

孩子长到七岁，还从来没让他出来见过外人。一天，儿子忽然对母亲说："儿已渐渐长大，怎么能长久关在家里呢？我要走了，不能拖累母亲一辈子。"问他到哪里去，他说："我不是人种，我要腾云上天。"母亲哭着问他什么时候回来，他说："等到母亲归天时，儿子才会回来。我走了以后，您若需要什么，就打开藏我的柜子索要，要什么有什么。"说罢，就拜别母亲走了。母亲出门看时，已无影无踪。女子回去告诉她的老母亲，母亲也觉得很奇怪。此后，女子坚守旧志，一直没有嫁人，与母亲相依为命。但是家境却越来越穷困，有时吃了上顿没下顿。女子忽然想起儿子临走时的话，打开柜子，果然有米有面，于是烧火做饭叫母亲吃。后来缺什么就打开柜子索要，有求必应。又过三年，女子的母亲病死了。一切丧葬用品，都是取自柜中。

既葬，女独居三十年，未尝窥户[①]。一日邻妇乞火者，见其兀坐空闺[②]，语移时始去。居无何，忽见彩云绕女舍，亭亭如盖[③]，中有一人盛服立，审视，则苏女也。回翔久之，渐高不见。邻人共疑之，窥诸其室，见女靓妆凝坐[④]，气则已绝。众以其无归[⑤]，议为殡殓。忽一少年入，丰姿俊伟，向众申谢。邻人向亦窃知女有子，故不之疑。少年出金葬母，植二桃于墓，乃别而去。数步之外，足下生云，不可复见。后桃结实甘芳，居人谓之“苏仙桃树”，年年华茂，更不衰朽。官是地者，每携实以馈亲友。

注释

①窥户：看到家门，指出门。户，家门。

②兀坐：独自静坐。

③亭亭如盖：高耸着像车盖一样。

④靓妆：盛妆。凝坐：僵坐；端坐不动。

⑤无归：因为没有出嫁而无处归葬。

译文

葬了母亲后，女子独自一人生活了三十年，从未出过远门。一天，邻居一个妇人去女子家借火，见她一个人坐在空房里，与她说了一会儿话就走了。过了一会儿，忽见一团彩云环绕着女子的房子，高耸如车盖。云中立着一个人，穿着华丽的衣服，仔细一看，就是苏家的女子。彩云盘旋很长时间，渐渐升高看不见。邻人都非常疑惑，到她屋里一看，见她打扮得非常漂亮，端端正正坐在那里，已经没有气了。大家因为她孤苦一人，正商议着怎么给她出殡，忽然一个少年进来。这少年长得英俊魁伟，向着众人一一道谢。邻居们也听说过这女子曾有个孩子，所以也不怀疑。少年出钱埋葬了母亲，并在墓旁栽上两棵桃树，就告辞而去。走了几步就脚下生云，然后不见了。后来，这两棵桃树结的桃子，甘甜味美，当地人都叫它“苏仙桃树”。年年枝叶繁茂，硕果累累。在这里做官的人，每每用这桃子馈赠亲友。

夜叉国[1]

交州徐姓[2]，泛海为贾，忽被大风吹去。开眼至一处，深山苍莽[3]。冀有居人，遂缆船而登，负糗腊焉[4]。方入，见两崖皆洞口，密如蜂房，内隐有人声。至洞外伫足一窥，中有夜叉二，牙森列戟[5]，目闪双灯，爪劈生鹿而食。惊散魂魄，急欲奔下，则夜叉已顾见之，辍食执入。二物相语[6]，如鸟兽鸣，争裂徐衣，似欲啖噉[7]。徐大惧，取橐中糗糒[8]，并牛脯进之[9]。分啖甚美。复翻徐橐，徐摇手以示其无，夜叉怒，又执之。徐哀之曰："释我。我舟中有釜甑[10]，可烹饪。"夜叉不解其语，仍怒。徐再与手语[11]，夜叉似微解。从至舟，取具入洞[12]，束薪燃火，煮其残鹿，熟而献之。二物啖之喜。夜以巨石杜门[13]，似恐徐遁，徐曲体遥卧[14]，深惧不免[15]。天明，二物出，又杜之。少顷携一鹿来付徐，徐剥革，于深洞处取流水，汲煮数釜。俄有数夜叉至，群集吞啖讫，共指釜，似嫌其小。过三四日，一夜叉负一大釜来，似人所常用者。于是群夜叉各致狼麋[16]。既熟，呼徐同啖。居数日，夜叉渐与徐熟，出亦不施禁锢，聚处如家人。徐渐能察声知意，辄效其音，为夜叉语。夜叉益悦，携一雌来妻徐。徐初畏惧，莫敢伸，雌自开其股就徐，徐乃与交，雌大欢悦。每留肉饵徐，若琴瑟之好[17]。

注释

①夜叉：梵语音译，或译“药叉”，印度神话中一种半神的小神灵，具有“能啖”“捷疾”的特性。佛教中列为天龙八部之一。在文学作品中，有的写其为恶魔，有的不认为他是恶魔，本篇即属后一类认识。

②交州：古地名，汉武帝时所设十三州部之一，辖五岭以南，今广东、广西以至印支半岛一部地区。

③苍莽：苍翠深远的样子。

④糗腊qiǔ xī：干粮和干肉。糗，用炒熟的米麦捣成的细粉。腊，晒干的肉。

⑤牙森列戟：牙齿森然细密如同排列的长戟。形容牙齿多、长而且尖利，露出唇外。森，繁密的样子。

⑥二物：指两只夜叉。

⑦啖噉dàn：吃或给别人吃。噉，同“啖”，吃。

⑧橐tuó：鹿皮口袋。糗：干粮。糒bèi：干粮，常与“糗”连用。

⑨牛脯：干牛肉。

⑩釜甑：古代炊煮器名，煮饭的锅和蒸笼。甑，古代瓦制的煮器，相当于后代的蒸笼。

⑪手语：打手势。

⑫具：指釜甑等炊具。

⑬杜门：把门堵上。杜，堵塞。

⑭曲体：弯曲身体。

⑮不免：这里指不能免除被吃掉的命运。

⑯各致狼麋：各自送来些狼和麋鹿肉。致，送。麋，麋鹿。

⑰若琴瑟之好：像夫妻那样和好。琴瑟，古乐器名，喻指夫妇。

译文

交州有一个姓徐的人，驾船渡海去远方做买卖，在海上遭遇大风，船被吹到不知什么地方。风停后，徐某睁眼一看，只见这个地方山峰绵延、树木苍苍。徐某希望有人居住，便将船系好，背着粮食、干肉，下船登上海岸。刚进山，见两边悬崖上，密密麻麻地排列着很多洞口，像蜂巢一样，洞内隐约有人声。徐某来到一个洞前，停下脚步往里一瞅，见里面有两个夜叉，呲着两排白森森的剑戟般的利齿，双眼瞪得像灯笼一样，正用爪子撕生鹿肉吃。徐某吓得魂飞魄散，急忙返身要逃，夜叉已看见了他，扔下鹿肉，爪子一伸，把他抓进洞里。两个夜叉互相说着话，声音像鸟兽的叫声，争着撕扯徐某的衣服，似乎想吃了他。徐某恐惧万分，忙取出背在身上的干粮和熟牛肉干，送给夜叉。夜叉分吃完，觉得味道很好，又去翻徐某的袋子。徐某摇摇手，表示没有了。夜叉大怒，又把他抓起来。徐某哀求说："放开我！我船上有锅，可以再做给你们吃！"夜叉不明白他的话，仍然发怒。徐某打着手势又说了一遍，夜叉像是有点明白他的意思，便跟着他来到船上，把锅拿到洞中。徐某抱来柴火，点上火，将夜叉吃剩下的生鹿肉煮了献给他们，两个夜叉吃得非常高兴。到了晚上，夜叉用石头堵住洞口，像是怕徐某逃跑。徐某蜷曲着身体，远远地躲着夜叉躺下，整夜战战兢兢的，生怕最终免不了一死。天明后,两个夜叉出去了,临走前又堵住洞口。不一会儿，取来一头死鹿交给徐某。徐某便剥了鹿皮，到洞深处打水，煮了好几锅。又过了一会儿，来了好几个夜叉，聚到一起，吞吃着锅里的熟鹿肉。吃完，一齐用手指着锅，似乎嫌太小。过了三四天，一个夜叉背来一口大锅，像是人们常用的那种。于是，夜叉们纷纷拿来死狼、死鹿等动物，放在锅里煮。煮熟后，招呼徐某也一块吃。这样过了几天，夜叉们渐渐和徐某熟起来，出去时也不再堵洞口，相处得像一家人一样。徐某也渐渐能根据夜叉发出的声音，揣摩出他们的意思，还常常学着他们的腔调，说些“夜叉话”。夜叉们更加高兴，又带来一个母夜叉，给徐某当老婆。徐某起初很害怕，在母夜叉面前不敢动弹。后来母夜叉主动亲热他，徐某才和她成了夫妻。母夜叉大为喜悦，此后便经常留熟肉给徐某吃，真像是恩爱夫妻一样。

一日，诸夜叉早起，项下各挂明珠一串[①]，更番出门[②]，若伺贵客状。命徐多煮肉，徐以问雌，雌云："此天寿节[③]。"雌出，谓众夜叉曰："徐郎无骨突子[④]。"众各摘其五，并付雌。雌又自解十枚，共得五十之数，以野苎为绳[⑤]，穿挂徐项。徐视之，一珠可直百十金。俄顷俱出。徐煮肉毕，雌来邀去，云："接天王。"至一大洞，广阔数亩。中有石，滑平如几，四围俱有石坐，上一坐蒙一豹革，余皆以鹿。夜叉二三十辈，列坐满中，少顷，大风扬尘，张皇都出。见一巨物来，亦类夜叉状，竟奔入洞，踞坐鹗顾[⑥]。群随入，东西列立，悉仰其首，以双臂作十字交。大夜叉按头点视。问："卧眉山众尽于此乎[⑦]？"群哄应之。顾徐曰："此何来？"雌以"婿"对，众又赞其烹调。即有二三夜叉，奔取熟肉陈几上，大夜叉掬啖尽饱[⑧]，极赞嘉美[⑨]，且责常供。又顾徐云："骨突子何短？"众曰："初来未备。"物于项上摘取珠串，脱十枚付之，俱大如指顶，圆如弹丸，雌急接代徐穿挂，徐亦交臂作夜叉语谢之。物乃去，蹑风而行[⑩]，其疾如飞。众始享其余食而散。

注释

①明珠：夜明珠，一种稀有的宝物，古称"随

珠”“悬珠”“垂棘”“明月珠”等。通常情况下所说的夜明珠是指荧光石、夜光石。

②更番：轮番，轮班。

③天寿节：封建帝王以天寿称自己诞辰，这里指夜叉王的生日。

④骨突子：珠子串联成的项链，此指夜叉们佩戴的珠串。

⑤野苎 zhù：野生的苎麻。苎麻是多年生宿根性草本植物，是重要的纺织纤维作物。

⑥踞坐鹗 è 顾：叉开两腿坐着，用鱼鹰般的目光左右顾视。踞坐，坐时两腿伸直、叉开，是一种傲慢尊大的坐态。鹗，又名雀鹰，鱼鹰，一种猛禽，目光锐利凶狠、停落时经常转睛顾盼。

⑦卧眉山众：卧眉国的百姓。根据下文可知，卧眉国是夜叉国之一。

⑧掬 jū：用两手捧。

⑨嘉美：即佳美。

⑩蹑 niè：踩，踏。

译文

一天，夜叉们早早起来，每个夜叉脖子上都挂着一串明珠，轮番走出洞外，像是在迎候贵客。又吩咐徐某多煮些肉。徐某问母夜叉，母夜叉说：“今天是天寿节。”又走出去跟别的夜叉说：“徐郎没有骨突子！”众夜叉听后，各摘下五颗珠子，一块交给母夜叉。母夜叉又从自己脖子上摘下十颗，共凑了五十颗，用野麻皮搓了根绳子将珠子串起来，挂在徐某脖子上。徐某看了看这些明珠，一颗足值百十两银子。一会儿，夜叉们都走了出去。徐某煮完肉，母夜叉来叫他说："去接天王！"徐某跟随夜叉们来到一个大洞，这个洞足有好几亩地大，中间有一块巨石，上面又平又滑，像桌几一样。巨石周围摆着些石座，最上首一个石座上蒙着豹皮，其余蒙的都是鹿皮，共坐了约二三十个夜叉。不一会儿，只听大风呼啸，飞沙走石。夜叉们慌忙出去迎接。徐某见走来一个巨大的怪物，样子也像是夜叉。那怪物径直奔进洞中，高高地蹲坐在豹皮座上，目光凶狠地四下扫视。众夜叉跟着一块儿进洞，分东西两列站好，都昂起头，双臂交叉成十字状，向大夜叉行礼。大夜叉点了一下人头，问道："卧眉山上的，都在这里吗？"众夜叉乱哄哄地答应。大夜叉看见了徐某，问："这个是从哪来的？"母夜叉回答说："他是我丈夫。"大家对大夜叉夸起徐某的烹调手艺来。随即有两三个夜叉跑去取了些熟肉来，献到石桌上。大夜叉双爪撕肉，饱吃一顿，极力夸赞味道美，并且命令此后要按时供应他熟肉吃。随后又看着徐某说："你的骨突子怎么这样短？"众夜叉回答说："他刚来，还没准备好。"大夜叉便从自己脖子上取下明珠串，摘下十颗明珠赏给徐某。这些珠子都比手指尖大，圆圆的像弹丸一样。母夜叉急忙接了过来，替徐某穿好挂在他脖子上。徐某也学夜叉的样子，双臂交叉，说着“夜叉话”表示感谢。大夜叉随后便走了，驾着狂风，快得像飞一样，片刻消失不见。众夜叉分吃了他剩下的熟肉，便散了。

居四年余，雌忽产，一胎而生二雄一雌，皆人形不类其母。众夜叉皆喜其子，辄共拊弄[①]。一日，皆出攫食[②]，惟徐独坐，忽别洞来一雌欲与徐私，徐不肯。夜叉怒，扑徐踣地上[③]。徐妻自外至，暴怒相搏，龁断其耳[④]。少顷，其雄亦归，解释令去。自此，雌每守徐，动息不相离。又三年，子女俱能行步，徐辄教以人言，渐能语，啁啾之中有人气焉[⑤]，虽童也，而奔山如履坦途，与徐依依有父子意[⑥]。

注释

①拊 fǔ弄：爱抚，逗弄。拊，拍。

②攫 jué：抓取。

③踣 bó：跌倒。

④龁 hé：啃噬，咬。

⑤啁啾 zhōujiū：鸟叫声。这里形容小儿学语的声音。有人气：有人类语言的味道。气，气息。

⑥依依：依恋亲昵的样子。

译文

徐某在山洞里同夜叉们一起生活四年多。母夜叉替他一胎生下两男一女。这三个孩子都跟正常人长得一模一样，一点也不像是母夜叉所生。夜叉们都很喜欢这几个孩子，常来跟孩子们逗弄戏耍。一天众夜叉全都外出捕食了，只有徐某独坐家中，忽然从别的山洞里来了一只雌性夜叉，想与徐某亲昵，徐某不肯。那只雌夜叉发怒了，把徐某扑倒在地。徐某的妻子从外面回来，暴怒地与那只雌夜叉搏斗，咬掉了她的耳朵。不一会儿，其他的雄夜叉回来，拉开她们，让那只雌夜叉走了。从此，母夜叉天天守在徐某身边，一步也不离开。又过三年，徐某的几个孩子都会走路了。徐某教他们说人话，他们咿咿呀呀慢慢学会了一些。这些孩子虽然都还小，但走山路就像走平地一样，一点也不吃力。他们跟徐某感情很好。

一日雌与一子一女出，半日不归，而北风大作。徐恻然念故乡，携子至海岸，见故舟犹存，谋与同归。子欲告母，徐止之。父子登舟，一昼夜达交。至家，妻已醮。出珠二枚，售金盈兆[①]，家颇丰。子取名彪，十四五岁，能举百钧[②]，粗莽好斗。交帅见而奇之[③]，以为千总[④]。值边乱，所向有功，十八为副将[⑤]。

注释

①盈兆：极言数量之多。兆，古代以十万为亿，十亿为兆。一兆是一百万，也就是一千贯。

②百钧：极言其重。钧是古代重量单位，三十斤为一钧。

③交帅：交州的军事首脑。

④千总：武官名。明初京军三大营置把总，嘉靖年间增置千总，皆以功臣担任。以后职权渐轻，至清为武职中的下级，位次于守备。

⑤副将：清代绿营武官名。清沿明制之副总兵而改称副将，秩从二品，位次于总兵。统理一协军务，又称协镇，别称协台。

译文

一天，母夜叉带着一个儿子和女儿外出，半天没回来。正好北风大作，徐某凄凉地想起故乡，便领着另一个儿子来到海岸边，见原来那条船还在，便和儿子商量着返回老家。儿子想告诉母亲，徐某劝阻住了。父子二人大步登上船，顺风行驶，只用了一天一夜，便到达交州。到家后，徐某得知妻子已经改嫁。他拿出两颗明珠，卖了上千贯钱，家境因而非常富裕。儿子取名叫徐彪，十四五岁时，就能举起几百斤重的东西，生性粗直刚猛好斗。交州的驻军主帅见了他后很惊奇，便让他做了千总。正赶上边疆叛乱，徐彪在作战中所向披靡，立了很多战功，十八岁就提升成副将。

时一商泛海，亦遭风，飘至卧眉，方登岸，见一少年，视之而惊。知为中国人，便问居里，商以告。少年曳入幽谷一小石洞，洞外皆丛棘，且嘱勿出。去移时，挟鹿肉来啖商。自言："父亦交人。"商问之，而知为徐，商在客中尝识之。因曰："我故人也。今其子为副将。"少年不解何名。商曰："此中国之官名。"又问："何以为官？"曰："出则舆马，入则高堂，上一呼而下百诺，见者侧目视，侧足立[①]，此名为官。"少年甚歆动[②]。商曰："既尊君在交[③]，何久淹此？"少年以情告。商劝南旋[④]，曰："余亦常作是念。但母非中国人，言貌殊异，且同类觉之必见残害，用是辗转[⑤]。"乃出曰："待北风起，我来送汝行。烦于父兄处，寄一耗问[⑥]。"商伏洞中几半年。时自棘中外窥，见山中辄有夜叉往还，大惧，不敢少动。一日北风策策[⑦]，少年忽至，引与急窜。嘱曰："所言勿忘却。"商应之。又以肉置几上，商乃归。

注释

①侧目视，侧足立：形容因为害怕而不敢正视，不敢站在对面。

②歆 xīn 动：动心，羡慕。

③尊君：即令尊，对别人父亲的尊称。

④南旋：向南回到交州。旋，归，回。

⑤用是辗转：因此反复犹豫不决。

⑥耗问：音讯，消息。

⑥策策：拟声词，形容风吹枯叶声。

译文

这时，有一个商人乘船渡海，也遭遇大风，船被刮到卧眉山。商人刚上岸，见走来一个少年人。少年见了商人大惊，知道他是中原人，便问他家乡在哪里，商人说了。少年把他拉进深谷中的一个山洞里，洞外布满荆棘丛，嘱咐他不要出去。少年离去不一会儿，就拿来鹿肉给商人吃，并自我介绍说："我父亲也是交州人。"商人询问他父亲姓名，知道是徐某，自己认识，便说："你父亲是我的老朋友。现在他儿子已做了副将。"少年不知"副将"是什么意思，商人说："这是中国的官名。"少年又问："什么叫官？"商人回答说："官就是出去乘漂亮的车马，回家住高堂大屋；在上轻轻一呼，下面百人应声雷动；别人不敢正眼看你，只能侧身而立，这就是官！"少年听得欢欣鼓舞。商人又问他："你父亲既然在交州，你为什么长久留在这个地方？"少年详细讲述了以前的事情。商人便劝他返回故土，少年人说："我也常常这样想。但母亲不是中国人，语言相貌都跟那里不同。况且，一旦走不成，同类察觉必被残害。因此踌躇不决，拿不定主意。”说完少年便走出山洞，对商人说：“等起了北风，我送你回去，麻烦你给我父亲、哥哥带个信去。”商人在洞里一直藏了将近半年。他不时从洞口荆棘丛中往外窥视，见山中总有夜叉来来往往，吓得他一动也不敢动。一天，北风呼啸，少年忽然来了，领着他急急地逃窜。边逃边嘱咐他说：“我嘱托你的事不要忘了！”商人答应了，少年又给商人的船上留了些肉，在少年的帮助下，商人终于逃回来。

径抵交[①]，达副总府，备述所见。彪闻而悲，欲往寻之。父虑海涛妖薮[②]，险恶难犯[③]，力阻之。彪抚膺痛哭[④]，父不能止。乃告交帅，携两兵至海内。逆风阻舟，摆簸海中者半月。四望无涯，咫尺迷闷，无从辨其南北。忽而涌波接汉，乘舟倾覆，彪落海中，逐浪浮沉。久之被一物曳去，至一处，竟有舍宇。彪视之，一物如夜叉状。彪乃作夜叉语，夜叉惊讯之，彪乃告以所往。夜叉喜曰：“卧眉我故里也，唐突可罪[⑤]！君离故道已八千里[⑥]。此去为毒龙国，向卧眉非路。”乃觅舟来送彪。夜叉在水中，推行如矢[⑦]，瞬息千里，过一宵已达北岸，见一少年临流瞻望。彪知山无人类，疑是弟，近之，果弟，因执手哭。既而问母及妹，并云健安。彪欲偕往，弟止之，仓忙便去。回谢夜叉，则已去。未几母妹俱至，见彪俱哭。彪告其意，母曰："恐去为人所凌。"彪曰："儿在中国甚荣贵，人不敢欺。"归计已决，苦逆风难度。母子方徊徨间[8]，忽见布帆南动，其声瑟瑟[9]。彪喜曰："天助吾也！"相继登舟，波如箭激[10]，三日抵岸，见者皆奔。彪向三人脱分袍裤。抵家，母夜叉见翁怒骂[11]，恨其不谋，徐谢过不遑[12]。家人拜见家主母，无不战栗。彪劝母学作华言，衣锦，厌粱肉，乃大欣慰。母女皆男儿装，类满制[13]。数月稍辨语言，弟妹亦渐白皙。

注释

①径：径直。

②妖薮 sǒu：各类妖异之物聚集的地方。薮，人或物聚集的地方。

③难犯：难以接近。

④膺 yīng：胸腔。

⑤唐突：冒犯。

⑥故道：原来的航道。

⑦矢：箭。形容船速之快。

⑧徊徨：徘徊忧思的样子。

⑨瑟瑟：指风声。

⑩波如箭激：逆波急行，如离弦之箭。

⑪翁：这里指徐贾。

⑫谢过不遑：急忙连声道歉。

⑬类满制：很像满族服制。制，规制，款式。

译文

一到交州，商人立即去副将府，跟徐彪父子详细讲述自己的见闻。徐彪听了又悲又喜，便要去寻找母亲、弟弟和妹妹。父亲担忧大海滔滔，去夜叉国一路险恶，极力劝阻他不要去。徐彪捶胸痛哭，父亲劝阻不住，只得由他。徐彪便告诉了交州总帅，带了两名勇健的士兵，乘船下海。正赶上逆风，船行得十分艰难。他们在大海上颠簸半个月，四周一望，只见海水茫茫，无边无际，再也分辨不出东西南北。忽然，海上起了狂风，波浪滔天，船一下子被打翻。徐彪落入水中，随着海浪漂流很久，被一个怪物拖上岸。怪物带着他来到一个地方，这里竟有房舍。徐彪醒了后，四下一看，一个像夜叉的怪物站在自己身边，便用“夜叉话”询问。夜叉惊讶地反问他，徐彪告诉他自己要去卧眉山。夜叉高兴地说：“卧眉山是我的故乡。刚才太冒犯你了。你偏离去卧眉山的路已八千里远了，这条路是去毒龙国的，不是去卧眉山。”于是找了条船送徐彪去卧眉山。夜叉在海水里推船疾行，像箭一样快，瞬间已行了一千多里。过了一夜就到达卧眉山北岸。徐彪见岸上有个少年，正眺望着茫茫无际的海水。徐彪知道深山里没有人类，怀疑那少年就是弟弟。走近一看，果然是的，兄弟俩手拉手痛哭起来。徐彪问起母亲和妹妹，少年回答说都很平安康健。徐彪想和弟弟一起去寻她们，弟弟阻止了他，自己一人急急忙忙先走了。徐彪转身想感谢送自己来的夜叉，却见那夜叉不知什么时候已经走了。不一会儿，母亲和妹妹来了，看见徐彪都哭起来。徐彪告诉母亲想接她们回去，母亲说：“恐怕去了那边会被人家欺负！”徐彪说：“儿子在中国地位显贵，别人不敢欺负母亲。”于是，母子三人决意返回。但苦于正值逆风，难以行船。正在徘徊犹豫时，忽见船上的布帆向南飘动，北风大起。徐彪大喜，说：“天助我也！”四人一个跟一个上了船，借着北风，船如离弦之箭迅速行驶，只用了三天，便抵达交州海岸。四人一上岸，看见他们的人以为是妖怪，吓得四处逃窜。徐彪便脱下自己的衣服，让他们三人分着穿上。回到家中，母夜叉见了徐某，怒骂不止，恼恨他当初回来不跟自己商量。徐某连忙谢罪道歉。家里的人都来拜见主母，无不吓得浑身颤抖。徐彪便劝母亲学说中国话，又让她穿华美衣服，吃精美饭食，母夜叉才高兴起来。母夜叉和女儿都喜欢穿男人服装，像满族人那样打扮。几个月后，渐渐会说中国话。弟弟妹妹的皮肤也逐渐变得白皙。

弟曰豹，妹曰夜儿，俱强有力。彪耻不知书，教弟读，豹最慧，经史一过辄了[①]。又不欲操儒业[②]，仍使挽强弩，驰怒马[③]，登武进士第[④]，聘阿游击女[⑤]，夜儿以异种无与为婚。会标下袁夺备失偶[⑥]，强妻之。夜儿开百石弓[⑦]，百余步射小鸟，无虚落。袁每征辄与妻俱，历任同知将军[⑧]，奇勋半出于闺门。豹三十四岁挂印[⑨]，母尝从之南征，每临巨敌，辄擐甲执锐为子接应[⑩]，见者莫不辟易[⑪]。诏封男爵[⑫]。豹代母疏辞[⑬]，封夫人。

注释

①一过辄了：学过一遍就能通晓。了，了然，通晓。

②操儒业：指读书习文以求进取。

③怒马：指烈马，暴劣难驭的马。

④登武进士第：考中武进士。

⑤游击：武官名。清代绿营兵设游击，职位次于参将，属下级武官。

⑥标下：麾下。标，清代军制，督抚等管辖的绿营兵，称标，一标三营。守备：清代绿营统兵官，位在都司之下，称营守备，统一营之兵。

⑦开百石弓：一钧三十斤，四钧为一石。开百石弓，是夸张的说法，极言力量之大。

⑧同知将军：以都督同知挂副将军印，实即副总兵。明制，各省、各镇副总兵由五军都督府的都督同知充任，遇大战事，则挂副将军印，统兵出战，事毕纳还。故称副总兵为同知将军。

⑨挂印：指挂印将军。

⑩擐 huàn 甲执锐：穿甲胄，拿武器。擐，穿。锐，兵器。

⑪辟易：躲避，逃离。

⑫男爵：封建社会女子照例不能封爵，这里是酬功视同男子，而以爵秩封，是特例。

⑬疏辞：上疏辞去爵位。

译文

弟弟叫徐豹，妹妹叫夜儿，二人都勇猛有力。徐彪耻于自己不会读书写字，便让弟弟读书。徐豹很聪慧，经史书籍，一过目就能通晓。但他不想做一个只会读书的文人，徐彪便仍然让他练习拉硬弓、骑烈马，结果考取了武进士，并娶了阿游击官的女儿为妻子。夜儿因为种族不同，没人敢向她提亲。正好徐彪部下有个姓袁的守备死了妻子，徐彪便将妹妹硬嫁给他。夜儿能开百石弓，百余步之外，用箭射小鸟，百发百中。袁守备每次出征都带着妻子。后来他一直升到同知将军，立下的功劳多半出自妻子之手。徐豹到三十四岁时就做了省提督。母亲曾经跟着他南征，每次跟强敌对阵，母亲穿上盔甲手持利刃为儿子接应。凡跟她接战的人，无不败得落花流水。后来，皇帝要诏封她为“男爵”，徐豹急忙上疏代为推辞，皇帝便改封了她一个“夫人”的称号。

异史氏曰：“夜叉夫人，亦所罕闻，然细思之而不罕也。家家床头有个夜叉在①。”

注释

①“家家”句：谐语，意思是每家男人都守着个厉害老婆。悍妻泼妇俗称“母夜叉”。

译文

异史氏说：“夜叉夫人也是很罕见的，但是仔细想想也并不罕见。每家男人都守着个母夜叉。”

汪士秀

汪士秀，庐州人[①]，刚勇有力，能举石舂[②]，父子善蹴鞠[③]。父四十余，过钱塘没焉[④]。

注释

①庐州：明清府名，治所在今安徽合肥市。

②石舂：捣米用的石臼。

③蹴鞠 cùjū：类似于今天的足球。原本是古代军中习武的一种练习，后发展为一种娱乐性活动。鞠，古代一种用革制作的球。

④钱塘：钱塘江，浙江之下游，经杭州南，入东海。没，落水淹死。

译文

汪士秀，是安徽庐州人，刚健勇猛，力气大得能举起几百斤重的石臼。他和他父亲都善于踢球。他父亲在四十多岁时过钱塘江被淹死了。

积八九年，汪以故诣湖南，夜泊洞庭[①]，时望月东升[②]，澄江如练[③]。方眺瞩间，忽有五人自湖中出，携大席平铺水面，略可半亩。纷陈酒馔，馔器磨触作响，然声温厚，不类陶瓦[④]。已而三人践席坐，二人侍饮。坐者一衣黄，二衣白。头上巾皆皂色，峨峨然下连肩背[⑤]，制绝奇古[⑥]，而月色微茫[⑦]，不甚可晰。侍者俱褐衣，其一似童，其一似叟也。但闻黄衣人曰:“今夜月色大佳,足供快饮。”白衣者曰:“此夕风景，大似广利王宴梨花岛时[⑧]。”三人互劝，引釂竞浮白[⑨]。但语略小即不可闻,舟人隐伏不敢动息[⑩]。汪细审侍者叟酷类父，而听其言又非父声。

注释

①洞庭：即洞庭湖，在湖南省北部，长江南岸。

②望月：夏历每月十五日的月亮。

③澄江如练：明净的江水好像白色的绸缎。

④陶瓦：即陶器。着釉的称为陶，不着的称为瓦。

⑤峨峨然：高耸的样子。

⑥制绝奇古：样式非常古怪。

⑦微茫：隐约、模糊的样子。

⑧广利王：南海神的封号。唐天宝十载正月，册封南海神为广利王。梨花岛：疑指海南岛。因岛上有梨山（即五指山，旧名黎母山），故为拟此名。其地在南海中，属广利王治内。

⑨引釂 jiào 竞浮白：干杯之后，争着为对方斟酒。釂，举杯饮尽。浮白，用大杯罚酒，这里指为对方斟酒。

⑩动息：动弹和呼吸。

译文

又过了八九年，汪士秀有事去湖南，晚上停船在洞庭湖。当时，圆月东升，明净的湖水如同一条白绢。正眺望时，忽见有五个人从湖中冒出来，带着一张足有半亩地大的席子，平铺在水面上。接着又纷纷摆出酒肴，杯盘碰撞作响，不像是陶瓷器皿。不一会儿，其中三个人在席上坐下，另外两个人在一边伺候。坐着的三人中，一个穿黄衣服，两个穿白衣服，头上都戴着黑色的头巾，高耸在头顶，后幅拖下来一直搭到肩背上，样式非常古老。月色迷茫，看不清楚他们的面貌。伺候的两人，都穿褐色衣服，一个像是童仆，另一个像是老翁。只听黄衣人说："今晚月色极好，很值得我们痛饮一番！"一个穿白衣的说："今晚的风景，大有广利王在梨花岛摆宴时的样子呢！"三人互相劝酒，痛饮起来。说话的声音越来越小，汪士秀再也听不清楚了。给他撑船的船家吓得趴在那里，大气不敢出。汪士秀又仔细看了看那侍酒的老翁，相貌非常像死去的父亲，但听他说话的声音又不是。

二漏将残，忽一人曰："趁此明月，宜一击毬为乐。"即见僮汲水中，取一圆出[①]，大可盈抱，中如水银满贮，表里通明。坐者尽起。黄衣人呼叟共蹴之。蹴起丈余，光摇摇射人眼。俄而訇然远起[2]，飞堕舟中。汪技痒[3]，极力踏去，觉异常轻软。踏猛似破，腾寻丈[4]，中有漏光下射如虹，蚩然疾落[5]。又如经天之彗直投水中[6]，滚滚作沸泡声而灭[7]。席中共怒曰："何物生人，败我清兴！"叟笑曰："不恶不恶，此吾家流星拐也[8]。"白衣人嗔其语戏[9]，怒曰："都方厌恼，老奴何得作欢？便同小乌皮捉得狂子来[10]，不然，胫股当有椎吃也[11]！"汪计无所逃，即亦不畏，捉刀立舟中。倏见僮叟操兵来，汪注视，真其父也，疾呼："阿翁！儿在此！"叟大骇，相顾凄断[12]。

注释

①圆：球。

②訇 hōng：惊叫声，此处形容大声。

③技痒：有某种技艺的人遇到机会急欲表现。

④寻丈：一丈左右。寻，古代长度单位，八尺为一寻。

⑤蚩：拟声词，表示不屑，通写作"嗤"。

⑥彗：彗星，即流星，又名扫帚星。

⑦滚滚作沸泡声：在水面翻滚，发出沸水中气泡冒出的声音。

⑧流星拐：蹴鞠的一种花样，具体未详。

⑨戏：戏侮，开玩笑。

⑩小乌皮：指"其一似童"的侍者，他可能是条小

黑鱼（乌皮鱼）变成的。

⑪椎 chuí：棒槌。

⑫凄断：凄凉至极。

译文

二更将尽时，席上一人忽然说："趁月光明亮，我们应该踢球为乐！"就见那童仆从水中取出一个圆球，有一抱那么大，球中像是贮满了水银，表里透明。坐着的人都站起身来，黄衣人招呼老翁一块踢。那球被他们踢起有一丈多高，亮光闪闪，光彩夺目。一会儿，只见那球腾空飞起，远远地飞过来落在汪士秀的船上。汪士秀不觉技痒，飞起一脚，想把球踢回去。只觉那球异常轻软，他用力过猛，似乎把它给踢破了，球飞起有几丈高，从破口处泻下一道银光，犹如彩虹飞速落下，又如划过天空的彗星，一下子扎进水里。水面像开锅一样咕嘟嘟冒出一阵气泡，然后球便不见了。席上的三人都发怒说："哪里来的生人，败坏我们的雅兴！"老翁却笑着说："不错不错。刚才那一脚正是我们家的'流星拐'踢法。"白衣人怪他多嘴，嗔怒地说："我们都在生气，老奴怎敢讲笑话？快和小崽子去把那狂人抓来！不然，我就用锤子砸断你的腿！"汪士秀见无路可逃，索性横下心，提刀站在船头。一会儿，见童仆和老翁手持兵器冲了过来。汪士秀仔细一看，那老翁果然是父亲，急忙大叫："阿爹，孩儿在此！"老翁大吃一惊，父子相对悲伤。

僮即反身去。叟曰："儿急作匿。不然都死矣！"言未已，三人忽已登舟，面皆漆黑，睛大于榴，攫叟出。汪力与夺，摇舟断缆。汪以刀截其臂落，黄衣者乃逃。一白衣人奔汪，汪剁其颅，堕水有声，哄然俱没，方谋夜渡，旋见巨喙出水面，深若井，四面湖水奔注，砰砰作响。俄一喷涌，则浪接星斗，万舟簸荡。湖人大恐。舟上有石鼓二[①]，皆重百斤，汪举一以投，激水雷鸣，浪渐消。又投其一，风波悉平。汪疑父为鬼，叟曰："我固未尝死也。溺江者十九人，皆为妖物所食，我以蹋圆得全。物得罪于钱塘君[②]，故移避洞庭耳。三人鱼精，所蹴鱼胞也[③]。"父子聚喜，中夜击棹而去。天明，见舟中有鱼翅径四五尺许[④]，乃悟是夜间所断臂也。

注释

①石鼓：指石制鼓形坐具，即石墩。

②钱塘君：钱塘江的主神。

③鱼胞：即鱼鳔，鱼体内贮存空气用以调节升沉和平衡的器官。

④鱼翅：鱼鳍。

译文

童仆见状，立即返身回去。老翁说："儿子快藏起来，不然我们爷俩都要死了！"话还没说完，那三人突然出现在船上，面孔都如黑漆，眼睛比石榴还大，一把就把老翁抓了过去。汪士秀急忙奋力争夺，船摇晃不止，缆绳一下子断了。汪士秀挥刀向黄衣人砍去，把他的胳膊砍了下来，黄衣人负痛逃走。另一个穿白衣的向汪士秀冲来，汪士秀又挥刀砍中他的脑袋，脑袋扑通一声掉进水里不见了。汪士秀正和父亲商量着连夜乘船返回，忽然水面上冒出一张像井一样深的大嘴，四周的湖水哗哗地往里灌注着，砰砰作响，一会儿，那大嘴又把水往外一喷，波涛汹涌，高接星斗，湖里所有的船都颠簸起来，船上的人惊恐万分。汪士秀见自己的船上有两个石鼓，都有一百斤重，他便举起一个往那大嘴里投下去，激水声像雷鸣一般。不一会儿，湖面渐渐平静，他又把另一个石鼓投了下去，才风平浪静。汪士秀怀疑父亲是鬼。老翁说："我本来就没死。当时江上落水的十九人，都被妖怪吃了。我因为会踢球，才保住命。那些妖怪得罪了钱塘江龙神，所以来洞庭湖避难。三人都是鱼精，刚才踢的球就是鱼胞。"父子二人喜重逢，连夜划着船走了。天明后，见船上有片鱼翅，有四五尺长，才明白这就是夜晚被汪士秀砍断的黄衣人的那条胳膊。

鸲鹆[1]

王汾滨言：其乡有养八哥者，教以语言，甚狎习[2]，出游必与之俱，相将数年矣。一日，将过绛州[3]，去家尚远，而资斧已罄，其人愁苦无策。鸟云："何不售我？送我王邸[4]，当得善价，不愁归路无资也。"其人云："我安忍。"鸟言："不妨。主人得价疾行，待我城西二十里大树下。"其人从之。

注释

①鸲鹆 qú yù：一种形似乌鸦，能学人说话的鸟类，俗称"八哥儿"。

②狎习：亲昵，熟悉。

③绛州：明代州名，治所在今山西省新绛县。

④王邸：指设于绛州的明代灵丘王府。

译文

王汾滨讲过这样一个故事：他的家乡有个养八哥的人，教八哥说话，八哥学得很像很熟练。这个人出门游玩总把八哥带在身边，相伴已经有好几年了。一天，这个人将要路过山西，这个地方离他家还很远，但他的盘缠已经用光了。他很发愁，没有办法。八哥说："为什么不把我卖掉？送我到王府去，你会卖个好价钱，就不用愁回去无路费啦。”这人说：“我怎么忍心呢？”八哥说：“没有关系。你得到钱就赶快走，在城西二十里地的大树下等我。”这个人就听从了八哥的话。

携至城，相问答，观者渐众。有中贵见之[①]，闻诸王。王召入，欲买之。其人曰：“小人相依为命，不愿卖。”王问鸟：“汝愿住否？”言：“愿住。”王喜，鸟又言：“给价十金，勿多予。”王益喜，立畀十金[②]，其人故作懊悔状而去。王与鸟言，应对便捷。呼肉啖之。食已，鸟曰：“臣要浴。”王命金盆贮水，开笼令浴。浴已，飞檐间，梳翎抖羽，尚与王喋喋不休。顷之，羽燥，翩跹而起[③]，操晋音曰：“臣去呀！”顾盼已失所在。王及内侍，仰面咨嗟，急觅其人，则已渺矣。后有往秦中者[④]，见其人携鸟在西安市上。毕载积先生记[⑤]。

注释

①中贵：指灵丘王府中的宦官。

②畀bì：给予。

③翩跹piānxiān：飘逸飞舞的样子。

④秦中：今陕西省地区。

⑤毕载积：作者友人，姓毕名际有，字载积，号存吾，淄川西铺人。明户部尚书毕自严之子。

清顺治二年（1645）拔贡生，十三年任山西稷山知县，十八年升任江南通州知州。康熙三年（1664）以误罢归。

译文

这个人带着八哥到城里，与八哥相互问答对话，围观的人越来越多。有个太监见到，回去告诉了王爷。王爷把这人召入王府，想买这只八哥。这人说："小人与八哥相依为命，不愿意把它卖掉。"王爷问八哥说："你愿意住下吗？"八哥说："愿意。"王爷很高兴。八哥又说："给他十两银子，不要多给。"王爷更加高兴，立刻给了十两银子。这人故意作出很懊悔的样子走了。王爷与八哥对话，八哥对答如流。八哥喊着要吃肉，吃完，八哥说："臣要洗澡。"王爷命仆人用金盆盛上水，打开笼子叫它洗。洗完澡后，八哥飞到屋檐间，梳理着羽毛，继续和王爷喋喋不休地说话。一会儿，羽毛干了，便轻捷地飞起来，操着山西口音说："臣去了！"王爷左顾右盼间，八哥已飞得无影无踪。王爷和府上的侍从们，只能仰天叹息。急忙去找那个卖八哥的人，这人也早已不见踪影。后来，有人到陕西，见那养八哥的人带着那只八哥在西安市上闲逛。这个故事是毕载积先生记下来的。

翩翩

罗子浮，邠人[①]，父母俱早世[②]，八九岁，依叔大业。业为国子左厢[③]，富有金缯而无子[④]，爱罗若己出。十四岁，为匪人诱去[⑤]，作狭邪游，会有金陵娼侨寓郡中，生悦而惑之。娼返金陵，生窃从遁去。居娼家半年，床头金尽[⑥]，大为姊妹行齿冷[⑦]，然犹未遽绝之。无何，广疮溃臭[⑧]，沾染床席，逐而出。丐于市，市人见辄遥避。自恐死异域，乞食西行，日三四十里，渐至邠界。又念败絮脓秽，无颜入里门，尚趑趄近邑间[⑨]。

注释

①邠：明清州名，治所在今陕西省彬县。

②早世：早年去世。

③国子左厢：明清时国子祭酒的别称。

④金缯zēng：黄金和丝织品，泛指金银财物。缯，古代对丝织品的总称。

⑤匪人：品行不端的人。狭邪游：冶游，嫖妓。

⑥床头金尽：指嫖妓把财产都花光。

⑦姊妹行háng：姊妹们，这是妓女间的互称。齿冷：露齿笑人，久之觉冷，极言讥笑嘲讽之甚。

⑧广疮：性病，即梅毒。由粤广通商口岸传入，因

称广疮。

⑨趑趄 zī jū 近邑间：在邻近的县境内徘徊不前。趑趄，想前进又不敢前进，形容疑惧不决，犹豫观望。

译文

罗子浮，是邠州人，父母很早就过世了。八九岁时，被叔叔罗大业收养。罗大业任国子监祭酒，富有家产，但没儿子，他疼爱罗子浮就像疼爱亲生儿子一样。罗子浮十四岁时，被坏人引诱去嫖妓宿娼。当时有个从金陵来的妓女，寄住在本郡，罗子浮很喜欢她，被她迷住了。这个妓女返回金陵，罗子浮也偷偷地跟着她去了金陵。在妓院住了半年，他身上的钱财都花光了。妓女们都讥笑他，但还没有立即赶他走。不久，罗子浮身上长了梅毒疮，溃烂发臭，沾染床席，被妓院赶出来。他只得在街市上讨饭，街上的人们见了他都远远地躲着。罗子浮害怕死在异地他乡，便一路乞讨往西走。每天走三四十里，渐渐到了邠州地界。但想到自己衣衫破烂，脓疮污秽，没脸回家，只好依旧在临近县里徘徊。

日就暮，欲趋山寺宿，遇一女子，容貌若仙，近问："何适？"生以实告。女曰："我出家人，居有山洞，可以下榻[①]，颇不畏虎狼。"生喜从去。入深山中，见一洞府[②]，入则门横溪水，石梁驾之[③]。又数武，有石室二，光明彻照，无须灯烛。命生解悬鹑[④]，浴于溪流，曰："濯之，疮当愈。"又开幛拂褥促寝，曰："请即眠，当为郎作裤。"乃取大叶类芭蕉，剪缀作衣[⑤]，生卧视之。制无几时，折迭床头，曰："晓取着之。"乃与对榻寝。生浴后，觉疮疡无苦[⑥]，既醒摸之，则痂厚结矣。诘旦将兴，心疑蕉叶不可着，取而审视，则绿锦滑绝。少间具餐，女取山叶呼作饼，食之果饼；又剪作鸡、鱼烹之，皆如真者。室隅一罂贮佳酝，辄复取饮，少减，则以溪水灌益之。数日，疮痂尽脱，就女求宿。女曰："轻薄儿！甫能安身，便生妄想！"生云："聊以报德。"遂同卧处，大相欢爱。

注释

①下榻：寄宿，留客住宿。

②洞府：传说中的仙人常以山洞为家，因此仙人或修道者的住所常称为洞府。

③石梁：石桥。

④悬鹑：比喻衣服破烂。

⑤剪缀：裁剪，缝纫。缀，连接。

⑥创疡：脓疮。

译文

一天傍晚，罗子浮正打算去山中寺庙投宿。路上遇到一个女子，容貌美丽得跟天仙一样。女子走近他问："你去哪里？"罗子浮如实说了。女子说："我是出家人，住在山洞里，你可以去留宿，还能躲避虎狼。"罗子浮很高兴，跟着女子走了。进入深山中，见有一座洞府，进门后横着一条小溪，溪上架着根长条石作桥。过桥几步，有两间石室。室内一片光明，不需点灯。女子让罗子浮脱下破衣到溪水中洗个澡，说："洗洗，身上的疮就好了。"随后又拉开帷帐，扫扫被褥，催促罗子浮去睡，说："快睡吧，我要给你做件衣服。"便取过一些像芭蕉的大叶子，裁剪好缝制起来。罗子浮躺在床上看着，见女子做了不一会儿，衣服便缝好了。折叠整齐放在床头，说："明早穿上吧！"说完，便在对面床上睡了。罗子浮洗了澡后，觉得身上的疮不疼了。醒过来一摸，已结了厚厚的疮痂。到第二天早晨，罗子浮要起床，心里怀疑芭蕉叶衣服没法穿。取过来一看，却是绿色的锦缎，非常光滑。过了会儿，女子开始做早饭，只见她取过一些山叶来，说是饼，一吃，果然是饼；又把叶子剪成鸡、鱼的形状，烹调好后都和真的一样。室内角落里有个小瓮，盛着好酒。女子一次次取来饮；少了，就再用溪水灌满。过了几天，罗子浮身上的疮痂都脱落了，就到女子床上要求同宿。女子说："轻薄东西！刚能安身，就生妄想！"罗子浮说："聊以报答您的恩情！"于是二人一起睡了，欢爱非常。

一日，有少妇笑入曰："翩翩小鬼头快活死！薛姑子好梦几时做得[1]？"女迎笑曰："花城娘子，贵趾久弗涉，今日西南风紧，吹送来也[2]！小哥子抱得未[3]？"曰："又一小婢子[4]。"女笑曰："花娘子瓦窑哉[5]！那弗将来[6]？"曰："方呜之[7]，睡却矣。"于是坐以款饮。又顾生曰："小郎君焚好香也[8]。"生视之，年二十有三四，绰有余妍，心好之。剥果误落案下，俯地假拾果，阴捻翘凤。花城他顾而笑，若不知者。生方恍然神夺[9]，顿觉袍裤无温，自顾所服，悉成秋叶[10]，几骇绝。危坐移时，渐变如故。窃幸二女之弗见也。少顷，酬酢间，又以指搔纤掌。花城坦然笑谑，殊不觉知。突突怔忡间[11]，衣已化叶，移时始复变。由是惭颜息虑，不敢妄想。花城笑曰："而家小郎子，大不端好！若弗是，醋葫芦娘子[12]，恐跳迹入云霄去[13]。"女亦哂曰："薄幸儿[14]，便值得寒冻杀！"相与鼓掌。花城离席曰："小婢醒，恐啼肠断矣。"女亦起曰："贪引他家男儿，不忆得小江城啼绝矣。"花城既去，惧贻诮责，女卒晤对如平时。居无何，秋老风寒[15]，霜零木脱[16]，女乃收落叶，蓄旨御冬[17]。顾生肃缩[18]，乃持襆掇拾洞口白云为絮复衣[19]，着之温暖如襦，且轻松常如新绵。

注释

①薛姑子好梦几时做得：意谓美满姻缘，何时结成。姑子，女冠（女道士）的俗称。

②“今日西南风紧”二句：这里是翩翩对花城戏谑之词，意谓今日好风作美，送你到意中人身边。

③小哥子：男孩。抱得：指出生。

④小婢子：小姑娘、小丫头，指女儿。

⑤瓦窑：烧制砖瓦陶瓷器的灶窑，用以戏称专生女孩的妇女。瓦，指古代纺砖，古代习称生女为“弄瓦”，进而戏称多生或只生女孩的妇女为瓦窑。

⑥那弗将来：为什么不带来。将，带，携领。

⑦鸣：口做“鸣”声哄拍幼儿入睡。

⑧焚好香：烧了高香，指交好运，得好报。

⑨恍然神夺：恍恍惚惚、神不守舍的样子。恍，恍惚。

⑩秋叶：秋天的枯叶。

⑪突突怔忡 zhēng chōng：形容惊惧至极，心悸不安。突突，形容心跳剧烈。

⑫醋葫芦娘子：戏谑语，在爱情关系上有嫉妒之心俗称为“酸吃醋”。醋葫芦，类似于今天俗语中的“醋坛子”。

⑬跳迹入云霄：腾云驾雾。这里是指心驰神荡，想入非非。

⑭薄：负心，薄情。

⑮秋老：秋深。

⑯霜零木脱：霜降叶落。零，雨露霜雪降落。木，树叶，尤指枯黄的树叶。

⑰蓄旨御冬：储存食物，准备过冬。

⑱肃缩：因寒冷而蜷曲身体并发抖。

⑲襆fú：包扎。

译文

一天，有个少妇笑着进来，说："翩翩，你个小鬼头快活死了！薛姑子的好梦，几时做成的？"翩翩迎上去笑着说："原来是花城娘子！你的贵足很久不踏贱地，今天西南风紧，把你吹送来了。抱得儿子没有？"少妇回答说："又是个丫头！"翩翩笑着说："花娘子真是个瓦窑啊！孩子带来了吗？"少妇说："刚哄好，已睡下了！"于是一齐落座，翩翩设宴款待。少妇又看着罗子浮说："小郎君真是烧高香了！"罗子浮见她有二十三四岁年纪，容貌依旧很漂亮，心里很喜欢她。剥果子时一颗误落到桌子底下，罗子浮俯身假装捡拾，偷偷捏了下她的脚。花城看着别处笑笑，像不知道这回事。罗子浮正在神魂颠倒，忽觉身上的衣服顿时不暖和了，低头一看，衣服全变成了秋叶，吓得他差点闭过气去，急忙收回邪念，端坐了一会儿，衣服才又渐渐变回来。他心里暗自庆幸两个女子都没看见。过了会儿，罗子浮给花城劝酒时，又用手指搔她的掌心。花城坦然地说笑着，像是一点也没察觉。罗子浮心神恍惚之间，衣服又变成了叶子，过一阵子才变回来。他只得羞愧地打消杂念，不敢再妄想。花城笑着说：“你家小郎君太不正经，如不是有个醋葫芦娘子，恐怕他早跳到云间去了！”翩翩也讥笑说：“轻薄东西！就该活活冻死！”两人拍掌大笑起来。花城离席辞别说：“小丫头醒来，恐怕把肠子都哭断了。”翩翩也起身说：“贪图勾引人家的男人，就忘了小江城快哭死了。”花城离去后，罗子浮害怕被翩翩讥笑谴责，但翩翩仍和平常一样对待他。又在此住了没多久，节令已到深秋，寒风阵阵，霜叶降落。翩翩捡拾落叶，储藏起来准备过冬。见罗子浮冻得瑟缩发抖，她便拿个包袱，到洞口抓了些白云，絮成棉衣。罗子浮一穿上，就觉得像棉衣一样温暖，而且蓬松柔软，像新棉花一样。

逾年生一子，极惠美[①]，日在洞中弄儿为乐。然每念故里，乞与同归。女曰：“妾不能从。不然，君自去。”因循二三年[②]，儿渐长，遂与花城订为姻好。生每以叔老为念。女曰：“阿叔腊故大高[③]，幸复强健，无劳悬耿[④]。待保儿婚后[⑤]，去住由君。”女在洞中，辄取叶写书，教儿读，儿过目即了。女曰：“此儿福相，放教入尘寰[⑥]，无忧至台阁[⑦]。”未几儿年十四，花城亲诣送女，女华妆至，容光照人。夫妻大悦。举家宴集。翩翩扣钗而歌曰[8]：“我有佳儿，不羡贵官。我有佳妇，不羡绮纨[9]。今夕聚首，皆当喜欢。为君行酒，劝君加餐[10]。”既而花城去，与儿夫妇对室居。新妇孝，依依膝下，宛如所生。生又言归，女曰：“子有俗骨，终非仙品。儿亦富贵中人，可携去，我不误儿生平[11]。”新妇思别其母，花城已至。儿女恋恋，涕各满眶。两母慰之曰：“暂去，可复来。”翩翩乃剪叶为驴，令三人跨之以归。

注释

①惠：同“慧”，聪明。

②因循：照旧，指仍留洞中。

③腊：年龄。

④悬耿：牵挂于心。

⑤保儿：罗子浮与翩翩所生孩子的名字。

⑥尘寰：人世间，现实社会。

⑦台阁：指宰相、尚书之类的高官。明清称内阁大学士为阁臣，称六部尚书、都御史为台阁。

⑧扣钗：用头钗相敲击，作为节拍。

⑨绮纨：华丽精美的丝织品。绮与纨均为丝织品，富贵之家所常用，故以“绮纨”喻指富贵之家或其子弟。

⑩加餐：多多进食，保养身体。

⑪生平：终身，指一生前途。

译文

过了一年，翩翩生了个儿子，非常聪明漂亮。罗子浮天天在洞里逗弄婴儿取乐。但他常常思念家乡，便恳求翩翩一同回去。翩翩说："我不能跟你去，要不，你自己走吧。"又拖延两三年，儿子渐渐长大，于是就和花城结成亲家。罗子浮担心叔叔老了没人照顾，翩翩说："叔叔固然已经高龄，但庆幸身体比较强健，用不着你挂念。等保儿结婚后，是走是留，全凭你。"翩翩在洞中，总是拿树叶写上字教儿子读书，儿子一看就会了。翩翩说："这孩子生就福相，让他到人世去，不愁做不到高官。"不知不觉间儿子已十四岁，花城亲自把女儿送来。翩翩见那江城姑娘衣着华美，容光照人，与罗子浮都非常高兴，合家设宴庆贺。翩翩敲着头钗，唱道："我有好儿郎，不羡做高官。我有好儿媳，不羡穿好衣。今晚齐聚会，大家都欢喜。为君敬杯酒，劝君多保重。"酒后，花城离去。翩翩夫妇让儿子、媳妇住对屋。新媳妇很孝顺，依恋在翩翩膝下，就像亲生女儿一样。罗子浮又说要回去，翩翩说："你有俗骨，终究不是成仙的料。儿子也是富贵中人，你可以带回去，我不耽误他的前程。"新媳妇正想回家跟母亲告别，花城已经来了。儿女对母亲们恋恋不舍，热泪盈眶。翩翩和花城都安慰说："只是暂时离去，以后还可以再回来。"翩翩便把树叶剪成毛驴，让三人骑上往回赶。

大业已归老林下[①]，意侄已死，忽携佳孙美妇归，喜如获宝。入门，各视所衣悉蕉叶，破之，絮蒸蒸腾去，乃并易之。后生思翩翩，偕儿往探之，则黄叶满径，洞口路迷，零涕而返。

注释

①老归林下：告老归隐。林下，树林之下，本指世外的幽静之地，引申指归隐的处所。

译文

罗大业此时已告老还乡，以为侄子早已死了。忽然看见罗子浮带着漂亮的儿子和儿媳回来，罗大业欢喜地像得到宝贝一样。罗子浮三人进入家门，再看看各自所穿的衣服，都变成了芭蕉叶。扯破一看，里面的棉絮像蒸汽一样四散而去。于是三人重新换了衣服。后来，罗子浮想念翩翩，就带着儿子回去探望，只见黄叶满路，再找不到洞口踪迹，只得流着泪返了回来。

异史氏曰："翩翩、花城，殆仙者耶[①]？餐叶衣云，何其怪也！然帏幄诽谑[②]，狎寝生雏，亦复何殊于人世？山中十五载，虽无'人民城郭'之异[③]，而云迷洞口，无迹可寻，睹其景况，真刘、阮返棹时矣[4]。”

注释

①殆 dài：几乎，大概。

②帏幄 wéiwò 诽谑：指闺房言笑。帏幄，房内的帷幔、帐幕。诽，同“俳 pái”。俳谑，戏谑，开玩笑。

③“人民城郭”之异：指年代久远的人事变迁。

④真刘、阮返棹时：真像汉代刘晨、阮肇回船重寻天台仙女时的情形。南朝宋刘义庆《幽明录》载：东汉明帝永平年间，浙江剡县人刘晨、阮肇入天台山采药迷路，遇二仙女，邀至其家，殷勤款留半年。刘、阮思家，二女相送指路；既归，子孙已历七代。后重入天台山访女，则人杳路迷，不可复见。返棹，回船。

译文

异史氏说：“翩翩、花城，大概是神仙吧？吃树叶、穿云做的衣服，多么奇怪啊！但是闺房言笑，亲昵年轻男子，又与人世间有什么区别？山中十五年，虽然没有‘人民城郭’那样的沧桑异变，然而云霓挡住了洞口，无迹可寻，这种情况，真和汉代刘晨、阮肇回船重寻天台仙女时的情形差不多啊！”

卷四

罗刹海市

马骥，字龙媒，贾人子，美丰姿，少倜傥，喜歌舞。辄从梨园子弟[①]，以锦帕缠头，美如好女，因复有“俊人”之号。十四岁入郡庠，即知名。父衰老，罢贾而归，谓生曰：“数卷书，饥不可煮，寒不可衣，吾儿可仍继父贾。”马由是稍稍权子母[②]。从人浮海[③]，为飓风引去，数昼夜至一都会。其人皆奇丑，见马至，以为妖，群哗而走。马初见其状，大惧，迨知国中之骇己也，遂反以此欺国人。遇饮食者则奔而往，人惊遁，则啜其余。久之，入山村，其间形貌亦有似人者，然褴褛如丐。马息树下，村人不敢前，但遥望之。久之，觉马非噬人者，始稍稍近就之。马笑与语，其言虽异，亦半可解。马遂自陈所自[④]，村人喜，遍告邻里，客非能搏噬者。然奇丑者望望即去[⑤]，终不敢前；其来者，口鼻位置，尚皆与中国同，共罗浆酒奉马，马问其相骇之故，答曰：“尝闻祖父言：西去二万六千里，有中国，其人民形象率诡异[⑥]。但耳食之[⑦]，今始信。”问其何贫，曰：“我国所重，不在文章，而在形貌。其美之极者，为上卿[⑧]；次任民社[⑨]；下焉者，亦邀贵人宠[⑩]，故得鼎烹以养妻子[⑪]。若我辈初生时，父母皆以为不祥，往往置弃之，其不忍遽弃者，皆为宗嗣耳。”问：“此名何国？”曰：“大罗刹国[⑫]。都城在北去三十里。”马请导往一观。于是鸡鸣而兴⑬，引与俱去。

注释

①梨园子弟：戏曲艺人。唐玄宗曾选乐工及宫女数百人，亲授乐曲于梨园。后代因此称演戏的场所为“梨园”，称戏曲艺人为“梨园子弟”。

②权子母：指经商。权，权衡。子母，原指货币的大小、轻重，后来指利息与本钱。

③浮海：泛海，航海。这里指到海外经商。

④自陈所自：自己陈述来历。所自，从哪里来。

⑤望望即去：掉头不顾而离去。

⑥率：全，都。诡异：怪异。

⑦耳食：指不加审察地轻信传闻。

⑧上卿：周官制，最尊贵的臣子称上卿。

⑨任民社：古称直接理民的地方官。民社，人民和社稷。

⑩邀：获取。

⑪鼎烹：贵人所享的美食。这里指贵人赐予的残羹冷炙。鼎，古代炊器，三足两耳。

⑫罗刹：梵语音译，意思是恶鬼。这里作为国名。

⑬兴：起床。

译文

马骥，字龙媒，是商人的儿子。他风度翩翩，一表人才，年少时就风流倜傥，喜欢唱歌跳舞，经常跟着戏班子演出，用锦帕缠着头，美丽如少女，因此又有“俊人”的美称。他十四岁便入郡学府，很有名气。此时父亲年老体衰，放弃了经商，回家闲住，对马骥说：“读那几卷书，饿了不能煮着吃，冷了不能当衣穿，我儿应该继承父业去经商。”马骥从此就慢慢做起买卖来。一次，马骥跟别人一道渡海经商，被飓风刮走。漂了几天几夜，来到一个都市。这里的人长得奇丑无比，看见马骥来，以为是妖怪，都惊叫着逃走。马骥刚见到这情景时，还很害怕，等知道那些人是惧怕自己时，就反过来去欺负他们。看见有人在吃饭，他就跑过去，人家吓跑了，他就把剩余的饭菜吃掉。这样过了很久，进入一个山村。山村中的人相貌也有像人的，但都是破衣烂衫，像讨饭的。马骥在树下休息，村里人都不敢过来，只是远远地看着他。时间长了，觉得马骥并不是吃人的妖怪，才开始慢慢接近他。马骥笑着同他们攀谈，他们的语言虽然不同，但大半也能听懂。马骥告诉他们自己的来历，村里人听了很高兴，遍告乡邻：来客不吃人。但是那些长得丑陋的，还是一看见他就跑，始终不敢到跟前来。那些来的人，五官的位置都与中国人大体相同。他们摆上酒菜共同招待马骥，马骥问他们怕的原因，回答说：“曾经听祖父说：

往西走两万六千里，有个中国。那里的人形象都很古怪。原来只是听说过，现在才相信。”问他们为什么这样穷，村人回答说：“我国所看重的不在学问才能，而在相貌。长得最美的做大官，稍差一点的做小官，再差一点的也能受到贵人的宠爱，可以得到赏赐的食物来养活妻儿。像我们这样的，刚出生时，父母就以为不吉利，往往都被抛弃。父母不忍心丢弃的，也都是为了传宗接代罢了。”马骥问：“这个国家叫什么名字？”回答说：“叫大罗刹国，往北三十里是都城。”马骥请他们带他到都城看看。于是，第二天鸡一叫，村人就起身，领马骥一块去了。

天明，始达都。都以黑石为墙，色如墨，楼阁近百尺。然少瓦。覆以红石，拾其残块磨甲上，无异丹砂。时值朝退，朝中有冠盖出[①]，村人指曰：“此相国也[②]。”视之，双耳皆背生，鼻三孔，睫毛覆目如帘。又数骑出，曰：“此大夫也[③]。”以次各指其官职，率狰狞怪异[④]。然位渐卑，丑亦渐杀[⑤]。无何，马归，街衢人望见之[⑥]，噪奔跌蹶[⑦]，如逢怪物。村人百口解说[⑧]，市人始敢遥立。既归，国中咸知有异人，于是搢绅大夫，争欲一广见闻，遂令村人要马。每至一家，阍人辄阖户[⑨]，丈夫女子窃窃自门隙中窥语，终一日，无敢延见者。村人曰：“此间一执戟郎[⑩]，曾为先王出使异国，所阅人多，或不以子为惧。”造郎门。郎果喜，揖为上客[11]。视其貌，如八九十岁人。目睛突出，须卷如猬[12]。曰：“仆少奉王命出使最多，独未至中华。今一百二十余岁，又得见上国人物，此不可不上闻于天子。然臣卧林下，十余年不践朝阶，早旦为君一行。”乃具饮馔，修主客礼。酒数行，出女乐十余人，更番歌舞。貌类夜叉，皆以白锦缠头，拖朱衣及地。扮唱不知何词，腔拍恢诡[13]。主人顾而乐之。问：“中国亦有此乐乎？”曰：“有”。主人请拟其声，遂击桌为度一曲。主人喜曰：“异哉！声如凤鸣龙啸，从未曾闻。”

注释

①冠盖：古代官吏的帽子和车盖，借指官吏。

②相国：宰相。

③大夫：古诸侯国中，国君之下有卿、大夫、士三级。这里指位次于相国的高级官员。

④狰狞：毛发散乱、凶恶丑陋的样子。

⑤杀：减，煞。

⑥街衢 qú：大路，四通八达的街道。

⑦蹶 jué：跌倒。

⑧百口解说：极力解释。百，极言多。口，代指语言。

⑨阍 hūn 人：周官名，掌管晨昏启闭宫门。后世通称守门人为阍人。

⑩执戟郎：古代警卫宫门的官员。秦汉郎官中有中

郎、侍郎、郎中等，负责执戟宿卫殿门，故称执戟郎。

⑪揖：拱手行礼。

⑫须卷 quán 如猬：胡须密集弯曲得像刺猬一样。卷，弯曲。

⑬腔拍恢诡：腔调和节奏都很奇特。恢诡，离奇。

译文

天亮才到达都城。都城的城墙是用黑石头砌的，颜色像墨一样黑。楼阁高近百尺，但很少用瓦，而是用红色石头盖顶。捡一块碎石在指甲上磨磨，和朱砂没有两样。这时正赶上退朝，有一顶大轿子从朝中出来，村人指着说："这是宰相。"马骥一看，那人两只耳朵朝后长着，三个鼻孔，睫毛像帘子一样盖住眼睛。又出来几个骑马的官员，村人说："这是大夫。"挨着指出各人的官职，这些大夫大都相貌狰狞丑陋。官职越低的，丑相也渐减。一会儿，马骥往回走，街市上的人看见他，吓得大声嚷叫，跌跌撞撞地四散奔逃，就像碰上了怪物。村人再三解释，街市上的人才敢远远地站着看。回去以后，罗刹国的人都知道山村有一个奇怪的人，于是大小官员都想见识见识，就叫村里的人请马骥过去。可是每到一家，看门人总是把门关死，男女老少都只敢偷偷地从门缝里往外瞅着议论着。整整一天，没有一个敢开门让马骥进去的。村人说："这里有一个执戟郎，曾为先王出使外国。

他见的人多，可能不会害怕。”于是领着马骥登门拜访。那位执戟郎果然很高兴，把马骥奉为上宾。马骥看他的相貌，像有八九十岁，眼睛突出，胡须弯曲得像刺猬。执戟郎说：“我年轻时，曾奉国王的命令，出使过许多国家，唯独没有去过中国。如今我一百二十多岁了，能有幸见到上国的人物，这不能不报告天子。但是我已经退职，十多年不上朝了。明天早上，就为你去一趟。”说完，备了酒菜，招待马骥。酒过数巡，出来十多名歌女，轮番歌舞助兴。这些歌女都长得像夜叉一样，全用白锦缠着头，红色的衣服拖在地上。不知扮的什么角色，唱的什么歌词，腔调节奏都很离奇。主人看着很高兴，问：“中国也有这样好的歌舞吗？”马骥说：“有。”主人请马骥模仿几句。马骥就用手敲着桌子唱了一曲，主人高兴地说：“真奇妙啊！你的歌声就像凤鸣龙啸，我从没听到过。”

翼日，趋朝，荐诸国王。王忻然下诏，有二三大夫言其怪状，恐惊圣体，王乃止。郎出告马，深为扼腕[①]。居久之，与主人饮而醉，把剑起舞，以煤涂面作张飞。主人以为美，曰：“请君以张飞见宰相，厚禄不难致。”马曰：“游戏犹可，何能易面目图荣显[②]？”主人强之，马乃诺。主人设筵，邀当路者[③]，令马绘面以待。客至，呼马出见客。客讶曰：“异哉！

何前媸而今妍也！”遂与共饮，甚欢。马婆娑歌“弋阳曲”[4]，一座无不倾倒[5]。明日交章荐马[6]，王喜，召以旌节[7]。既见，问中国治安之道[8]，马委曲上陈[9]，大蒙嘉叹，赐宴离宫[10]。酒酣，王曰：“闻卿善雅乐，可使寡人得而闻之乎？”马即起舞，亦效白锦缠头，作靡靡之音[11]。王大悦，即日拜下大夫[12]。时与私宴[13]，恩宠殊异。久而官僚知其面目之假，所至，辄见人耳语，不甚与款洽。马至是孤立，惘然不自安[14]。遂上疏乞休致[15]，不许；又告休沐[16]，乃给三月假。

注释

①扼腕：紧握自己的手腕，表示惋惜。

②易面目图荣显：改换面貌来谋取荣华显贵；指迎合世俗的喜好，以换取功名利禄。易，改变。

③当路者：居于要职的人，指掌握政权的官员。

④婆娑：形容舞姿，这里指起舞。弋阳曲：南曲腔调的一种，明清时代流行于江西弋阳，故名。《顾曲麈谈》称弋阳腔是“俗腔”，昆山腔是“雅乐”。马骥唱俗腔，罗刹国王却认为是“雅乐”，这说明罗刹国雅俗颠倒。

⑤倾倒：迷倒，佩服。

⑥交章：纷纷上奏章。

⑦召以旌jīng节：派人持旌节去召见他。古礼，君有

所命，召唤大夫用旌。旌节，以竹为竿，上缀以旄牛尾和五彩鸟羽，古代出使者手持，以此为凭证。

⑧治安之道：治国安邦的办法。

⑨委曲：原原本本地，如实地。

⑩离宫：别宫。古时帝王于正式宫殿之外，别筑宫室，供随时游处，称“离宫”。

⑪靡靡之音：淫靡的乐曲；本指俗腔，而罗刹国称之为雅乐。

⑫拜：授官。下大夫：古官名，周王室及诸侯各国，卿以下有大夫，大夫分上中下三等。

⑬时与私宴：经常参加皇帝的家宴。与，参与。

⑭惘xiàn然：不安的样子。

⑮乞休致：请求辞官回家。清制，因衰老不能胜任而自请去职，称“自请休致”；朝廷亦常对衰老不能胜任官员给予“原品休致”；如因年老不称职，因而被命令退休或加以处分，称“勒令休致”；皇帝有时命令御试成绩低下官员“罚俸休致”。

⑯休沐：休息沐浴，指短期休假。秦汉时，已形成三日一洗头、五日一沐浴的习惯。以至于官府每五天给一天的假，称为“休沐”。

译文

第二天，执戟郎上朝，把马骥推荐给国王。国王很高兴，要下诏书召见。有两三个大夫劝阻说，马骥样子怪异，怕惊吓了皇上龙体，国王才没有召见他。执戟郎出来告诉马骥，深表惋惜。马骥在他家住了好多天，同主人一起饮酒，喝醉了，拔剑起舞，用煤粉抹在脸上扮成张飞。主人认为很美，说：“请你扮成张飞去见宰相，宰相一定乐意用你，高官厚禄不难得到。”马骥说：“闹着玩玩还行，怎么能换个脸面去谋取荣华富贵呢？”主人再三强求，马骥才答应。主人马上备了酒筵，请那些大官们来喝酒，叫马骥画了脸等着。不久客人来了，主人喊马骥出来见客。客人惊讶地说：“奇怪，怎么前几天那样丑陋，今天却这样漂亮！”于是就同马骥一起喝酒，非常欢快。马骥边跳舞边唱了一首“弋阳曲”，满座的客人无不倾倒。第二天，大官们纷纷上奏国王，推荐马骥。国王很高兴，派使者持旌节召见他。见面后，国王问马骥中国治国安邦的办法，马骥原原本本地陈述一番。国王大加赞赏，在别宫赐宴款待。喝到畅快淋漓的时候，国王说：“听说你善歌雅乐，能不能叫寡人欣赏欣赏？”马骥便起身舞起来，也模仿罗刹舞女的样子用白锦缠头，唱些靡靡之音。国王高兴极了，当天就封他为下大夫。并经常邀请马骥参加家宴，恩宠有加。时间长了，那些官僚们都知道马骥的面目是假的。他无论走到哪里，总能看见人们小声耳语，不愿意同他接近。马骥感到被孤立，心里很不安，就上书国王要求辞职，国王不答应。他又请求休假，国王便给了他三个月的假期。

于是乘传载金宝[①]，复归村。村人膝行以迎。马以金资分给旧所与交好者，欢声雷动。村人曰：“吾侪小人受大夫赐，明日赴海市，当求珍玩以报。”问：“海市何地？”曰：“海中市，四海鲛人[②]，集货珠宝。四方十二国，均来贸易。中多神人游戏。云霞障天，波涛间作。贵人自重，不敢犯险阻，皆以金帛付我辈，代购异珍。今其期不远矣。”问所自知，曰：“每见海上朱鸟往来，七日即市。”马问行期，欲同游瞩，村人劝使自贵。马曰：“我顾沧海客，何畏风涛？”未几，果有踵门寄资者[③]，遂与装资入船。船容数十人，平底高栏。十人摇橹，激水如箭。凡三日，遥见水云幌漾之中，楼阁层叠，贸迁之舟[④]，纷集如蚁。少时抵城下，视墙上砖皆长与人等，敌楼高接云汉[⑤]。维舟而入，见市上所陈，奇珍异宝，光明射目，多人世所无。

注释

①乘传 zhuàn：乘驿站的传车。传，传车，古代驿站的公用车辆。

②鲛人：中国神话传说中鱼尾人身的生物，神秘而美丽，善纺织，她们生产的鲛绡，入水不湿，她们哭泣的时候，眼泪会化为珍珠，与西方传说里

的美人鱼相似。

③踵 zhǒng 门：亲自登门。

④贸迁：贸易。

⑤敌楼：城楼。云汉：天河。这里指高空。

译文

于是马骥坐官车载着金银财宝又回到山村。村人跪在路边迎接他，马骥把财物分给过去结交的那些朋友，村里欢声雷动。村人说："我们这些小人受到大夫的恩赐，明天去海市，寻求些珍奇玩物，来报答大夫。"马骥问："海市在什么地方？"村人说："海市是四海蛟人聚集在那里卖珠宝的地方。到时四方十二国，都去那里做买卖。还有许多神人来游玩。云霞遮天，波涛汹涌。那些贵人们都爱惜自己，不敢去冒险，只是把银钱交给我们，替他们购买奇珍异宝。现在离海市的日子不远了。"马骥问他们怎么知道日期，村人说："每次只要看见海上有红色的鸟飞来飞去，七天以后就是海市。"马骥问他们动身的日期，想一起去看看。村人劝他珍重自己，马骥说："我本来就是海上客，还怕什么风涛浪涌？"不几天，果然有人登门送钱托他们买东西。马骥就和村人把钱装上船，一起去了。船能容几十个人，船底是平的，栏杆很高，有十个人摇橹，船像飞箭一样行进。走了三天，远远看见水云荡漾之中，楼阁层层叠叠，各地来做买卖的船，像蚂蚁一样纷纷聚集。不多会儿，他们来到城下，见墙上的砖，都和人一样长，城楼高耸入云。他们系好船进城，见集市上摆放的货物，全是奇珍异宝，光彩夺目，大都是人世间所没有的。

一少年乘骏马来，市人尽奔避，云是“东洋三世子”[①]。世子过，目生曰：“此非异域人。”即有前马者来诘乡籍[②]。生揖道左，具展邦族[③]。世子喜曰：“既蒙辱临，缘分不浅！”于是授生骑，请与连辔[④]。乃出西城，方至岛岸，所骑嘶跃入水。生大骇失声。则见海水中分，屹如壁立。俄睹宫殿，玳瑁为梁[⑤]，鲂鳞作瓦，四壁晶明，鉴影炫目。下马揖入。仰视龙君在上，世子启奏：“臣游市廛，得中华贤士，引见大王。”生前拜舞[⑥]。龙君乃言：“先生文学士，必能衙官屈、宋[⑦]。欲烦椽笔赋‘海市’[⑧]，幸无吝珠玉[⑨]。”生稽首受命。授以水晶之砚，龙鬣之毫[⑩]，纸光似雪，墨气如兰。生立成千余言，献殿上。龙君击节曰[⑪]：“先生雄才，有光水国矣！”遂集诸龙族，宴集采霞宫。酒炙数行，龙君执爵向客曰：“寡人所怜女，未有良匹，愿累先生。先生倘有意乎？”生离席愧荷[⑫]，唯唯而已。龙君顾左右语。无何，宫女数人扶女郎出，珮环声动[⑬]，鼓吹暴作，拜竟睨之，实仙人也。女拜已而去。少时酒罢，双鬟挑画灯[⑭]，导生入副宫[⑮]，女浓妆坐伺。珊瑚之床饰以八宝[16]，帐外流苏缀明珠如斗大[17]，衾褥皆香耎。天方曙，雏女妖鬟，奔入满侧。生起，趋出朝谢。拜为驸马都尉[18]。以其赋驰传诸海。诸海龙君，皆专员来贺，争折简招驸马饮。生衣绣裳，坐青虬[19]，呵殿而出[20]。武士数十骑，背雕弧[21]，荷白棓[22]，晃耀填拥。马上弹筝[23]，车中奏玉[24]。三日间，遍历诸海。由是“龙媒”之名，噪于四海。宫中有玉树一株，围可合抱，本莹澈如白琉璃，中有心，淡黄色，稍细于臂，叶类碧玉，厚一钱许，细碎有浓阴。常与女啸咏其下。花开满树，状类薝蔔[25]。每一瓣落，锵然作响。拾视之，如赤瑙雕镂[26]，光明可爱。时有异鸟来鸣，毛金碧色，尾长于身，声等哀玉[27]，恻人肺腑。生闻之，辄念故土。因谓女曰：“亡出三年，恩慈间阻[28]，每一念及，涕膺汗背[29]。卿能从我归乎？”女曰：“仙尘路隔[30]，不能相依。妾亦不忍以鱼水之爱[31]，夺膝下之欢[32]。容徐谋之。”生闻之，涕不自禁。女亦叹曰：“此势之不能两全者也！”明日，生自外归。龙王曰：“闻都尉有故土之思，诘旦趣装，可乎？”生谢曰：“逆旅孤臣，过蒙优宠，衔报之思[33]，结于肺腑。容暂归省，当图复聚耳。”入暮，女置酒话别。生订后会，女曰：“情缘尽矣。”生大悲，女曰：“归养双亲，见君之孝，人生聚散，百年犹旦暮耳，何用作儿女哀泣？此后妾为君贞[34]，君为妾义[35]，两地同心，即伉俪也，何必旦夕相守，乃谓之偕老乎？若渝此盟，婚姻不吉。倘虑中馈乏人[36]，纳婢可耳[37]。更有一事相嘱：自奉衣裳[38]，似有佳朕[39]，烦君命名。”生曰：“女耶，可名龙宫；男耶，可名福海。”女乞一物为信[40]，生在罗刹国所得赤玉莲花一对，出以授女。女曰：“三年后四月八日，君当泛舟南岛，还君体胤[41]。”女以鱼革为囊，实以珠宝，授生曰：“珍藏之，数世吃着不尽也。”天微明，王设祖帐，馈遗甚丰。生拜别出宫，女乘白羊车。送诸海涘[42]。生上岸下马，女致声珍重，回车便去，少顷便远，海水复合，不可复见。生乃归。

注释

①世子：帝王或诸侯的嫡子，即正妻所生的儿子。

②前马者：在马前引马开路的人。

③具展：一一陈述。邦族：国籍与氏族。

④连辔 pèi：骑马同行。辔，驾驭牲口的嚼子和缰绳

⑤玳瑁为梁：以玳瑁为饰的屋梁。玳瑁，龟类动物，背甲光亮，可作装饰。

⑥拜舞：跪拜舞蹈，古代朝拜仪式之一。

⑦衙官屈、宋：以屈原、宋玉为其衙官，意思是超过屈原、宋玉。衙官，唐代刺史的属官。

⑧椽 chuán 笔：如椽之笔，比喻能写文章的大手笔。赋“海市”：写一篇描写海市的赋。赋，文体名，这里名词用作动词，指作赋。

⑨珠玉：珍珠和美玉，这里比喻好文章。

⑩龙鬣liè之毫：用龙的鬣毛制成的笔。

⑪击节：抚手或拍板以调节曲调，这里指赞赏。

⑫离席：离座站起，表示恭敬。愧荷：因受惠承情而感到惭愧不安。

⑬环：是古人佩在身上的一种圆形玉饰，中间有孔。

⑭双鬟：古时幼女结双鬟，这里指幼婢。

⑮副宫：侧殿。

⑯八宝：指金银、珍珠、玛瑙等各种珠宝。

⑰流苏：一种下垂的以五彩羽毛或丝线等制成的穗子，常用于舞台服装的裙边下摆等处。

⑱驸马都尉：官名，汉武帝时始置，掌副车之马。驸，即副。皇帝出行时自己乘坐的车驾为正车，而其他随行的马车均为副车。正车由奉车都尉掌管，副车由驸马都尉掌管。魏晋以后，帝婿照例都加驸马都尉称号，简称驸马，非实官。以后驸马即用以称帝婿。清代称额驸。

⑲虬qiú：古代传说中有角的小龙。

⑳呵殿：谓古代官员出行，仪卫前呵后殿，喝令行人让道。呵，在前喝道。殿，在后随从。

㉑雕弧：雕有纹彩的弓。

㉒棓：同“棒”。

㉓筝：古代弹奏乐器的一种。

㉔玉：指玉笛之类的管乐。

㉕薝 zhān 蔔：栀子花。
㉖赤瑙：红色玛瑙。
㉗声等哀玉：声音如同玉制乐器所奏的哀婉曲调。
㉘恩慈间阻：指与父母分离。父母慈爱有恩，故以“恩慈”代称父母。
㉙涕膺汗背：涕泪沾湿胸襟，汗流浃背，形容惶恐与悲伤。
㉚仙尘：仙境与尘世。
㉛鱼水之爱：比喻夫妇之间的亲密感情。
㉜膝下之欢：指父子之情。
㉝衔报之思：感恩图报的心情。衔报，即衔环报恩。东汉人杨宝救了一只受伤的小黄雀，小黄雀伤好后叼来四个玉环来报答杨宝救命之恩。
㉞贞：封建礼教所提倡的女子不失身不改嫁的节操。
㉟义：这里指封建时代丈夫因妻守贞，自己也不重婚另娶。
㊱中馈乏人：无人主持家务。中馈，指古代妇女在家中供膳诸事。
㊲纳婢：以婢女为妾。封建时代纳妾不算娶妻，这样仍然算作对前妻“守义”。
㊳自奉衣裳：意为自结婚以来。奉裳衣，指妻子侍奉丈夫穿衣。古时上曰衣，下曰裳。
㊴佳朕：好的预兆，指怀孕。朕，征兆。
㊵信：凭证，信物。

㊶体胤：亲生儿女。胤，后嗣。

㊷海涘 sì：海边。涘，水边。

译文

有一位少年骑着骏马而来，集市上的人都急忙让开，说是“东洋三世子”来了。世子走过，看见马骥，说：“这不是偏远小国来的人。”接着就有个在世子马前开路的人来问马骥乡籍是哪里。马骥站在路旁行礼，详细说了自己的籍贯和姓氏。世子高兴地说：“你既然能屈尊来到这里，说明我们缘分不浅。”于是就给他一匹马，请他同行。二人出了西城，刚走到岸边，骑的马就嘶叫着跃进水中，马骥吓得失声喊叫，却见海水从中间分开，两边的水像墙壁一样屹立着。一会儿，看见一座宫殿，玳瑁装饰的梁，鱼鳞片做的瓦，四壁亮如水晶，耀眼夺目，能照出人影来。马骥下马，世子拱手将他请入，抬头看见龙王坐在殿上。世子启奏道：“儿臣游览海市，遇见这位中华贤士，领他来参见大王。”马骥上前跪拜行礼。龙王说：“先生既然是位有文才的学士，一定能够胜过屈原、宋玉。我想烦劳你的大手笔，作一篇海市赋文，希望你不要吝惜你的妙词。”马骥叩头答应了。龙王给他一方水晶砚台，一枝龙须笔，纸张光滑如雪，墨香如兰。马骥立时写了篇千余字的文章，呈献给龙王。龙王赞叹说：“先生真是高才，给水国添了光彩！”接着召集龙族，在采霞宫举行盛宴。酒过数巡，龙王举杯向马骥说：“寡人有个爱女，还没有许配人家，愿意把她许给先生，先生意下如何？”马骥忙离席站起，惭愧地表示感激，连连答应。龙王便对左右吩咐。不一会儿，有几个宫女扶着一个女郎出来，佩环声声，鼓乐齐奏。拜完天地，马骥偷眼一看，那女郎长得真是一位天仙。龙女拜完天地就走了。不一会儿，宴席散了，两个丫鬟挑着宫灯，领着马骥进了侧宫。龙女正浓妆坐等。珊瑚做的床上，装饰着各种珠宝；帐外流苏，缀着斗大的明珠；床上的被褥又香又软。天刚亮，便有许多年轻美貌的丫鬟侍女前来侍候。马骥起床后，上朝拜谢。龙王封他为驸马都尉，并把他写的赋传送四海龙宫。四海龙王都派专员来祝贺，抢着发请柬请驸马赴宴。马骥身穿锦绣衣衫，坐着青龙拉的车子，前呼后拥，外出赴宴。几十名骑马武士都身佩雕弓，扛着白色的棍杖，威风凛凛。骑马弹筝，坐车奏玉，三天里，游遍各海。从此“龙媒”的名字，四海皆知。龙宫里有一棵玉树，一人合抱那么粗，树干晶莹剔透，像白琉璃；中间有一淡黄色的心，比胳膊稍细一点；叶如碧玉，有铜钱那么厚，树荫细碎浓密。马骥常同龙女在树下吟诗唱歌。树上开的花形状类似栀子花，花瓣落在地上，发出锵锵之声。拾起来看看，像用红色玛瑙雕成的，光鲜可爱。常有一种奇异的鸟儿飞来啼叫，金绿色的羽毛，尾巴比身体还长，叫声像玉笛奏出的哀婉乐曲，听了使人忧伤。马骥一听这鸟的叫声就思念家乡，对龙女说：“我流浪在外三年了，远离父母，每当想起他们，便伤心落泪。你能跟我回家乡吗？”龙女说：“仙境同尘世隔绝，不能跟随你回去。我也不忍心以夫妻之爱，夺走你父子之情。容我慢慢想个办法。”马骥听了，忍不住又流下眼泪。龙女也叹息说：“这实在是不能两全齐美的事情啊！”

第二天，马骥从外边回来，龙王说：“听说驸马思乡心切，明天早晨收拾行装送你回家，可以吗？”马骥连忙拜谢说：“臣孤身漂泊在外，受到您如此优待宠爱，感恩图报之情，牢记在心中。容许我暂且回家探望一下父母，以后再回来团聚。”到了晚上，龙女摆酒话别。马骥同她约好以后见面的日子，龙女说：“我们的情缘已尽。”马骥非常悲痛，龙女说：“回家奉养双亲，可见你很有孝心。人生聚散匆匆，百年如同旦夕，何必像多情儿女般哀伤哭泣？今后我一定为你坚守贞节，希望你也为我不再另娶，两地同心，就是美满夫妻，何必一定要每天守在一起，才叫白头偕老呢？如果违背了盟誓，再婚嫁也不会吉利。如果顾虑家中无人操持家务，你可以收一个婢女为妾。还有一件事要嘱咐你，成亲后，我好像怀孕了，请你给孩子取个名。”马骥说：“如果是女的，就叫龙宫，男的就叫福海。”龙女请马骥留一件东西作为信物，马骥把在罗刹国得到的一对赤玉莲花拿出来给她。龙女说：“三年后的四月八日，你划船去南岛，到时送还你的儿女。”龙女用鱼皮做了个口袋，装满珠宝，送给马骥说：“你好好珍藏它，几辈子也吃不完用不尽。”

天刚亮，龙王设宴饯别，送给马骥许多礼物。马骥拜别出了龙宫，龙女乘白羊车送他到海边。马骥上岸下马告别，龙女说声“珍重”，掉转车头回去。不一会儿，就走远了，海水又合到一起，再也看不见。马骥便往回走。

自浮海去，家人无不谓其已死；及至家，家人皆诧异。幸翁媪无恙，独妻已去帷。乃悟龙女“守义”之言，盖已先知也。父欲为生再婚，生不可，纳婢焉。谨志三年之期，泛舟岛中。见两儿坐在水面，拍流嬉笑，不动亦不沉。近引之，儿哑然捉生臂[①]，跃入怀中。其一大啼，似嗔生之不援己者，亦引上之。细审之，一男一女，貌皆俊秀。额上花冠缀玉，则赤莲在焉。背有锦囊，拆视，得书云：“翁姑俱无恙。忽忽三年，红尘永隔；盈盈一水，青鸟难通[②]，结想为梦，引领成劳[③]。茫茫蓝蔚，有恨如何也！顾念奔月姮娥，且虚桂府[④]；投梭织女，犹怅银河[⑤]。我何人斯[⑥]，而能永好？兴思及此，辄复破涕为笑。别后两月，竟得孪生。今已啁啾怀抱[⑦]，颇解言笑；觅枣抓梨，不母可活。敬以还君。所贻赤玉莲花，饰冠作信。膝头抱儿时，犹妾在左右也。闻君克践旧盟[⑧]，意愿斯慰。妾此生不二，之死靡他[⑨]。奁中珍物，不蓄兰膏；镜里新妆，久辞粉黛。君似征人，妾作荡妇[⑩]，即置而不御[⑪]，亦何得谓非琴瑟哉[⑫]？独计翁姑已得抱孙，曾未一觌新妇，揆之情理，亦属缺然。岁后阿姑窀穸[13]，当往临穴[14]，一尽妇职。过此以往，则'龙宫'无恙，不少把握之期[15]；'福海'长生，或有往还之路。伏惟珍重[16]，不尽欲言。"生反覆省书揽涕[17]。两儿抱颈曰："归休乎[18]！"生益恸，抚之，曰："儿知家在何许？"儿啼，呕哑言归。生视海水茫茫，极天无际，雾鬟人渺[19]，烟波路穷[20]。抱儿返棹[21]，怅然遂归。

注释

①哑然：发出笑声的样子。哑，笑声。

②"盈盈一水"二句：意谓虽然相隔不远，但却音信难通。盈盈，水清浅的样子。青鸟，借指使者。传说七月七日，日正中，汉武帝见青鸟从西方来，集于大殿前。东方朔说，西王母即将到来。不久，果然到来，后因以青鸟称传信的使者。

③引领：伸长了脖子，形容殷切盼望。引，伸长。领，脖子。

④"顾念奔月"二句：意谓像嫦娥这样的仙女尚且在月宫孤身独处。娥，即嫦娥，传说是后羿的妻子，因偷吃不死药而飞升月宫。

⑤"投梭织女"二句：意谓天上的织女，尚且因天河阻隔，不能同牛郎团聚，而感到惆怅。怅，恨。银河，天河。

⑥斯：兮，语气词。

⑦啁啾 zhōu jiū：鸟鸣声。这里形容幼儿学话的声音。

⑧克践旧盟：能够履行旧时的盟誓，指守义不娶。克，能。

⑨之死靡他：到老死也没有他心，指誓不改嫁。

⑩荡妇：这里指浪荡子、出游不归者的妻子。

⑪置而不御：意谓两地远隔，仍保持夫妇名义。御，用。

⑫琴瑟：喻夫妇。

⑬窀穸 zhūnxī：墓穴，埋葬。

⑭临穴：亲临墓穴。

⑮把握：握手，携手，指见面。

⑯伏惟：表示伏在地上想，恭敬地希望，是下对上陈述时的表敬之辞。惟，希望。

⑰揽涕：挥泪。

⑱归休乎：回家吧。休，语气词。

⑲雾鬟人渺：意谓已看不到龙女。雾鬟，借指龙女。渺，渺茫。

⑳烟波路穷：烟波之上，漫无道路。穷，尽。

㉑返棹 zhào：乘船返回，也泛指还归。

译文

自从马骥被海水漂走，家人都以为他已经死了。他一到家，家里人无不惊疑。幸亏父母都健在，只是妻子已经改嫁。马骥这才明白龙女“守义”的话，原来是已经预先知道自己的妻子改嫁了。父亲想为马骥再娶一房妻子，马骥不答应，只收了一个婢女做妾。他牢记龙女说的三年之期。到日子后乘船来到岛中，看见两个小孩坐在水面上，拍打着水嬉笑，不动也不下沉。马骥到跟前用手一拉，一个小孩笑着抓住马骥的手臂，跳入他怀里；另一个大声哭起来，似乎怪马骥不拉他，马骥就把他也拉过来。仔细看去，一男一女，相貌都很俊秀。头上的小花帽上各点缀着一块玉，便是那赤玉莲花。背上有个锦囊，拆开一看，里边有一封书信，上面写着：“公婆想必都安康吧！转眼已过三年，我们红尘永隔，盈盈一带之水，书信难通。朝思暮想，却只能在梦中相见；殷切地盼望，盼得脖子发酸。面对茫茫大海，有恨又能怎样呢？想那奔月的嫦娥，尚且独守月宫；投梭的织女，也只能隔着天河惆怅。我是什么人，哪能永远和爱人相守？每每想到这里，便又破涕为笑。我们分别两个月后，我竟生了一对儿女。如今已经在怀抱中咿呀学语，能懂笑语，会摸枣抓梨，没有母亲也可以活下去了。现在把他们送还给你。你赠送的赤玉莲花，装饰在孩子们的帽子上作为凭证。你抱孩子在膝头时，就像我在你身边一样。知道你坚守过去的盟誓，我心里很安慰。我这一生不会有二心，到死不会再嫁别人。梳妆匣里不再放兰膏；对镜梳妆，也久已不涂抹脂粉。你就像那出远门的游子，我就是游子之妇，虽然远隔两地，但我们仍是恩爱夫妻。只是想公婆虽然已经抱上孙子，却从没见过儿媳，按情理说，也是个缺憾。一年后婆婆将仙逝，到时我一定亲临墓穴，尽儿媳孝道。从此以后，则‘龙宫’平安，还有见面之期；‘福海’长寿，或许还能来往。希望你多保重，想要说的话真是说不完啊。”马骥反复读着书信，泪流不止。两个孩子抱着他的脖子说：“回家吧。”马骥更加悲痛，抚摸着他们说：“我儿知道家在什么地方？”孩子更加哭闹，咿咿呀呀地喊着要回家。马骥望着茫茫大海，无边无际，看不见龙女的影子；烟波浩渺，没有去龙宫的道路。只好抱着孩子掉转船头，满腹惆怅地回去了。

生知母寿不永[①]，周身物悉为预具[②]，墓中植松槚百余[③]。逾岁，媪果亡。灵舆至殡宫[④]，有女子缞绖临穴[⑤]。众惊顾，忽而风激雷轰，继以急雨，转瞬已失所在。松柏新植多枯，至是皆活。福海稍长，辄思其母，忽自投入海，数日始还。龙宫以女子不得往，时掩户泣。一日昼暝，龙女急入，止之曰：“儿自成家，哭泣何为？”乃赐八尺珊瑚一株，龙脑香一帖，明珠百粒，八宝嵌金合一双，为嫁资。生闻之突入，执手啜泣。俄顷，迅雷破屋，女已无矣。

注释

①不永：不长久。

②周身物：指死者的服饰、陪葬品等物。

③槚 jiǎ：楸树。

④灵舆：灵车。殡宫：墓穴。

⑤缞绖 cuīdié：封建丧礼规定的子女所穿的孝服。缞，古代丧服，用麻布制成，披在胸前。绖，古代用麻做的丧带，系在腰间或头上。

译文

马骥知道母亲阳寿不长了，为她准备好寿衣等东西，墓地上种了松楸树一百多棵。过了一年，母亲果然死了。装棺材的车子到了墓地，只见一个女子披麻戴孝来到坟前。众人正在惊愕间，忽然风驰雷击，接着急雨如注，一转眼女子已经不见。松树刚种时，大多已经枯萎，到这时全活了。福海稍大一些就经常思念母亲。一天，忽然自己投入海中，好几天才回来。龙宫因为是女孩不能去，时常关门哭泣。一天，白天在屋里睡觉，龙女忽然进来，制止她说："孩子你都要成家了，怎么还哭哭啼啼？"于是赐给她一株八尺高的珊瑚树，龙脑香一贴，明珠百颗，八宝嵌金盒子一双作为嫁妆。马骥听到声音，突然进来，拉着她的手低声哭泣。一会儿，疾雷击破屋顶，女郎就不见了。

异史氏曰："花面逢迎，世情如鬼[①]。嗜痂之癖，举世一辙[②]。'小惭小好，大惭大好[③]'。若公然带须眉以游都市[④]，其不骇而走，几希矣！彼陵阳痴子，将抱连城玉向何处哭也[⑤]？呜呼！显荣富贵，当于蜃楼海市中求之耳[⑥]！"

注释

①"花面逢迎"二句：装出一副可人的虚伪面孔，迎合世俗所好，如此的世态与鬼域没什么差别。花面，本指女子饰面，这里指装扮一副假面孔。

②"嗜痂之癖"二句：谓怪僻的嗜好，天下都有。嗜痂，南朝人刘邕嗜食疮痂，以为味似鳆鱼。后世因称怪僻的嗜好为"嗜痂"。这里喻指颠倒美丑、曲意逢迎的怪癖。举，全。一辙，一样。

③小惭小好，大惭大好：自己感到不太满意的，别人却称赞说好；自己感到非常不满意的，别人却大吹特吹。原用以指斥文风不正，后比喻世道与自己的愿望相反。出自唐韩愈《与冯宿论文书》："时时应事作俗下文字，下笔令人惭，及示人，则人以为好矣。小惭者亦蒙谓之小好，大惭者即必以为大好矣。"

④"若公然带须眉"句：意谓保持男子汉的本色

立身行事，耻于媚俗谄世。须眉，胡须、眉毛，代指男子。

⑤“彼陵阳痴子”二句：意谓真正才德之士，不被赏识，无处倾诉他的委曲和悲痛。陵阳痴子，指春秋时楚人卞和，曾受封陵阳侯。卞和在楚山发现一块璞玉，曾献给楚厉王和楚武王，都被视为石头。卞和被诬欺诳，先后被刖双脚。楚文王即位，卞和抱璞哭于荆山之下。楚文王使人剖璞，果得宝玉，称为“和氏璧”。见《韩非子·和氏》。连城玉，价值连城的宝玉，指和氏璧。

⑥蜃 shèn 楼海市：比喻虚幻世界。蜃，蛟类，旧说蜃能吐气为楼台，称为“蜃楼”“海市”。实为一种因光线折射作用而出现的虚影，多现于海上或沙漠。此句以幻域否定现实。

译文

异史氏说：装出一副假面目，迎合世俗所好，这样的世态和鬼域没什么区别。怪僻的嗜好，天下都有。世人喜欢虚假地奉承别人，自己觉得不太满意的，别人却称赞说好；自己觉得非常不满意的，别人却大赞特赞。如果保持男子汉的本色立身行事，耻于媚俗谄世，那么很少有人不会被吓走啊！陵阳痴子将会抱着价值连城的美玉去哪里哭泣呢？唉！荣华富贵，应当在蜃楼海市中寻找吧！”

公孙九娘

于七一案[①]，连坐被诛者[②]，栖霞、莱阳两县最多。一日俘数百人，尽戮于演武场中[③]，碧血满地[④]，白骨撑天。上官慈悲，捐给棺木，济城工肆[⑤]，材木一空。以故伏刑东鬼[⑥]，多葬南郊[⑦]。甲寅间[⑧]，有莱阳生至稷下[⑨]，有亲友二三人亦在诛数，因市楮帛[⑩]，酹奠榛墟[⑪]，就税舍于下院之僧[⑫]。明日，入城营干，日暮未归。忽一少年，造室来访。见生不在，脱帽登床，着履仰卧。仆人问其谁，合眸不对。既而生归，则暮色朦胧，不甚可辨。自诣床下问之，瞠目曰："我候汝主人，絮絮逼问，我岂暴客耶[⑬]！"生笑曰："主人在此。"少年即起着冠，揖而坐，极道寒暄，听其音，似曾相识。急呼灯至，则同邑朱生，亦死于七之难者。大骇却走，朱曳之云："仆与君文字之交，何寡于情？我虽鬼，故人之念，耿耿不忘。今有所渎，愿无以异物猜薄之[⑭]。"生乃坐，请所命。曰："令女甥寡居无偶，仆欲得主中馈。屡通媒约，辄以无尊长命为辞。幸无惜齿牙余惠[⑮]。"先是，生有女甥，早失恃[⑯]，遗生鞠养[⑰]，十五始归其家。俘至济南，闻父被刑，惊而绝[⑱]。生曰："渠自有父，何我之求？"朱曰："其父为犹子启榇去[⑲]，今不在此。"问："女甥向依阿谁？"曰："与邻媪同居。"生虑生人不能作鬼媒。朱曰："如蒙金诺[20]，还屈玉趾[21]。”遂起握生手，生固辞，问：“何之？”曰：“第行。”勉从与去。

注释

①于七一案：指于七抗清事件。于七，名乐吾，字孟熹，行七。明崇祯武举人，山东栖霞人。清顺治五年（1648年），占据莱阳、栖霞等县，起义抗清，后接受招安。顺治十八年（1661年），再次在栖霞起义抗清。康熙元年（1662年）起义失败。清政府对起义地区人民进行血腥屠杀，栖霞、莱阳两县受害最为严重。

②连坐：古代因他人犯罪，而使相关的人连带受刑的制度。坐，获罪受罚。

③演武场：练兵场。

④碧血：这里指无辜者的血迹。典故出自《庄子·外物》，周敬王时，刘文公属下的大夫苌弘蒙冤为人所杀，血三年化为碧玉。后因以碧血代指忠臣烈士所流之血。

⑤济城：指济南府城。工肆：作坊，这里指棺材铺。

⑥伏刑东鬼：指在济南被屠杀的栖霞、莱阳等地人民。栖霞、蓬莱地处鲁东，故被称“东鬼”。

⑦南郊：指济南府南郊。

⑧甲寅：指康熙十三年（1674年）。

⑨稷jì下：古齐国都城临淄附近地名，在今山东淄博

市临淄区。这里指济南。

⑩市：买。楮帛：纸钱。

⑪酹 lèi 奠榛 zhēn 墟：到荒草丛生的坟地里去祭奠。酹奠，用酒洒在墓地上以祭奠鬼神。榛墟，草木丛生的荒野，此指荒野中的坟地。

⑫下院：佛教大寺院的分院。

⑬暴客：指强盗。

⑭猜薄：猜疑、鄙薄。

⑮齿牙余惠：夸奖赞美的话，这里指帮别人说好话。

⑯失恃：母亲去世。

⑰鞠 jū 养：抚养；养育。

⑱绝：气绝而死。

⑲犹子：侄子。启榇 chèn：指迁坟。榇，棺柩。

⑳金诺：即一诺千金，这里是对他人许诺的敬称，指守信不渝，珍贵如金。

㉑屈玉趾：劳烦您走一趟。玉趾，对他人行止的敬称。

译文

于七谋反一案，受牵连而被杀的人，以栖霞、莱阳两县最多。有时，一天就搜捕几百人，都在演武场上杀掉。鲜血满地，尸骨纵横。有的官员发慈悲，给被杀者捐出一笔钱买棺材。于是，济南城棺材铺里的棺材都被购买一空。那些被杀者大都埋葬在城南郊。康熙十三年，有个莱阳的书生来到济南。他的亲友中，有两三个人也在这里被杀。他买了些纸钱祭品之类，来到城南郊累累荒坟之中，祭奠亲友亡灵。晚间，就在荒坟旁的寺院中租间房子住下。第二天，莱阳生因有事进城去了，天很晚还没回来。忽然有一位少年来访，见莱阳生不在寓所，摘下帽子，鞋子也没有脱，就仰躺在床上。仆人问他是谁，那少年闭着眼不回答。一会儿莱阳生回来了，因天色已晚，什么也看不分明。莱阳生就亲自到床边去问，那少年直瞪着两眼说："我在等你的主人，你在一边絮絮叨叨追问什么？难道我是盗贼不成！"莱阳生笑着说："主人就在这里。"少年听了，急忙起身，戴上帽子整整衣服，向莱阳生作揖行礼，坐下与莱阳生殷勤地道寒暄。莱阳生听他的声音，好像以前认识，急喊仆人拿来灯火一看，原来是同乡好友朱生，他也在于七一案中被杀了。莱阳生大吃一惊，不禁向后倒退，转身欲走。朱生向前拉住他，说："我与你有文字之交，你怎么这样薄情？如今我虽然做了鬼，但朋友的情分，还是念念不忘的。今天对你有所冒犯，望你不要因为我是鬼就猜疑。"莱阳生坐下，问他有什么话要说。朱生说："你的外甥女孤身独居，还没有婚配。我很想娶她为妻，几次托人去求婚，她总以没有长者做主而推辞了。希望能得到你的帮助，把这件事办成。"原来，莱阳生确有一个外甥女，年幼时就失去了母亲，寄养在莱阳生家。十五岁那年她才回到自己父亲身边，后被官兵捕到济南。听到父亲惨死的消息后，她又惊恐又悲痛，不久就死了。莱阳生听了朱生的请求说："她有自己的父亲做主，怎么来求我？"朱生说："她父亲的灵柩，被侄儿迁走了，已不在这里。"莱阳生又问："她过去都依靠谁呢？"朱生说："与邻居的一位老太太住在一起。"莱阳生正私下思虑活人怎能给鬼做媒，朱生说："如果蒙您应允，还得请您随我走一趟。"说完站起来，拉住莱阳生的手。莱阳生坚决推辞，说："到哪里去？"朱生说："你尽管跟我走就是。"莱阳生只好勉强跟他走了。

北行里许，有大村落，约数十百家。至一第宅，朱以指弹扉，即有媪出，豁开两扉，问朱何为。曰："烦达娘子，云阿舅至。"媪旋反，顷复出，邀生入，顾朱曰："两椽茅舍子大隘，劳公子门外少坐候。"生从之入。见半亩荒庭，列小室二。女甥迎门啜泣，生亦泣，室中灯火荧然。女貌秀洁如生，凝目含涕，遍问妗姑[①]。生曰："具各无恙，但荆人物故矣[②]。"女又呜咽曰："儿少受舅妗抚育，尚无寸报[③]，不图先葬沟渎，殊为恨恨。旧年伯伯家大哥迁父去，置儿不一念，数百里外，伶仃如秋燕。舅不以沉魂可弃[④]，又蒙赐金帛[⑤]，儿已得之矣。"生以朱言告，女俯首无语。媪曰："公子曩托杨姥三五返[⑥]，老身谓是大好。小娘子不肯自草草，得舅为政[⑦]，方此意慊得[⑧]。"言次，一十七八女郎，从一青衣遽掩入，瞥见生，转身欲遁。女牵其裾曰："勿须尔！是阿舅。"生揖之。女郎亦敛衽[9]。甥曰："九娘，栖霞公孙氏。阿爹故家子，今亦'穷波斯'[10]，落落不称意。旦晚与儿还往。"生睨之，笑弯秋月[11]，羞晕朝霞[12]，实天人也。曰："可知是大家，蜗庐人焉得如此娟好[13]！"甥笑曰："且是女学士，诗词俱大高。昨儿稍得指教。"九娘微哂曰："小婢无端败坏人，教阿舅齿冷也。"甥又笑曰："舅断弦未续[14]，若个小娘子，颇能快意否？"九娘笑奔出，曰："婢子颠疯作也！"遂去，言虽近戏，而生殊爱好之，甥似微察，乃曰："九娘才貌无双，舅倘不以粪壤致猜[15]，儿当请诸其母。"生大悦，然虑人鬼难匹。女曰："无伤，彼与舅有夙分。"生乃出。女送之，曰："五日后，月明人静，当遣人往相迓。"生至户外，不见朱。翘首西望。月衔半规[16]，昏黄中犹认旧径。见南面一第，朱坐门石上，起逆曰："相待已久，寒舍即劳垂顾。"遂携手入，殷殷展谢。出金爵一、晋珠百枚[17]，曰："他无长物[18]，聊代禽仪[19]。"既而曰："家有浊醪[20]，但幽室之物，不足款嘉宾，奈何！"生㧑谢而退[21]。朱送至中途，始别。

注释

①妗：舅母，舅舅的妻子。

②荆人：荆钗布裙之人，旧时对人谦称己妻。

③寸报：表尽孝报恩之意。出自孟郊《游子吟》："谁言寸草心，报得三春晖。"

④沉魂：指沉沦于阴间的鬼魂。这里也兼指沉冤之魂。

⑤赐金帛：指上文莱阳生焚楮帛祭奠一事。

⑥曩nǎng：从前，以往，过去的。

⑦为政：主持，做主。

⑧慊qiè：满意，满足。

⑨敛衽rèn：整理衣襟，表示恭敬，后专指女子的拜礼。

⑩穷波斯：是唐代口头语，指破败的大户人家。波斯，古国名，位置在今伊朗境内。古时波斯商人多经营珠宝，因以波斯代指富商。

⑪笑弯秋月：笑的时候眉毛弯曲如同秋夜之月。

⑫羞晕朝霞：害羞的时候，脸上的红晕如同早晨的霞光。

⑬蜗庐：喻指小户人家的狭窄居室。

⑭断弦未续：指妻子去世，尚未续娶。古时以琴瑟比喻夫妇，故称妻子死了为"断弦"，再娶称作"续弦"。

⑮粪壤：秽土，这里指已经过世的人。

⑯月衔半规：月亮半圆。规，圆形。

⑰晋珠：山西产的珠玉。霍山，位置在今山西省境内。

⑱长物：多余的东西。长，旧读zhàng。

⑲禽仪：即“禽妆”，订婚用的聘礼，古时订婚以雁为聘礼，称为“委禽”。仪，礼物。

⑳浊醪 láo：浊酒。

㉑捣 huī 谢：谦逊地谢绝。捣，谦逊。

译文

向北走了一里多路，有一个很大的村庄，全村约有几百户人家。走到一座宅院前，朱生停下叩门。随即有位老太太出来，敞开两扇门，问朱生有什么事。朱生说：“请您告诉姑娘，她舅舅来了。”老太太进去，不一会儿又返身出来，邀莱阳生进去，回头对朱生说：“两间屋子太狭窄，劳烦公子在门外稍候片刻。”莱阳生跟随老太太进去，见半亩荒院中，有两间小屋。外甥女在门口迎候哭泣，莱阳生也哭了。走进屋里，灯光微弱。只见外甥女容光秀丽白皙，如同生时。她眼泪汪汪地望着舅舅，问家中舅母与姑姑是否都安好，莱阳生说：“大家都好，只是你舅母已去世了。”外甥女听了，又哭起来，说：“孩儿从小受舅舅与舅母的抚养，恩情未能报答一点，没想到自己先被埋葬在沟里，空留怅恨。去年，大伯家的哥哥把父亲迁走，把我弃置在这里，毫不挂念。我一人在这几百里外的异乡，孤苦伶仃，像深秋的燕子。舅舅不以我孤苦之魂而抛弃，又赐我金钱和锦帛，孩儿都收到了。”莱阳生把朱生求婚的事告诉她，外甥女只是低头不语。老太太在一旁说：“朱公子之前曾托杨老太太来过三五次，我也认为这是一门好亲事，可是姑娘自己总是不肯马马虎虎答应下来。今天有舅舅做主，也就满意了。”说话间，有位十七八岁的姑娘推门进来，后边跟着一个丫鬟。姑娘一眼瞥见莱阳生，转身要走，外甥女拉住她的衣襟说：“不必这样，他是我的舅舅，不是外人。”莱阳生作揖行礼，姑娘也整整衣服还礼。外甥女介绍说：“她叫九娘，姓公孙，栖霞县人。她的爹爹也是世家子弟，现在败落了，也变得这般穷愁，事事不称心。我俩很要好，经常往来。”说话间，莱阳生偷看九娘，只见她笑时两眉像秋天新月，羞怯时脸颊像泛起红晕的朝霞，实在是天上的仙女。莱阳生说：“可见是大家闺秀！小户人家的姑娘，哪有这般的仪容风姿？”外甥女笑着说：“而且是个女学士，诗词造诣都很高，昨天还给我些指教。”九娘微笑说：“小丫头，无缘无故败坏别人的名声，叫阿舅听了笑话。”外甥女又笑着说：“舅母死了，舅舅还未续娶，这个小娘子，你还满意吗？”九娘笑着跑出去，说：“这丫头发疯了。”虽然这话是开玩笑，而莱阳生心里对九娘颇有好感。外甥女好像也觉察到了，便说：“九娘的才貌天下无双，舅舅若不忌讳她是地下之鬼，我就与她母亲说说。”莱阳生很高兴，但心中顾虑人鬼难以婚配。外甥女解释说：“这倒不妨，舅舅与九娘是有缘分的。”莱阳生告辞时，外甥女说：“五天后，月明人静时，我会派人去接你。”莱阳生出门后，不见朱生。举目西望，下弦的月亮挂在天边，在昏暗的月光下，还能辨清来时的道路。只见一座向南的宅子，朱生正坐在台阶上等候。见莱阳生，起身说："静候你好久了，这就是我家，请进去稍坐。"于是便拉着莱阳生的手，把他请到屋里，殷切地向他表示谢意。取出一只金杯和一百粒向皇宫进贡的珍珠，说："没有其他值钱的东西，就以这些作为我的聘礼吧！"又说："家有薄酒，但这是阴间的东西，不足款待嘉宾，很是抱歉。"莱阳生说了几句客气的话，就告辞了。朱生送到半路，两人才分手。

生归，僧仆集问，隐之曰："言鬼者妄也，适友人饮耳。"后五日，朱果来，整履摇箑[①]，意甚欣。方至户，望尘即拜[②]。笑曰："君嘉礼既成[③]，庆在旦夕，便烦枉步。"生曰："以无回音，尚未致聘，何遽成礼？"朱曰："仆已代致之。"生深感荷，从与俱去。直达卧所，则女甥华妆迎笑。生问："何时于归[④]？"女曰："三日矣。"朱乃出所赠珠，为甥助妆[⑤]。女三辞乃受，谓生曰："儿以舅意白公孙老夫人，夫人做大欢喜。但言老耄无他骨肉[⑥]，不欲九娘远嫁，期今夜舅往赘诸其家。伊家无男子，便可同郎往也[⑦]。"朱乃导去。村将尽，一第门开，二人登其堂。俄白："老夫人至。"有二青衣扶妪升阶。生欲展拜，夫人云："老朽龙钟，不能为礼，当即脱边幅[⑧]。"指画青衣[⑨]，进酒高会。

朱乃唤家人，另出肴俎[⑩]，列置生前；亦别设一壶，为客行觞[⑪]。筵中进馔，无异人世。然主人自举，殊不劝进[⑫]。

注释

①箑shà：扇子。

②望尘即拜：老远望见就下拜。典故出《晋书·潘岳传》：晋石崇与潘岳谄媚贾谧，贾出，石崇立路旁望尘下拜。尘，车行时扬起的尘土。

③嘉礼：古代五礼之一，后专指婚礼。

④于归：指女子出嫁。出自《诗经·国风·周南·桃夭》：“之子于归，宜其室家。”于，往。归，旧时妇女以夫家为家，因此出嫁叫“归”。

⑤助妆：古时女子出嫁，亲友赠送的服装、饰品等礼物。

⑥耄mào：古称八、九十岁的年纪为耄。

⑦郎：古时妇女对丈夫或所爱男子的称呼。

⑧脱边幅：不拘礼节。边幅，布帛的边缘，比喻人的仪表、衣着、举止。

⑨指画：指挥，指使。

⑩肴俎zǔ：饭菜。肴，菜肴。俎，古代切肉用的砧板。

⑪行觞shāng：斟酒，行酒。

⑫劝进：劝客进食、饮酒。

译文

莱阳生回到住所，寺院中的和尚、仆人都来问他。莱阳生隐瞒实情说："说遇到鬼，那是胡说，我是到朋友家喝酒去了。"五天后，朱生果然来了。他穿着整齐，手里摇着扇子，像是很高兴。他走进院子，老远就向莱阳生行礼，并笑着说："您的婚事已经谈妥了，吉期定在今晚，烦您大驾。"莱阳生说："因没听到回信，聘礼还未送去，怎么能匆匆举行婚礼呢？"朱生说："我已代您送过了。"莱阳生很感激，就和他一起走了。两人径直来到朱生住处，外甥女穿着华美的衣服，含笑迎出门来。莱阳生问："什么时候过门的？"朱生回答说："三天了。"莱阳生把朱生所赠送的珍珠，送给外甥女作为嫁妆，外甥女再三推辞才收下，对莱阳生说："孩儿把舅舅的意思转告了公孙老夫人，她很高兴。但她又说：她已老了，家中没有其他儿女，不愿将九娘远嫁，让你今晚到她家入赘。她家没有男子，朱郎陪同你去。"于是朱生领着莱阳生去了。快到村的尽头，有一家门开着，朱、莱二人进入堂上。片刻，有人传话说："老夫人到！"只见两个丫鬟搀扶着一位老太太拾阶而上。莱阳生上前欲行叩头大礼，公孙夫人说："我已老态龙钟，还礼也不便当，这些礼节就免了吧！"她指派着仆人，摆下丰盛的宴席。朱生又叫仆人另备些菜肴，摆在莱阳生面前；酒也另备一壶，专给莱阳生喝。宴席上所陈列的菜肴，无异于人世间。只是主人自斟自饮，并不劝让客人。

既而席罢，朱归。青衣导生去，入室，则九娘华烛凝待。邂逅含情[①]，极尽欢昵。初，九娘母子，原解赴都。至郡[②]，母不堪困苦死，九娘亦自刭。枕上追述往事，哽咽不成眠。乃口占两绝云[③]："昔日罗裳化作尘，空将业果恨前身[④]。十年露冷枫林月，此夜初逢画阁春[⑤]。""白杨风雨绕孤坟，谁想阳台更作云[⑥]？忽启镂金箱里看，血腥犹染旧罗裙[⑦]。"天将明，即促曰："君宜且去，勿惊厮仆。"自此昼来宵往，嬖惑殊甚[⑧]。

注释

①邂逅：相见，这里指两相爱悦。

②郡：指济南府。

③口占两绝：随口吟出两首绝句。口占，随口作诗，不用笔写。绝，绝句，旧诗体的一种。每首四句的诗称作绝句。每句五字的叫五绝，七字的叫七绝。这里两首都是七绝。

④"昔日罗裳"二句：指生前穿着的衣裙都已腐烂成尘土，对自己的悲惨遭遇只有空自怨恨。罗裳，丝绸制的裙子。业果，佛教语，是前生命定的迷信说法，指人的行为所招致的报应或结果，

分为善业、恶业和善果、恶果。

⑤“十年露冷”二句：指十年来置身于寒露冷月、枫林萧瑟的秋野，今天才初次享受闺阁中的人间春意。画阁，彩饰的闺阁，这里指洞房。

⑥“白杨风雨”二句：指一向是凄风苦雨，白杨萧萧，孤寂冷漠环绕着土坟；没有想到还能过上夫妇恩爱的生活。阳台，指男女欢会之处。典故出自宋玉《高唐赋序》：楚王游于高唐，梦中与一神女欢会。神女临别告诉楚王：“妾在巫山之阳，高丘之阻，旦为朝云，暮为行雨，朝朝暮暮，阳台之下。”

⑦“忽启镂金”二句，指忽然打开嵌金的衣箱，那被血迹玷污的罗裙使人触目惊心。镂金箱，镶嵌金子作纹饰的箱子。

⑧嬖 bì 惑：宠爱迷恋。

译文

一会儿，宴席散了，朱生告辞回去。一小丫鬟为莱阳生引路，进入洞房，只见红烛高照，九娘身着华美衣服，在凝神等待。两人相逢，情谊深长，极尽人世间亲昵之情。当初，九娘母子被俘，原准备押送到京城。走到济南，九娘母亲不堪忍受虐待之苦而死，九娘在悲愤中也自杀身亡。九娘与莱阳生在枕席上谈起往事，哭得不能入睡，便吟成两首绝句：“昔日罗裳化作尘，空将业果恨前身。十年露冷枫林月，此夜初逢画阁春。”“白杨风雨绕孤坟，谁想阳台更作云？忽启镂金箱里看，血腥犹染旧罗裙。”天快亮时，九娘敦促莱阳生说：“你该离开这里了，小心不要惊动仆人。”从此以后，莱阳生天未黑就来，天刚放亮就走，两人恩爱情深。

一夕问九娘：“此村何名？”曰：“莱霞里[①]。里中多两处新鬼[②]，因以为名。”生闻之欷歔[③]。女悲曰：“千里柔魂，蓬游无底[④]，母子零孤，言之怆恻。幸念一夕恩义，收儿骨归葬墓侧，使百年得所依栖，死且不朽。”生诺之。女曰：“人鬼路殊，君不宜久滞。”乃以罗袜赠生，挥泪促别。生凄然出，忉怛不忍归[⑤]。因过拍朱氏之门。朱白足出逆[⑥]；甥亦起，云鬟鬅松，惊来省问。生惆怅移时，始述九娘语。女曰：“妗氏不言，儿亦夙夜图之。此非人世，不可久居。”于是相对汍澜[⑦]，生亦含涕而别。叩寓归寝，展转申旦[⑧]。欲觅九娘之墓，则忘问志表[⑨]。及夜复往，则千坟累累，竟迷村路，叹恨而返。展视罗袜，着风寸断，腐如灰烬，遂治装东旋。

注释

①莱霞里：于七起义失败后，清兵大肆屠杀无辜，据《莱阳县志》记载：“今锯齿山前，有村曰血灌亭，

省城南关有荒冢曰栖莱里，杀戮之惨可知矣。”“莱霞里”当是作者根据这段史料杜撰的地名。

②两处：指莱阳、栖霞两地。

③欷歔 xī xū：感慨不已。

④蓬游无底：如蓬草一样随风飘荡，没有归宿。底，停止，休止。

⑤忉怛 dāo dá：忧伤，悲痛。

⑥白足：赤脚，因仓促没有来得及穿鞋。

⑦汍 huán 澜：泪流满面的样子。

⑧展转申旦：翻来覆去睡不着，直到天亮。申旦，从黑夜到白天。

⑨志表：墓表，墓碑。

译文

一天夜里，莱阳生问九娘：“这个村子叫什么名字？”九娘说：“叫莱霞里。因这里多是莱阳、栖霞两县的新鬼，就起了这个名字。”莱阳生听后，感叹不已。九娘悲哀地说：“我这千里之外的一缕幽魂，像蓬蒿一样随风飘荡没有归宿，母子二人孤苦伶仃，说起来叫人伤心。望你能念夫妻之恩，收殓我的尸骨，迁葬回你祖上的坟地，使我百年之后也有个依托，那我就死而无恨了。”莱阳生答应了。九娘说：“人与鬼不是一条路，你不宜于长久在这里滞留。”她取出一双罗袜赠给莱阳生，挥泪催促他离开。莱阳生恋恋不舍地凄然走出来，心中忧伤，失魂落魄，不忍归去。路经朱生门前，就敲朱生的门，朱生赤脚迎出来，外甥女也起来了，头发蓬松，吃惊地问是怎么回事。莱阳生惆怅了一会儿，把九娘的话说了一遍。听罢，外甥女说：“即使舅母不说这话，我也日夜在思虑这件事。这里并非人世间，久居的确不妥。”于是，大家相对哭泣，莱阳生含泪而别。回到寓所，莱阳生翻来覆去，直到天亮也未能睡着。想去找九娘的坟墓，但走时又忘记问墓的标记。到天黑再去找九娘时，只见荒坟累累，蓬蒿满目，竟迷失了去莱霞里的路，只得哀叹着返回。打开九娘所赠的罗袜，罗袜见风便碎了，像烧过的纸灰一样。于是，莱阳生只得整装东归。

半载不能自释，复如稷门，冀有所遇。及抵南郊，日势已晚，息树下，趋诣丛葬所。但见坟兆万接[①]，迷目榛荒，鬼火狐鸣，骇人心目。惊悼归舍。失意遨游，返辔遂东。行里许，遥见一女立丘墓上，神情意致，怪似九娘。挥鞭就视，果九娘。下与语，女径走，若不相识。再逼近之，色作怒，举袖自障。顿呼“九娘”，则烟然灭矣。

注释

①坟兆：坟地。兆，界限。

译文

半年后，莱阳生心中始终不能忘怀这件事，又来到济南，希望能再次遇到九娘。等他到了南郊，天色已晚，他把马车停放在寺院的树下，就急忙到丛丛坟地中去。只见荒坟累累，千百相连，荆棘荒草迷目，闪烁的鬼火与阴森可怖的狐鸣，使人心惊肉跳，骇惧非常。莱阳生怀着惊恐的心情回到寓所。这次在济南的游兴完全没有了，他便返程东归。走了一里多路，远远见一女郎，独自在高高低低的坟墓间行走，体态神情很像是九娘。莱阳生挥鞭赶上去一看，果然是九娘。莱阳生跳下马想与她说话，女郎竟然走开了，好像根本就不相识。莱阳生再赶上去，女郎面有怒色，举袖遮住自己的脸。莱阳生连呼："九娘！九娘！"女郎竟如轻烟般飘飘然消失了。

异史氏曰："香草沉罗，血满胸臆[①]；东山佩玦，泪渍泥沙[②]。古有孝子忠臣，至死不谅于君父者。公孙九娘岂以负骸骨之托[③]，而怨怼不释于中耶？脾鬲间物[④]，不能掬以相示，冤乎哉！"

注释

①"香草沉罗"二句：指屈原自沉于汨罗江，悲愤不能自已。香草，在屈原的诗作《离骚》中常用

于自喻，指的是忠贞的大臣。沉罗，指屈原投江一事。血满胸臆，血泪沾满了胸襟。

②“东山佩玦”二句：指晋太子申生遭人谗害，冤情难洗。

③负骸骨之托：指莱阳生辜负了公孙九娘归葬尸骨的嘱托。

④脾鬲间物：指心。鬲，同“膈”。

译文

异史氏说：“屈原自沉于汨罗江，悲愤不能自已；晋太子申生遭受谗害，冤屈不能伸张。古时候的孝子忠臣，到死都不能被父亲或君王谅解。公孙九娘难道是因为莱阳生辜负她归葬尸骨的嘱托，因而心中怨愤不能释怀？心脾隔着身体，不能捧出来给对方看，多么冤枉啊！”

狐　谐

万福字子祥，博兴人[①]。幼业儒，家贫而运蹇[②]，年二十有奇，尚不能掇一芹[③]。乡中浇俗[④]，多报富户役[⑤]，长厚者至碎破其家。万适报充役，惧而逃，如济南[⑥]，税居逆旅[⑦]。夜有奔女，颜色颇丽，万悦而私之，问姓氏。女自言："实狐，然不为君祟[⑧]。"万喜而不疑。女嘱勿与客共，遂日至，与共卧处。凡日用所需，无不仰给于狐。

注释

①博兴：县名，清代属山东青州府。

②运蹇 jiǎn：命运非常不好。蹇，迟钝，不顺利。

③掇一芹：指考取秀才。典故出自《诗·鲁颂·泮水》："思乐泮水，薄采其芹。"后代因此称考取秀才为"掇芹"或"游泮"。

④浇俗：粗陋的习俗。浇，浮薄。

⑤富户役：指里正役。明代役法规定，各地以邻近的一百一十户为一"里"，从中推丁多粮多的十户，轮流充当里长，故又称"富户役"。里长负责催征粮税及分派徭役。后来赋役日渐繁苛，富户贿赂官府，避免承当，而使中、下户担任。任里长的中下户，不敢向豪绅富户征派，往往被迫

自己赔垫，有的甚至因此倾家荡产。

⑥如：去，往。

⑦逆旅：迎接客人，这里引申为“旅店”。逆，迎接。旅，旅人、行者。

⑧祟 suì：原指鬼怪或指奇怪的人；这里指不正当的行为。

译文

万福，字子祥，是博兴县人。少时就喜读诗书，家境贫寒又命运不好，二十多岁了，还考不上个秀才。他家乡有种旧习，官府派下公差徭役，往往都摊给那些富裕人家，忠厚老实的人常常为此倾家荡产。万福正好被报上充劳役，他感到害怕，就逃走了。万福逃到济南，在旅店里租了间房子住下。夜晚，有个女子私奔而来，十分美丽。万福很喜欢，就留住了她。问她的姓名，女子说：“我是狐女，但不会祸害你！”万福因喜欢她而丝毫不怀疑。女子嘱咐他不要跟别的客人一起住，于是每天都来与他共寝。凡日用物品，无不仰仗狐女供给。

居无何，二三相识，辄来造访，恒信宿不去[①]。万厌之，而不忍拒，不得已以实告客。客愿一睹仙容，万白于狐。狐曰：“见我何为哉？我亦犹人耳。”闻其声，不见其人。客有孙得言者，善谑[②]，固请见，且曰："得听娇音，魂魄飞越。何吝容华[3]，徒使人闻声相思？"狐笑曰："贤孙子！欲为高曾母作行乐图耶[4]？"众大笑。狐曰："我为狐，请与客言狐典[5]，颇愿闻之否？"众唯唯。狐曰："昔某村旅舍，故多狐，辄出祟行客。客知之，相戒不宿其舍，半年，门户萧索。主人大忧，甚讳言狐。忽有一远方客，自言异国人，望门休止[6]。主人大悦，甫邀入门，即有途人阴告曰：'是家有狐。'客惧，白主人，欲他徙。主人力白其妄，客乃止。入室方卧，见群鼠出于床下。客大骇，骤奔，急呼：'有狐！'主人惊问。客怒曰：'狐巢于此，何诳我言无[7]？'主人又问：'所见何状？'客曰：'我今所见，细细幺麽[8]，不是狐儿，必当是狐孙子？'"言罢，座客粲然[9]。孙曰："既不赐见，我辈留勿去，阻尔阳台[10]。"狐笑曰："寄宿无妨。倘有小迕犯[11]，幸勿介怀[12]。"客恐其恶作剧，乃共散去，然数日必一来，索狐笑骂。狐谐甚，每一语即颠倒宾客[13]，滑稽者不能屈也[14]。群戏呼为"狐娘子"。

注释

①信宿：一再地住宿。信，再次，多次。

②谑xuè：开玩笑，戏谑。

③容华：美丽的容颜。

④高曾母：高、曾祖母。父之祖为曾祖，祖之祖为高祖。行乐图，别人为自己画的小像。

⑤狐典：有关狐的故事。典，故事，典故。

⑥望门休止：指不加探询，看到有人家，就在此投宿止息。

⑦诳kuáng：说谎话欺骗。

⑧细细幺麽yāomó：微不足道的小东西。细细，轻微，细小。幺麽，微小，含鄙视意味。

⑨粲然：露齿而笑。

⑩阳台：阳台之会，喻指男女欢好。

⑪迕wǔ犯：冒犯。

⑫介怀：在意。

⑬颠倒：倾倒，令人佩服、心折。

⑭滑gǔ稽：指言行、事态诙谐，引人发笑。

译文

没过多久，万福的几个朋友常来找他聚会，往往一坐就是一通宵。万福很厌烦，又不好意思拒绝，只得跟客人讲了实话。客人听后，便要见见狐女。万福对狐女说了。狐女对万福说："见我干什么？我也不过和人 样罢了！"听狐女的声音，像在眼前，四下却不见人影。客人中有个叫孙得言的，爱开玩笑，非要见见狐女，还说："听见这娇滴滴的声音，叫我神魂颠倒！为什么要吝惜你的花容月貌，让人光听声音白白害相思呢？"狐女笑着骂道："好个贤孙！想为你老祖母画一幅行乐图吗？"客人听了都笑起来。狐女又说：

"我是狐，就为客人们讲一个狐的故事。你们愿听吗？"大家忙表示愿听。狐女讲道："从前，某村有个客店，有很多狐狸，经常出来迷惑旅客。客人们知道后，都互相告诫不要在这家客店住宿。半年来，旅店门前冷落，店主人非常担忧，十分忌讳说'狐狸'。一天，忽然有个远方来客，自称是外国人，看见客店，便进去要住宿。店主人大为高兴。来客刚进门，便有个路人悄悄告诉他：'这家客店有狐狸！'来客害怕，忙告诉主人要搬走。主人极力辩白店里没狐狸，来客才住下来。进入房间刚刚躺下，见一群老鼠从床下钻了出来，来客大吃一惊，急忙奔出屋子，大叫：'有狐！'店主人惊问，来客怒气冲冲地说：'狐狸的老窝在这里，你怎么骗我说没有？'主人又问：'你刚才看见的狐狸是什么样子？'来客说：'我刚才看见的，又细又小，不是狐狸的儿子，就是狐狸的孙子！'"讲完，满座人都哈哈大笑。孙得言说："既然不愿意让我们见见仙容，我们今晚就住在这里不走了，你们俩也别想睡觉！"狐女笑着说："你们尽管借住，倘若我小有冒犯之处，也请不要介意！"众人恐怕她恶作剧，只得一起走了。但此后，隔几天就来一次，来了就找狐女互相笑骂。狐女十分诙谐，每说一句话，无不使客人笑得前仰后合，再滑稽的人也比不过她。大家戏称她"狐娘子"。

一日，置酒高会，万居主人位，孙与二客分左右，上设一榻屈狐[①]。狐辞不善酒，咸请坐谈，许之。酒数行，众掷骰为瓜蔓之令[②]。客值瓜色，会当饮，戏以觥移上座曰[③]："狐娘子太清醒，暂借一觞[④]。"狐笑曰："我故不饮，愿陈一典，以佐诸公饮。"孙掩耳不乐闻。客皆曰："骂人者当罚。"狐笑曰："我骂狐何如？"众曰："可。"于是倾耳共听。狐曰："昔一大臣，出使红毛国[⑤]，着狐腋冠见国王[⑥]。王见而异之，问：'何皮毛，温厚乃尔[⑦]？'大臣以狐对。王曰：'此物生平未曾得闻。狐字字画何等[⑧]？'使臣书空而奏曰[⑨]：'右边是一大瓜[⑩]，左边是一小犬。'"主客又复哄堂。二客，陈氏兄弟，一名所见，一名所闻。见孙大窘，乃曰："雄狐何在，而纵雌狐流毒若此[⑪]？"狐曰："适一典谈犹未终，遂为群吠所乱，请终之。国王见使臣乘一骡，甚异之。使臣告曰：'此马之所生。'又大异之。使臣曰：'中国马生骡，骡生驹驹[⑫]。'王细问其状。使臣曰：'马生骡，是"臣所见"[⑬]，骡生驹驹，是"臣所闻"。'"举座又大笑。众知不敌，乃相约：后有开谑端者，罚作东道主[⑭]。

注释

①屈狐：屈尊侍奉狐狸。屈，屈尊、屈驾。

②瓜蔓wàn之令：酒令的一种，是酒席上的一种助兴游戏。

③觥gōng：酒杯。

④暂借一觞：权请代饮一杯。

⑤红毛国：明清时称荷兰人为红夷、红毛夷或红毛番，红毛国即指荷兰，抑或泛指西方的海外国家。

⑥狐腋冠：用狐腋下的毛皮所制的名贵皮帽。

⑦温厚乃尔：如此又暖又厚。

⑧字画：笔画。

⑨书空：用手指向空中写字。

⑩大瓜：山东方言，是"傻瓜"之意。

⑪"雄狐"二句："雄""雌"分别指万福与狐女。流毒，放毒，指恶语伤人。

⑫驹驹：是狐女应机编造的一种牲畜名，实际没有这种动物，因此下文说这仅是"所闻"。

⑬臣所见："陈所见"的谐音。下句"臣所闻"，为"陈所闻"的谐音。这两句话是骂二陈为骡和驹驹。

⑭东道主：原意为东方道路上的主人，因春秋时期郑国在秦国之东，接待秦国出使东方的使节，故称"东道主"。后以"东道主"指称接待或宴客的主人，或指请客的人。

译文

一天，大家在一起宴会。万福坐在主人位上，孙得言和另外两位客人分坐左右，上边另摆一坐榻让狐女坐。狐女推辞说不会喝酒，大家请她坐下聊天，狐女答应了。酒过数巡，众人掷骰子，行“瓜蔓”酒令。其中一个客人犯令受罚，应该喝酒，便开玩笑地将酒杯推到上座说：“狐娘子还很清醒，请代喝一杯！”狐女笑着说：“我不会喝酒！愿意讲一个故事，给大家下酒！”孙得言忙捂起耳朵，连说不听。客人都说：“谁骂人，就罚谁喝酒！”狐女笑说：“我骂狐，可以吗？”大家说：“可以！”于是都竖起耳朵，听她讲。狐女讲道：“从前，有个大臣，出使红毛国。这个大臣戴一顶狐皮帽子去见国王。国王见了帽子很惊奇，问：‘这是什么皮毛？这样厚实温暖。’大臣告诉他是狐皮。国王说：‘这种东西，我生平从没听说过。那狐字怎么写？’大臣用手在空中比划着说：‘右边是一大瓜，左边是一小犬！’”在座的人哄堂大笑。客人中有弟兄两个，一个叫陈所见，一个叫陈所闻，此时见孙得言十分窘迫狼狈，便说：“那雄狐哪里去了？任雌狐在这里放毒损人！”狐女接着说：“刚才的故事还没讲完，就让群狗的乱叫声给打断了，请让我讲完它。国王见大臣骑着一匹骡子，非常奇怪。大臣告诉他说：‘这是马生的。’国王更加惊奇。大臣说：‘在中国，马生骡子，骡生驹驹。’国王又详细询问是怎么回事。大臣说：‘马生骡，是臣所见；骡生驹驹，是臣所闻。'”全座的人又大笑起来。大家知道戏谑开玩笑根本不是狐女的对手，便约定：谁再开玩笑骂人，罚谁做东道主。

顷之酒酣，孙戏谓万曰："一联请君属之[①]。"万曰："何如？"孙曰："妓者出门访情人，来时'万福'[②]，去时'万福'。"众属思未对。狐笑曰："我有之矣。"对曰："龙王下诏求直谏[③]，鳖也'得言'[④]，龟也'得言'。"众绝倒[⑤]。孙大恚曰："适与尔盟，何复犯戒？"狐笑曰："罪诚在我，但非此不能确对耳[⑥]。明日设席，以赎吾过。"相笑而罢。狐之诙谐，不可殚述。居数月，与万偕归。乃博兴界，告万曰："我此处有葭莩亲[⑦]，往来久梗[⑧]，不可不一讯。日且暮，与君同寄宿，待旦而行可也。"万询其处[⑨]，指言"不远"。万疑前此故无村落，姑从之。二里许，果见一庄，生平所未历。狐往叩关，一苍头出应门。入则重门叠阁，宛然世家。俄见主人，有翁与媪，揖万而坐。列筵丰盛，待万以姻娅[⑩]，遂宿焉。狐早谓曰："我遽偕君归[⑪]，恐骇闻听。君宜先往，我将继至。"万从其言，先至，预白于家人。未几狐至，与万言笑，人尽闻之，而不见其人。逾年，万复事于济[⑫]，狐又与俱。忽有数人来，狐从与语，备极寒暄。乃语万曰："我本陕中人，与君有夙因，遂从许时。今我兄弟来，将从以归，不能周事⑬。”留之不可，竟去。

注释

①属 zhǔ 之：对出下句。属，属对，对对子，联句成对。

②万福：古代妇女相见行礼的方式。此种行礼方式多口称“万福”，故又称万福礼。姿势是双手交叠放在小腹，目视下，微屈膝。

③直谏：直言规谏。

④得言：可以进言。与孙生的名字谐音。

⑤绝倒：形容笑得前仰后合，乃至扑倒在地。

⑥确对：妥帖工整的对句。

⑦葭莩 jiā fú 亲：远亲。葭莩，芦苇秆内的薄膜，比喻关系极其疏远淡薄。

⑧久梗 gěng：长期阻隔。

⑨询：探问，讯访。

⑩待万以姻娅：用对待夫婿的礼数，款待万福。姻娅，即姻亲。婿父称姻，两婿互称娅。

⑪遽：突然，仓促。

⑫事于济：到济南办事，有事到济南。

⑬周事：终侍，相伴终身。

译文

又过了一会儿，众人酒兴更浓。孙得言又戏弄万福说："我有一联，请你对下联。"万福问："什么联？"孙得言说："这一联是：妓女出门访情人，来时'万福'，去时'万福'。"一座的人都冥思苦想，对不上来。狐女忽然笑着说："我有对句了！"大家忙都听着，狐女念道："龙王下诏求直谏，鳖也'得言'，龟也'得言'。"众人拍手叫绝，笑得前仰后合。孙得言大为恼怒，说："刚才已和你约好不许开玩笑骂人，为什么又犯戒？"狐女笑道："真是我错了！但除了这一句，也想不出更工整的对句啊。明天我一定设宴请大家，以赎我的罪过！"众人一笑作罢。狐女的诙谐，一时也说不完。连住了几个月，狐女便跟万福一同回家。到了博兴县界，狐女告诉万福说："这里有我的一家远亲，很长时间没来往了。这次路过，不能不去看看。天要黑了，我们正好去借住一晚，明天一早再走吧。"万福问在哪里，狐女往前一指，说："不远。"万福怀疑前面根本没有村庄，姑且跟着她走。走了二里多路，果然看见一处村落，以前从没见过。狐女敲敲门，一个老仆人答应着出来开了门。进入院子，只见楼阁重重，一派富家豪门的气象。不一会儿，主人迎出来，一个老翁、一个老太太，互相行礼后坐下，主人摆上丰盛的酒宴，把万福当作新女婿般款待。饭后，二人住了一晚。第二天狐女早早起来，对万福说："我匆匆忙忙地跟你回家，恐怕你家里人会感到意外和惊怪。你先回去说一声，我随后就到。"万福答应了，就自己先回家，告诉家人。不久，狐女果然来了，跟万福谈笑，家里人光听见声音，看不见人在哪里。过了一年，万福又有事到济南去，狐女也跟随前往。忽然来了几个人，狐女跟他们打招呼，嘘寒问暖，十分亲热。又对万福说：“我本是陕西人，因为和你有缘分，所以跟了你这么长时间。现在我的兄弟们来了，我要跟他们回去，不能终生伺候你了！”万福百般挽留，狐女竟自离去了。

续黄粱

福建曾孝廉[①]，捷南宫时[②]，与二三同年[③]，遨游郭外[④]。闻毗卢禅院寓一星者[⑤]，往诣问卜。入揖而坐。星者见其意气扬扬，稍佞谀之[⑥]。曾摇箑微笑[⑦]，便问："有蟒玉分否[⑧]？"星者曰："二十年太平宰相。"曾大悦，气益高。

注释

①孝廉：汉武帝时设立的察举考试，因以任用官员的一种科目，孝廉是"孝顺亲长、廉能正直"的意思。"孝廉"这个称呼，在明朝、清朝是对举人的雅称。

②捷南宫：在会试中考中。会试是中国古代科举制度中的中央考试。应考者为各省的举人及国子监监生，录取者称为"贡士"，第一名称为"会元"。清初会试中式的贡士不经复试，故捷南宫也指考中进士。南宫，古称尚书省为南宫，这里指礼部，会试由礼部主持。

③同年：古时科举考试中同榜录取的人互称同年。

④郭：城墙。

⑤毗pí卢禅院：佛寺名。毗卢，"毗卢遮那佛"的略称。禅院，寺庙。星者：迷信的说法，认为人

的命运同星宿的位置、运行有关，因此给人算命的人叫“星者”。

⑥佞 nìng 谀：用花言巧语讨好奉承。

⑦摇箑 shà：摇动扇子，表示得意的样子。

⑧蟒玉分：指做高官的福分。蟒玉，蟒袍、玉带，古时高官的服饰。分，福分，缘分。

译文

福建有一位姓曾的举人，考中进士后，与两三位同科考取的进士到京城郊区游逛。偶然听别人说，佛寺里住了一位算命先生，便一块去请算命先生给算一卦。进了屋子，行礼坐下。算命先生见他得意洋洋的样子，就顺便奉承了他几句。曾某摇着扇子微笑，问算命先生：“我有没有身穿蟒袍、腰系玉带的福分啊？”算命先生回答说：“你可做二十年太平宰相。”曾某听了很高兴，更加得意起来。

值小雨，乃与游侣避雨僧舍。舍中一老僧，深目高鼻，坐蒲团上，偃蹇不为礼[①]。众一举手[②]，登榻自话，群以宰相相贺。曾心气殊高，便指同游曰：“某为宰相时，推张年丈作南抚[③]，家中表为参、游[④]，我家老苍头亦得小千把[⑤]，余愿足矣。”一座大笑。

注释

①偃蹇jiǎn：傲慢。

②举手：举手行礼，略微地表示敬意，形容新贵的狂傲。

③推：推举，举荐。年丈：旧时科举，同科考中者互称"同年"，并将同年的父辈或父辈的同年称作"年丈"。南抚：明代应天巡抚的专称。其全称为"总理粮储、提督军务、兼巡抚应天等府"。

④中表：中表兄弟。古代称父系血统的亲戚为"内"，称父系血统之外的亲戚为"外"。外为表，内为中，合而称之"中表"。参、游：参将、游击，明清时中级武官的名称。

⑤千把：明清时对低级武官千总、把总的合称。

译文

这时，外边下起小雨，曾某就和同游的人在和尚的住房里避雨。屋里有一位老和尚，眼窝深陷，高高的鼻梁，端端正正地坐在蒲团上，神情淡淡的，也不搭理他们。几个人略一打招呼，便一起坐在床榻上，自顾说起话来。众人都以宰相称呼曾某，向他表示庆贺。这时，曾某心高气盛，指着一位同游者说："曾某当了宰相，一定推荐张年丈做南京的巡抚。家中的中表亲戚，可以做参将、游击。家中的老仆人，也要做个小千总或者小把总，我的心愿也就满足了。”在座的人都大笑起来。

俄闻门外雨益倾注，曾倦伏榻间。忽见有二中使[1]，赍天子手诏[2]，召曾太师决国计[3]。曾得意荣宠，亦乌知其非有也，疾趋入朝。天子前席[4]，温语良久，命三品以下，听其黜陟[5]，不必奏闻。即赐蟒服一袭，玉带一围，名马二匹。曾被服稽拜以出。入家，则非旧所居第，绘栋雕榱[6]，穷极壮丽，自亦不解，何以遽至于此。然拈须微呼，则应诺雷动[7]。俄而公卿赠海物[8]，伛偻足恭者叠出其门[9]。六卿来[10]，倒屣而迎[11]；侍郎辈，揖与语；下此者，颔之而已。晋抚馈女乐十人[12]，皆是好女子，其尤者为袅袅[13]，为仙仙，二人尤蒙宠顾。科头休沐[14]，日事声歌。一日，念微时尝得邑绅王子良周济，我今置身青云[15]，渠尚蹉跎仕路[16]，何不一引手[17]？早旦一疏，荐为谏议[18]，即奉谕旨[19]，立行擢用[20]。又念郭太仆曾睚眦我[21]，即传吕给谏及侍御陈昌等[22]，授以意旨；越日，弹章交至[23]，奉旨削职以去。恩怨了了[24]，颇快心意。偶出郊衢[25]，醉人适触卤簿[26]，即遣人缚付京尹[27]，立毙杖下。接第连阡者，皆畏势献沃产，自此富可埒国[28]。无何而袅袅、仙仙，以次殂谢，朝夕遐想，忽忆曩年见东家女绝美[29]，每思购充媵御，辄以绵薄违宿愿，今日幸可适志。乃使干仆数辈，强纳资于其家。俄顷，藤舆异至，则较之昔望见时尤艳绝也。自顾生平，于愿斯足。

注释

①中使：从宫中派出的使者，一般由太监担任。

②赍 jī：持奉，拿着。天子手诏：皇帝亲笔写的诏书。

③太师：官名。太，亦作大。西周年间始置，是辅佐国君的重臣，历代沿袭，以太师、太傅、太保为三公，太师在三公中职位最尊。明代成为一种虚衔。多为大官的加衔，

④天子前席：天子倾听得专注，身体不知不觉地向前移。典故出自《史记.商君列传》：“卫鞅复见孝公，公与语，不自知膝之前于席也。”

⑤黜陟 chùzhì：指人才的进退，官位的升降。黜，贬，降。陟，升。

⑥绘栋雕榱 cuī：彩绘的屋梁和雕饰的屋椽。栋，屋中的梁柱。榱，屋椽、屋桷的总称。

⑦应诺雷动：应答的声音极响，像打雷一般。形容侍从人数众多。诺，应答词，相当于“是”。

⑧海物：海外的珍宝，也指海鲜等海产品。

⑨伛偻 yǔlǚ 足恭者：指巴结奉承的人。伛偻，弯曲身体，恭敬听命的样子。足恭，过分恭敬。足，足够，过分。

⑩六卿：原指周朝的太宰、太宗、太史、太祝、太士、太卜六职，这里指明清时吏、户、礼、兵、刑、工六部的尚书。

⑪倒屣 xǐ 而迎：急着起身迎接，以至于来不及把鞋穿好。古人在家中往往脱鞋席地而坐，倒屣，是指急着迎接客人，以至于把鞋穿倒。屣，鞋。典故出自《三国志·魏书·王粲传》："粲徙长安，左中郎将蔡邕见而奇之……宾客盈坐，闻粲在门，倒屣迎之。"

⑫晋抚：山西巡抚。馈：赠给，赠送。女乐：歌女。

⑬其尤者：其中最好的。

⑭科头休沐：指居家休假时的随便衣着。科头，结发而不戴帽。休沐，休息沐浴，指古时官吏休假。

⑮置身青云：指仕路得意，身居高位。青云，云霄高处，比喻官高爵显。

⑯蹉跎 cuōtuó 仕路：宦途失意。蹉跎，时间白白地被浪费，光阴虚度，而事业没有进展。

⑰引手：引荐，提拔。

⑱谏议，谏官名，汉称谏议大夫，元代以后废。明清时谏官称"给事中"，又名"给谏"。

⑲谕旨：皇帝应允的圣旨。谕，应允。

⑳擢 zhuó 用：选拔任用。擢，拔。

㉑太仆：古代官名，春秋时始置。秦汉时为九卿之一，掌管皇帝舆马和马政。北齐始称太仆寺卿，

后来各朝均因袭此官职，清时废除。睚眦 yá zì：龙之二子，龙首豺身，性格刚烈，好勇嗜杀，总是嘴衔宝剑，怒目而视。古人将其形象刻镂于刀环、剑柄吞口，以增加自身的强大威力。这里指小的仇恨。

㉒给谏：明清时谏官“给事中”的别称，主管监察、纠弹官吏。侍御：侍御史。

㉓弹章交至：指吕、陈等人的弹劾奏章同时到达。

㉔恩怨了了；恩怨分明。了了，清楚，分明。

㉕衢 qú：道路，街道。

㉖卤簿：中国古代帝王出外时扈从的仪仗队。

㉗京尹：京兆尹，京城的行政长官。

㉘富可埒 liè 国：富可敌国。埒，等同。

㉙曩 nǎng 年：往年；以前。

译文

一会儿，门外的雨越下越大。曾某感到很疲倦，就在床上躺下。忽然看到两位皇宫的使者送来皇帝的亲笔诏书，召曾太师入宫商讨国事。曾某很得意，也不管是真是假，立即跟随来使去朝见皇帝。皇帝见了他，把座位向前挪了挪，用温和的话语与他谈了很久，并下令三品以下的官员都要听从他的任免、升降，不必向皇上奏准。又赐给他蟒袍、玉带和名马两匹。曾某披戴整齐，跪下向皇帝叩头谢恩，下朝而去。回到家里，发现已不是原来那些旧房舍，而是雕梁画栋，极为壮丽，自己也不明白为什么一下子变成这样。但是，捻着胡须一呼唤，家中的仆人，就前呼后应的，如同雷鸣。过了一会儿，就有公卿大臣送来山珍海味，躬着身子毕恭毕敬的人接二连三地出入他的府第。六部尚书来了，他鞋子还没穿好，就迎上去；侍郎们来了，他便只施个礼，陪着说几句话；比这级别更低的官员来，他便只是点一点头罢了。山西的巡抚，赠给他女乐十人，都是秀美的女子。其中特别美丽的袅袅和仙仙，尤其得到他的宠爱。每当他在家休息的时候，就整天沉溺于歌舞声色中。一天，他忽然想起在未发达时，曾经受到本县士绅王子良的周济，今天自己置身青云之上，那王子良还仕途很不得志，为什么不拉他一把呢？于是第二天早起，他就给皇帝写了一道奏疏，举荐王子良为谏议大夫。得到皇帝的许可，就立刻提拔了王子良。又想到，郭太仆曾经和自己有小怨隙，马上把吕给谏和侍御史陈昌等叫来，把自己的意图告诉他们。过了一天，弹劾郭太仆的奏章，纷纷投到皇帝面前，得到皇帝的圣旨，把郭太仆撤职赶出了朝中。曾某报恩报怨，了了分明，颇快心意。有一次，他偶尔经过京郊的大道，一个喝醉酒的人，冲撞了他的仪仗队，就命下人把那人捆起来，交给京官，那人立刻被打死在木棍之下。那些房屋和田地与他家相连的人家，也都畏惧他的权势，只好把自己的好房子与肥沃的土地献给他。自此以后，他家的财产富可敌国。不久，袅袅和仙仙先后死去了，他日夜思念她们，忽然想起往年见他的东邻家的女儿特别美丽，每每想把她买来作妾，只因当时家势财力单薄，未能如愿，现在可以满足自己的意愿了。于是派去几个干练的奴仆，硬把钱财送到她的家中。一会儿，藤轿就把邻家女儿抬来了，女子出落得比以前看见时更加美丽。自己回忆平生，感觉各种意愿都得到满足了。

又逾年，朝士窃窃[①]，似有腹非之者[②]，然揣其意，各为立仗马[③]，曾亦高情盛气，不以置怀。有龙图学士包拯上疏[④]，其略曰："窃以曾某，原一饮赌无赖，市井小人。一言之合，荣膺圣眷[⑤]，父紫儿朱[⑥]，恩宠为极。不思捐躯摩顶，以报万一[⑦]，反恣胸臆，擅作威福[⑧]。可死之罪，擢发难数[⑨]！朝廷名器，居为奇货，量缺肥瘠，为价重轻[⑩]。因而公卿将士，尽奔走于门下，估计夤缘，俨如负贩[⑪]，仰息望尘，不可算数[⑫]。或有杰士贤臣，不肯阿附[⑬]，轻则置之闲散[⑭]，重则褫以编氓[⑮]。甚且一臂不袒，辄迕鹿马之奸；片语方干，远窜豺狼之地[⑯]。朝士为之寒心，朝廷因而孤立。又且平民膏腴[⑰]，任肆蚕食[⑱]；良家女子，强委禽妆[⑲]。沴气冤氛[⑳]，暗无天日！奴仆一到，则守、令承颜[㉑]；书函一投，则司、院枉法[㉒]。或有厮养之儿[㉓]，瓜葛之亲，出则乘传[㉔]，风行雷动。地方之供给稍迟，马上之鞭挞立至。荼毒人民，奴隶官府[25]，扈从所临，野无青草[26]。而某方炎炎赫赫，怙宠无悔[27]。召对方承于阙下，萋菲辄进于君前[28]；委蛇才退于自公，声歌已起于后苑[29]。声色狗马[30]，昼夜荒淫；国计民生，罔存念虑。世上宁有此宰相乎！内外骇讹，人情汹汹。若不急加斧锧之诛，势必酿成操、莽之祸[31]。臣拯夙夜祗惧[32]，不敢宁处[33]，冒死列款[34]，仰达宸听[35]。伏祈断奸佞之头，籍贪冒之产，上回天怒，下快舆情。如果臣言虚谬[36]，刀锯鼎镬[37]，即加臣身。”云云。疏上，曾闻之，气魄悚骇[38]，如饮冰水[39]。幸而皇上优容[40]，留中不发[41]。又继而科、道、九卿[42]，交章劾奏，即昔之拜门墙、称假父者[43]，亦反颜相向。奉旨籍家，充云南军。子任平阳太守[44]，已差员前往提问[45]。

注释

①朝士窃窃：朝廷的官员暗中议论。窃窃，私下低声议论。

②腹非：在心中反对而嘴上不说。

③各为立仗马：指朝中不敢说话。立仗马，本指做仪仗的马，这种马静立无声，从不嘶叫，后比喻遇事不敢直言进谏的官员或占着职位不做实事的官员。

④龙图学士包拯：宋代官员，因不畏权贵，不徇私

情，清正廉洁，其清官形象家喻户晓，历久不衰。这里借指刚正不阿的忠臣。

⑤荣膺 yīng 圣眷：有幸得到皇帝的恩宠。膺，受到，承受。眷，关怀，眷顾。

⑥父紫儿朱：指父子二人都做了高官。唐朝官制，三品以上官员穿紫色朝服，五品以上穿朱色朝服。

⑦不思捐躯摩顶，以报万一：指不为国事操劳，以报皇恩。捐躯，献身。捐，舍弃。摩顶，即摩顶放踵，从头顶到脚跟都磨伤，形容不辞劳苦，舍己为人。以报万一，指报答皇帝的恩宠的万分之一。

⑧反恣胸臆，擅作威福：指曾某反而肆意妄为，作威作福。恣，放纵。胸臆，心中的想法、愿望，这里指个人的欲望。作威福，作威作福。

⑨擢发难数：形容罪过之多，即使将头发全拔下来计数，都还不够数。

⑩“朝廷名器”四句：指曾某视朝廷官爵为己有，公然标价卖官卖爵。名器，指封建朝廷官员的等级称号和车服仪制，代指官秩。缺，官缺。肥瘠，指官俸及进项的多寡。

⑪估计夤 yín 缘，俨如负贩：估计买得官缺可获“收益”，拉拢关系，钻营谋取，简直如同商贩。夤缘，比喻拉拢关系，阿上钻营。俨，俨然。

⑫仰息望尘，不可算数：指依附曾某的人，多得数不清。仰息，仰人鼻息，依赖别人的呼吸来生

活，比喻依赖别人。仰，依赖。息，呼吸时进出的气。望尘，望尘而拜，指巴结权贵。

⑬阿附：阿谀附和。

⑭置之闲散：安排他担任清闲的官职。闲散，指清闲无权的官职。

⑮褫 chǐ 以编氓：革职为民。褫，剥夺，指革除官职。编氓，编入平民的户籍。氓，平民百姓。

⑯“甚且一臂不袒”四句：指一言一行只要不依从曾某的意思，就将遭到灾祸。一臂不袒，意谓不偏袒曾某。典故出自《史记·吕太后本纪》：汉高祖刘邦死后，太尉周勃反对吕氏篡权，在军中宣布：顺从吕氏的露出右臂，拥护刘氏的露出左臂。军中都露出左臂。后世因此以偏护一方称“左袒”或“偏袒”。辄迕鹿马之奸，指不遵权奸之意。鹿马之奸，典故出自《史记·秦始皇本纪》：赵高为篡夺帝位，设法探测群臣的态度。他向秦二世献鹿，而说是马。二世笑曰：“丞相误耶？谓鹿为马。”以问群臣，群臣竟也称马，以迎合赵高。后以“指鹿为马”喻权奸有意颠倒是非。干，冒犯。远窜豺狼之地，被充军到荒凉的边远地区。窜，放逐。豺狼之地，野兽出没的地方。

⑰膏腴：肥沃的良田。

⑱任肆蚕食：任凭他肆意侵吞。蚕食，像蚕吃桑叶那样逐渐侵占。

⑲强委禽妆：强行下聘礼娶嫁。禽妆，彩礼，聘礼。

⑳沴lì气：灾害不祥之气；这里指曾某的凶恶气焰。冤氛：指受害者的冤气。

㉑守、令承颜：太守和县令都得看曾家奴仆的脸色行事。承颜，看脸色。

㉒司、院枉法：省级地方大官徇情枉法。司，指布政使司和按察使司，前者主管一省行政，后者主管一省刑名。院，指总督和巡抚，他们分别兼有都察院右都御史和右副都御史的官衔，称之为“两院”。

㉓厮养：即厮役，干粗活杂活的仆人。

㉔乘传zhuàn：乘坐官府驿站的车马。传，驿站或驿站的车马。

㉕奴隶：名词用作动词，奴役，役使。

㉖扈从所临，野无青草：指曾某的随从所到之处，都被搜刮一空。扈从，随从服役人员。野无青草，指田无野菜可食。典故出自《左传·僖公二十六年》：“室如悬罄，野无青草，何恃而不恐？”

㉗炎炎赫赫，怙宠无悔：指曾某无视民间的疾苦，依仗皇恩继续为非作歹。炎炎赫赫，形容权势煊赫，气焰嚣张。怙宠，依恃皇帝的恩宠。

㉘召对方承于阙下，萋菲辄进于君前：每当皇帝召见他问事情的时候，他就乘机进谗言，陷害别人。阙，宫阙。萋菲，也作“萋斐”，花纹错杂，比喻花言巧语地进谗言。

㉙委蛇 yí 才退于自公，声歌已起于后苑：刚从官衙回家，家中的后花园就传出了歌声。委蛇，从容自得的样子。本来是用来形容退朝回家进餐的勤政大臣，这里指退朝回家享乐的曾某。苑，园林，花园。

㉚声色狗马：指歌舞女色以及骑马打猎等娱乐项目。

㉛操、莽之祸：指篡夺帝位的祸事。操，指东汉末年的曹操，他挟持汉献帝，篡夺朝廷大权。莽，指西汉末年王莽，他曾篡汉自立。

㉜夙夜：日夜。祇 zhī 惧：敬畏、疑惧的样子。

㉝宁处：安居。

㉞列款：列举罪状。款，条款，这里指罪状。

㉟仰达宸 chén 听：上报皇帝知道。宸听，皇帝的听闻。宸，北极星所在，后借指帝王所居，又引申为王位、帝王的代称。

㊱谬 miù：错误的，不合情理的。

㊲刀锯鼎镬 huò：指砍杀和烹人的刑罚。刀锯，杀人的刑具。鼎镬，是古代的两种烹饪用具，也指烹人的酷刑。

㊳气魄惊骇：惊魂夺魄，形容极度惊惧。

㊴如饮冰水：意为恐惧至极，像喝了冰水一样浑身打战。

㊵优容：宽容。

㊶留中不发：把奏章留在宫中，暂不批复。

㊷科、道、九卿：指全体朝臣。科道，明清时都察院下属吏、户、礼、兵、刑、工六科给事中和各道御史的合称。九卿，中央各主要行政长官的总称。

㊸拜门墙、称假父者：指投靠在曾某门下作门生、认干亲的人。门墙，指师门。假父，义父。

㊹平阳：旧府名，辖区在今山西临汾。

㊺提问：提审讯问。

译文

又过了一年，曾某常听到朝中有人在背后窃窃私语，好像对他不满，但他认为这些人只不过是像朝廷门口那些摆样子的仪仗马而已，不敢在朝中说话。他仍然盛气凌人不可一世，不把别人的议论放在心上。谁知竟有一位龙图阁大学士包公，大胆上疏，其奏疏大意是说："臣认为曾某，原只是一个饮酒赌博的无赖，市井里的小人。只不过偶然一句话迎合了皇上，而得到圣上的眷顾。父亲穿上了紫色朝服，儿子也穿上了红色的朝服，一时恩宠享受到极点。曾某不思鞠躬尽瘁、肝胆涂地以报皇上恩宠之万一，反而在朝中任意而为，擅自作威作福。他可以处死的罪，像头发那样难以数清！朝廷中的重要官职，被曾某据为奇货，衡量官位的轻重肥瘦，定出收价的高低。因而朝中的公卿将士，都奔走在他的门下，估计官职买卖的价钱，寻找机会阿上钻营，简直如同商贩。仰仗他的鼻息，望尘而拜的人，不计其数。如果有杰出之士与贤能的良臣，不肯依附于他，对他阿谀奉承，轻则被他放置在清闲无实权的位置，重则被他削职为民。更有甚者，只要不偏袒他的，动辄就得罪了他这指鹿为马的权奸；只要一句话触犯了他，便被流放到豺狼出没的荒远之地。朝中有志之士为之心寒，朝廷因而孤立。又有那平民百姓的良田，被他们任意蚕食；良家的女子，被依势强娶。曾某凶恶的气焰遮天蔽日，受害百姓的冤屈与愤恨使日月无光。只要他家的奴仆一到，太守、县令都要看其脸色行事；他的书信一到，连按察司、都察院也要为之徇情枉法。甚至连他那些奴才的儿子，或者稍有瓜葛的亲戚，出门则乘坐驿站的公车，气势浩大。地方上所供给的东西稍为迟缓，立刻就会遭到马上之人的鞭打。残害人民，奴役地方官府，他的随从所到之处，田野中的青草都为之一光。而曾某现在却正是声势煊赫，依仗朝廷对他的宠信，毫无悔改之心。每当皇帝召见他到宫阙之中议事，他就乘机进谗言陷害别人；曾某刚从官府退回，他家中后花园中就已响起歌声。好声色，玩狗马，白天黑夜荒淫无度，国计民生，他从来不去考虑。世界上难道有这样的宰相吗？内外惊恐，人心浮动，若不马上把他诛除，势必要酿成曹操与王莽那样的夺权之祸。臣日夜忧虑，不敢安居，冒杀头之罪，列举曾某的罪状，上报皇上得知。俯伏请求斩断奸臣之头，没收他贪污的财产，上可以消除上天的震怒，下可以大快人心，顺通民情。如果臣言是虚假捏造，请以刀、锯、鼎、镬处置臣下。”曾某听到消息后，吓得魂飞魄散，如同饮下冰水，浑身上下凉透了。幸而圣上优待宽容，扣下这封奏疏不作处理。但是，继之各科各道、三司六部的公卿大臣，不断上奏章弹劾，就连往日那些拜倒在他门下的，称他为义父的，也翻了脸向他攻击。圣上下令抄没他家中的财产，充军到云南。他的儿子在山西平阳任太守，也已经派遣公差前去捉拿审问。

曾方闻旨惊怛，旋有武士数十人[①]，带剑操戈，直抵内寝，褫其衣冠[②]，与妻并系。俄见数夫运资于庭，金银钱钞以数百万，珠翠瑙玉数百斛[③]，幄幕帘榻之属[④]，又数千事，以至儿襁女舄，遗坠庭阶。曾一一视之，酸心刺目。又俄而一人掠美妾出，披发娇啼，玉容无主。悲火烧心，含愤不敢言。俄楼阁仓库，并已封志，立叱曾出。监者牵罗曳而出，夫妻吞声就道，求一下驷劣车[⑤]，少作代步，亦不可得。十里外，妻足弱，欲倾跌，曾时以一手相攀引。又十余里，己亦困惫。欻见高山，直插云汉，自忧不能登越，时挽妻相对泣。而监者狞目来窥，不容稍停驻。又顾斜日已坠，无可投止，不得已，参差蹩躠而行[⑥]。比至山腰，妻力已尽，泣坐路隅[⑦]。曾亦憩止，任监者叱骂。

注释

①旋：立刻，马上。

②褫chǐ：脱去，剥夺。

③珠翠瑙玉：珍珠、翡翠、玛瑙、玉石，指贵重珠宝。斛hú：中国古代量器名，呈直口直壁的圆筒形，平底，腹两侧各有一柄；也是容量单位，一斛本为十斗，后来改为五斗。

④幄wò：帐幕。榻：狭长而较矮的床，亦泛指床。

⑤驷sì：古代同驾一辆车的四匹马，也指套着四匹马的车。

⑥参差蹩躠bié xuè：一前一后，匍匐而行。参差，杂乱不齐的样子。蹩，跛行，这里指弯腰爬山。

⑦路隅yú：路边。隅，角落。

译文

曾某刚刚听到圣旨，惊恐万分，接着就有几十名武士，带着剑拿着戟，径直闯进曾某的内房，扒掉他的官服，摘下他的帽子，把他同他妻子一块捆绑起来。一会儿，看到许多差役，从他家中向外搬运财物，金银钱钞有数百万，珍珠翡翠、玛瑙玉石有数百斛，幄幕、帐帘、床榻等有数千件，至于小儿衣物、女人鞋袜，掉得满台阶都是。曾某一一看得很清楚，感到心酸伤目。不一会儿，一个人拖着曾某的美妾出来，她披头散发娇声啼喊，吓得花容失色六神无主。曾某在一边，悲愤的心如同火烧，敢怒不敢言。不一会儿，楼阁仓库，全被查封。差役立即呵叱曾某出去，监管他的人就用绳子套着他的脖颈，把他拉出去。曾某同他妻子忍气吞声地走上发配充军之路，乞求能有一匹老马拉的破车代步，差役也不答应。走了十里，曾某妻子脚小无力，快要跌倒，曾某用手搀扶着她走。又走了十里，自己也疲惫不堪。突然见前边有一座高山，直插云霄，自己发愁无法攀登过去，不时搀扶着妻子相对哭泣。而押送的人面目狰狞地过来催促，不容许他们稍作停歇。看看太阳西斜，晚间无处可以投宿，不得已，只好弯着腰，深一步、浅一步地走着。快到半山腰时，妻子实在没有力气了，坐在路旁哭泣。曾某也坐下来稍微休息，任凭押送的差役叱骂。

忽闻百声齐噪，有群盗各操利刃，跳梁而前[1]。监者大骇，逸去。曾长跪告曰："孤身远谪，囊中无长物。"哀求宥免。群盗裂眦宣言："我辈皆被害冤民，只乞得佞贼头[2]，他无索取。"曾怒叱曰："我虽待罪，乃朝廷命官[3]，贼子何敢尔！"贼亦怒，以巨斧挥曾项，觉头堕地作声。

注释

①跳梁：蹿跳、跳跃。

②佞 nìng 贼：巧言善辩而不正派的逆贼，指专心讨好君主而无益于国家社稷的奸臣。佞，善辩，巧言谄媚。

③命官：受过皇帝亲自任命的官员。

译文

忽然间听到很多人一齐叫喊，有一群强盗各自拿着锋利的刀剑，窜跳着追过来。监送的差役大惊而逃。曾某直挺挺地跪在地上说："我孤身被贬谪边疆，行李中也没有值钱的东西。"哀求他们放过他。这些强盗个个瞪大了眼精，愤怒地说："我们这群人都是被残害的冤民，只要你这奸贼的脑袋，别的什么也不要！"曾某愤怒叱责说："我虽然有罪，可我仍然是朝廷的命官，你们这群乱贼，怎敢胡来！"群贼也怒极，挥动巨大的斧头，就朝曾某的脖颈砍去，曾某只听得自己的头落地的声音。

魂方骇疑，即有二鬼来反接其手，驱之行。行逾数刻，入一都会。顷之，睹宫殿，殿上一丑形王者，凭几决罪福。曾前匍伏请命[①]，王者阅卷，才数行，即震怒曰："此欺君误国之罪，宜置油鼎[②]！"万鬼群和，声如雷霆。即有巨鬼捽至墀下[③]，见鼎高七尺已来，四围炽炭，鼎足皆赤。曾觳觫哀啼[④]，窜迹无路[⑤]。鬼以左手抓发，右手握踝，抛置鼎中。觉块然一身，随油波而上下，皮肉焦灼，痛彻于心，沸油入口，煎烹肺腑。念欲速死，而万计不能得死。约食时，鬼方以巨叉取曾，复伏堂下。王又检册籍，怒曰："倚势凌人，合受刀山狱！"鬼复捽去。见一山，不甚广阔，而峻削壁立，利刃纵横，乱如密笋。先有数人罥肠刺腹于其上⑥，呼号之声，惨绝心目。鬼促曾上，曾大哭退缩。鬼以毒锥刺脑，曾负痛乞怜。鬼怒，捉曾起，望空力掷。觉身在云霄之上，晕然一落，刃交于胸，痛苦不可言状，又移时，身躯重赘，刀孔渐阔，忽焉脱落，四支蠖屈⑦。鬼又逐以见王。王命会计生平卖爵鬻名⑧，枉法霸产，所得金钱几何。即有髯须人持筹握算，曰："二百二十一万。"王曰："彼既积来，还令饮去！"少间，取金钱堆阶上如丘陵，渐入铁釜，熔以烈火。鬼使数辈，更相以杓灌其口，流颐则皮肤臭裂，入喉则脏腑腾沸。生时患此物之少，是时患此物之多也。半日方尽。

注释

①请命：请求饶命。

②置油鼎：置于油锅之中，指地狱里油炸人的酷刑。

③捽 zuó：方言词，抓，揪住。墀 chí：台阶上的空地，亦指台阶。

④觳觫 húsù：因为恐惧而战栗发抖的样子。

⑤窜迹：逃窜，躲避。

⑥罥juàn肠：把肠子挂在……上。罥：悬挂。

⑦支：通“肢”。蠖huò屈：形容像尺蠖一样的屈曲之形。蠖，是尺蠖蛾的幼虫，身体细长，行动时身体一屈一伸地前进。

⑧卖爵鬻yù名：买卖官职和爵位敛财。

译文

正惊魂未定，见有两个小鬼过来，把他的双手捆起来，赶着他走。大约走了几刻钟，到了一个大的都市。不多时，看到一座宫殿，大殿之上坐着一位相貌很丑陋的阎王，正靠在一个长长的几案上，在决断鬼魂的祸福。曾某急忙向前，匍匐在地上，请求阎王宽恕。阎王翻看着曾某的卷宗，才看了几行，就勃然大怒说：“这是犯了欺君误国的罪，应当放到油锅里炸！”殿下无数的鬼齐声应和，声如雷霆。马上有一个巨鬼，把曾某抓起，摔到台阶之下。见有一口大油锅，约有七尺多高，四周围绕着火炭，油锅的腿都烧红了。曾某浑身发抖，哀哀啼哭，想要逃窜又无去路。巨鬼用左手抓住他的头发，右手握着他的脚脖，把他扔到油锅中。曾某觉得孤零零的身子随油花上下翻滚，皮与肉都焦糊了，疼痛彻心钻骨；沸着的油灌到口里，把他的五脏六腑都煎熟了。曾某此时只求速死，但想尽法子也不能马上死去。约一顿饭的时间，巨鬼才用大铁叉把曾某从油锅里捞出来，又让他跪到大堂下。阎王又翻看了簿籍，生气地说："生前仗势欺人，应当上刀山之狱。"鬼又把他揪去，见到一座山，不很大，而峻峰陡峭，锋利的刀刃纵横交错，像密密的竹笋。已经有几个人被刺破了肚肠挂在上边，呼喊号叫的声音，惨不忍闻。巨鬼督促曾某上去，曾某大哭着向后退缩。巨鬼用毒锥刺他的头，曾某忍痛哀求。巨鬼大怒，抓起曾某，向空中掷去。曾某觉得自己身在云霄间，昏昏然地向下掉，锋利的刀刃交错刺在他的胸膛上，痛苦之状难以形容。过了一会儿，由于他的身体太重，向下压去，被刺入的刀口渐渐大了，忽然他从刀上脱落下来，四肢像肉虫一样蜷曲着。巨鬼又撵着他去见阎王。阎王让计算一下他生平卖官鬻爵、贪赃枉法所霸占的田产和所得的金银财宝有多少。立刻有一个胡须卷曲的人数着筹码，屈着指头计算说："二百二十一万。"阎王说："他既然能搜刮来，就让他都喝下去。"不多时，把金钱取来堆集到台阶上，像个小山丘。慢慢地放到铁锅里，用烈火熔化。巨鬼叫来几个小鬼，轮流用勺子把溶液灌到他的口中，溶液流到面颊上皮肤都臭裂；灌到喉咙，五脏六腑像开锅一样。曾某活着时，恨自己搜刮得太少，眼下又以此物太多为患。半天才灌尽。

王者令押去甘州为女[1]。行数步，见架上铁梁，围可数尺，绾一火轮，其大不知几百由旬[2]，焰生五采，光耿云霄[3]。鬼挞使登轮[4]。方合眼跃登，则轮随足转[5]，似觉倾坠，遍体生凉。开目自顾，身已婴儿，而又女也。视其父母，则悬鹑败絮[6]；土室之中，瓢杖犹存。心知为乞人子，日随乞儿托钵[7]，腹辘辘不得一饱。着败衣，风常刺骨。十四岁，鬻与顾秀才备媵妾[8]，衣食粗足自给。而冢室悍甚，日以鞭箠从事，辄用赤铁烙胸乳。幸良人颇怜爱，稍自宽慰。东邻恶少年，忽逾墙来逼与私，乃自念前身恶孽，已被鬼责，今那得复尔。于是大声疾呼，良人与嫡妇尽起，少年始窜去。一日，秀才宿诸其室，枕上喋喋，方自诉冤苦；忽震厉一声，室门大辟，有两贼持刀入，竟决秀才首，囊括衣物。团伏被底，不敢作声。既而贼去，乃喊奔嫡室。嫡大惊，相与泣验。遂疑妾以奸夫杀良人，状白刺史。刺史严鞫，竟以酷刑诬服，律拟凌迟处死[9]，絷赴刑所[10]。胸中冤气扼塞，距踊声屈[11]，觉九幽十八狱无此黑黯也[12]。正悲号间，闻游者呼曰："兄梦魇耶？"豁然而寤，见老僧犹跏趺座上[13]。同侣竞相谓曰："日暮腹枵[14]，何久酣睡？"曾乃惨淡而起。僧微笑曰："宰相之占验否？"曾益惊异，拜而请教。僧曰："修德行仁，火坑中有青连也[15]。山僧何知焉。"曾胜气而来，不觉丧气而返。台阁之想由此淡焉[16]。后入山，不知所终。

注释

①甘州：清代府名，辖区在今甘肃张掖市。

②由旬：古印度长度单位，佛学常用语。一由旬相当于一只公牛走一天的距离，由旬有大、中、小之别。大者六十里或八十里，小者四十里。

③耿：光亮，这里名词用作动词，是照耀的意思。

④挞 tà：用鞭棍等打人。

⑤轮随足转：按照佛教的说法，人都要在地狱道、饿鬼道、畜生道、修罗道、人道、天道这六道内轮回。这是形象地表现轮回之说。

⑥悬鹑败絮：衣服像鹌鹑的羽毛一样破烂不堪。悬鹑，鹌鹑毛斑尾秃，似披敝衣，因以“悬鹑”比喻衣服破烂。

⑦托钵 bō：本指僧人手捧钵盂到处化缘，这里指乞丐捧碗乞讨。

⑧媵 yìng 妾：小妾。

⑨凌迟：也称陵迟，即民间所说的“千刀万剐”。陵迟原指山陵的坡度是慢慢降低的，后用于死刑名称，则是指处死人时将人身上的肉一刀刀割去，使受刑人痛苦地慢慢死去。凌迟刑最早出现在五代时期，正式定为刑名是在辽，此后，金、元、明、清都规定为法定刑，是最残忍的一种死刑。

⑩絷 zhí：拴，系。

⑪距踊声屈：顿足喊冤。距踊，跳跃、跺脚。

⑫九幽十八狱：指迷信传说中的阴间十八层地狱。九幽，即“九泉”，指冥间。

⑬跏趺 jiāfū：佛教用语“结跏趺坐”的省称，俗称“打坐”，双足交叉，盘腿而坐。

⑭腹枵xiāo：空腹，饿着肚子。

⑮火坑中有青莲：意谓身处险恶境遇，如果修德行善，也能得到神佛的度脱。火坑，佛教认为人死后，如堕入地狱、饿鬼、畜生三恶道，奇苦无比，因喻之为“火坑”。青莲，梵语“优钵罗”的意译，是一种青色莲花，瓣长面广，青白分明，故佛教用以比作佛眼。

⑯台阁之想：指曾某做宰相的念头。台阁，指朝廷重臣；明清时则指尚书、内阁大学士之类的辅佐大臣。

译文

阎王下令，把曾某押解到甘州投生为女。走了几步，见到架子上有一根铁梁，有好几尺粗，上边穿着一个火轮，周长不知有几百里，发出五彩斑斓的火焰，光亮照耀到云霄间。巨鬼鞭挞着曾某上去蹬火轮子，他刚一闭眼跃登上去，火轮就随着他的脚转动，感觉身子好像向下倾坠，遍身冰凉。他睁开眼一看，自己已变成婴儿，还是个女婴。看看生他的父母，都穿着破烂的棉衣，土房中，放着破瓢和讨饭的棍子，知道自己已投生为讨饭人家的女儿。从此，每天跟随乞丐沿街乞讨，肚子常常饿得直叫，不得一饱。穿着破烂的衣服，被风吹得刺骨疼痛。十四岁那年，她被卖给一个姓顾的秀才当小妾，衣食才算能勉强自给。而家中的大老婆很凶悍，每天不是用鞭子抽就是用板子打，还用烧红的烙铁烙乳房。幸好丈夫还爱怜她，稍稍有些安慰。墙东邻有个很不正经的恶少年，一天忽然越过墙来，逼着与她私通。她心想自己前生所犯的罪孽，已受到鬼的惩罚，现在哪里能再犯呢！于是大声呼救。丈夫与大老婆都起来，恶少年才逃去。一天晚上，秀才来她的房间睡觉，她在枕上喋喋地诉说自己的冤苦。忽然一声巨响，房门大开，有两个贼持刀闯进来，竟然砍掉秀才的脑袋，抢光衣物就走了。她躲在被子底下缩成一团，大气不敢出。等到贼去了，才哭喊着跑到大老婆的房中。大老婆大惊，哭着与她一块去验看秀才的尸体。怀疑是她勾引奸夫杀死自己的丈夫，于是写状子告到州官刺史那。刺史严加拷问，以酷刑逼供，她被屈打成招，依照法律，判凌迟处死，把她绑着押到行刑的地方。她胸中冤气堵塞，大跳着喊冤屈，觉得比十八层地狱还黑暗。正在悲痛呼号的时候，忽听得同游的朋友说："老兄你做噩梦了吗？"曾某忽然醒过来，见老和尚还盘着腿坐在那里。同游的人都问他："天晚了，肚子也饿了，为什么睡了这么久？"曾某这才面色惨淡地坐起来。老和尚微笑着说："占卦说你做宰相，应验了吗？”曾某越发惊异，行礼向老和尚请教。老和尚说：“修养自己的德行，行仁道，这样即使在火坑中，也有解脱之日。我这个山野中的和尚，哪里能参透其中的玄妙！”曾某意气风发而来，垂头丧气地回去，追求升官发财，享受荣华富贵的想法，由此慢慢地淡薄了。后来，他隐遁到深山之中，不知所终。

异史氏曰：“梦固为妄，想亦非真。彼以虚作[①]，神以幻报[②]。黄粱将熟，此梦在所必有，当以附之邯郸之后[③]。”

注释

①彼以虚作：指曾某在梦境中的恶行。

②神以幻报：指在梦境中鬼神给予曾某的报应。

③“黄粱将熟”三句：意谓当人们还没有理解人生短暂的时候，有这样飞黄腾达的梦想是在所难免的，因此应把这则故事作为《邯郸记》的续编。《邯郸记》是明代汤显祖所作，取材于唐人小说《枕中记》，记述了卢生在邯郸道中的旅店里的奇遇。卢生遇见仙人吕翁，自叹不得志，吕翁给他一个枕头，说枕着它睡觉就可事事如意。卢生倚枕睡去，在梦中，他一生享尽了人间的荣华富贵，而梦醒时，店主人的一锅黄粱饭还没有煮熟。

译文

异史氏说："梦境固然是虚妄的，幻想也不是真的。曾某在梦境中的恶行，对应着梦境里鬼神给予他的报应。当人们还没有理解人生短暂的时候，有这样飞黄腾达的梦想是在所难免的，因此应把这则故事当作《邯郸记》的续编。"

寒月芙蕖

济南道人者，不知何许人，亦不详其姓氏。冬夏着一单帢衣[①]，系黄绦[②]，无裤襦[③]。每用半梳梳发，即以齿衔髻[④]，如冠状。日赤脚行市上；夜卧街头，离身数尺外，冰雪尽熔。

注释

①单袷 jiá 衣：单薄的夹衣。袷，同“夹”。

②绦 tāo：用丝线编织成的花边或扁平的带子，可以用来装饰衣物。

③襦：短衣，短袄。

④以齿衔髻：用梳齿插在发髻上。

译文

济南有一个道士，不知他是哪里人，也不知他姓甚名谁。无论冬夏，总是穿件夹衣，腰上系条黄带子，此外不见他穿别的衣服。常用一把半截梳子梳头，梳完把头发挽成个发髻，用梳子别起来，像戴个帽子一样。道士每天赤着脚在集市上游逛，夜里就睡在街头，身体周围几尺以外的冰雪全都融化了。

初来，辄对人作幻剧，市人争贻之[①]。有井曲无赖子，遗以酒[②]，求传其术，不许。遇道人浴于河津[③]，骤抱其衣以胁之，道人揖曰："请以赐还，当不吝术。"无赖者恐其绐，固不肯释。道人曰："果不相授耶？"曰："然。"道人默不与语，俄见黄绦化为蛇，围可数握，绕其身六七匝，怒目昂首，吐舌相向，某大愕，长跪，色青气促，惟言乞命。道人乃竟取绦。绦竟非蛇；另有一蛇，蜿蜒入城去。由是道人之名益著。

注释

①贻：赠送，这里指施舍。

②遗：留下；赠送。

②河津：河边。津，渡水的地方，即渡口。

译文

道士刚来济南的时候，经常给人表演魔术，街上的人都争着施舍他食物。有个市井无赖，送给他一些酒，想跟他学魔术，道士没有答应。一次，无赖正好碰上道士在河里洗澡，便突然抱走了他的衣服，以此要挟。道士向他作揖说："请你还我衣服，我一定不吝惜自己这点小法术。"无赖怕他骗自己，抱着衣服不肯还。道士说："你真不还我吗？"无赖说："不还！"道士沉默下来不再和他说话。一会儿，忽然见那条黄带子变成了一条大蛇，有几把粗，绕着无赖的身子缠了六七圈；又昂起头，怒视着无赖，嘴里吐着红信子。无赖大吃一惊，急忙跪倒在地，脸也吓青了，气也喘不上来，嘴里连喊饶命。道士一把抓过那条黄带子，竟然不是蛇。另有一条蛇，蜿蜒地爬进城去。自此后，道士更加出名了。

缙绅家闻其异，招与游，从此往来乡先生门①。司、道俱耳其名②，每宴集，必以道人从。一日，道人请于水面亭报诸宪之饮③。至期，各于案头得道人速帖④，亦不知所由至。诸官赴宴所，道人伛偻出迎⑤。既入，则空亭寂然，几榻未设，或疑其妄。道人启官宰曰："贫道无僮仆，烦借诸扈从⑥，少代奔走。"官共诺之。道人于壁上绘双扉⑦，以手挞之⑧。内有应门者，振管而启。共趋觇望，则见憧憧者往来于中⑨，屏幔床几，亦复都有。即有人一一传送门外，道人命吏胥辈接列亭中⑩，且嘱勿与内人交语⑪。两相授受，惟顾而笑。顷刻，陈设满亭，穷极奢丽。既而旨酒散馥，热炙腾熏，皆自壁中传递而出，座客无不骇异。

注释

①乡先生：年老辞官回乡居住的人，这里指乡绅。

②司、道：指布政司、按察司长官及所属分守道，

分巡道之类的官员。耳：闻。

③水面亭：即“天心水面亭”，元代李泂所建，在济南大明湖上。宪：封建社会属吏称自己的上司为“宪”，这里指上文所说的司、道官员。

④速帖：请帖。

⑤伛偻 yǔlǚ：腰背弯曲，本是形容老人的体态，这里是表示恭敬的动作。

⑥扈 hù从：随从；仆役。

⑦扉：门扇。

⑧挝 zhuā：击打，敲打。

⑨憧 chōng憧者：指摇曳不定的人影。

⑩吏胥辈：指诸位官员的随从。吏胥，衙门小吏。

⑪内人：指壁内之人。

译文

那些官绅大家听说了他的奇异本领，都把他请去，与他交往，从此道士不时出入于乡绅富贵人家。后来连司、道的长官都听说了他的名气，每次宴会，也总是把他请去。一天，道士说要在大明湖水面亭设宴，回请各位长官。到了约定的那天，每一个被请的客人都在自己的桌子上收到一份请帖，但谁也不知请帖是怎么送来的。客人们如约赶到设宴的地方，道士躬着腰，恭敬地出来迎接。客人们走进亭子一看，什么都没有，静悄悄的，连桌椅都没设。大家怀疑道士在骗人。道士对几个官员说:“贫道没有仆人，想借用你们的随从来帮帮忙。”官员们都答应了。道士便在一面墙壁上画了两扇门，然后用手敲门，墙里面竟传出了应答声，接着是开锁声，门哗啦一声开了。大家一起往里瞧去，见里面影影绰绰地有好多人正来回奔忙，屏风帐幔、床榻桌椅一应俱全。有人不断地把这些东西传送出来，道士命官员的随从们接过来摆在亭子里，还嘱咐他们不要和里边的人讲话。双方传递东西时，只是互相打量着笑笑。不一会儿，亭子里便摆满物品用具，都极为华丽。接着，又从门里边递送出芳香的美酒和热气腾腾的佳肴。客人们见了，无不惊骇诧异。

亭故背湖水，每六月时，荷花数十顷，一望无际。宴时方凌冬，窗外茫茫，唯有烟绿[①]。一官偶叹曰:“此日佳集[②]，可惜无莲花点缀！”众俱唯唯。少顷，一青衣吏奔白:“荷叶满塘矣！”一座皆惊。推窗眺瞩，果见弥望菁葱[③]，间以菡萏[④]。转瞬间，万枝千朵，一齐都开，朔风吹面，荷香沁脑。群以为异。遣吏人荡舟采莲，遥见吏人入花深处，少间返棹[⑤]，素手来见。官诘之，吏曰:“小人乘舟去，见花在远际，渐至北岸，又转遥遥在南荡中[⑥]。”道人笑曰:“此幻梦之空花耳。”无何，酒阑，荷亦凋谢，北风骤起，摧折荷盖[⑦]，无复存矣。

注释

①烟绿：指水雾笼罩着的碧绿湖水。

②佳集：盛会。

③弥望：满眼，充满视野。

④菡萏 hàndàn：荷花的别称。古人称未开的荷花为菡萏。

⑤返棹 zhào：调转船头。棹，划船的一种工具，形状和桨相似。

⑥荡：长草的水面；这里指湖面。

⑦荷盖：荷叶。

译文

水面亭本是背靠湖水而设，每当盛夏六月时，几十顷湖面荷花盛开，一望无际。道士开宴时，正值隆冬，从窗户向外望去，湖面一片茫茫，只有绿波荡漾而已。一个客人偶然叹息着说："今天的盛会，可惜没有莲花点缀！"大家都有同感。过了会儿，一个穿青衣的仆人奔跑进来说："荷叶长满池塘了！"满座人都十分吃惊，推开窗子往外一望，果然满眼都是青葱的荷叶，中间夹杂着数不清的荷花苞。转瞬间，千万朵荷花一齐怒放，严寒的北风吹来，送来了沁人肺腑的荷香。大家都大感惊异，便派了一个仆人荡着小船去采些莲子。远远看见仆人进了荷花深处，过了不久，仆人乘船返回，空着两手回话。官员问他怎么没采到，仆人说："小人驾着船去，见荷花总是在前方很远处，一直划到北岸，又见荷花远远地开在湖的南面。"道士笑着说："这不过是幻梦中的空花罢了。"不久，酒宴结束，荷花也凋谢了。一阵北风吹来，将残荷败叶吹倒一片，再也看不见了。

济东观察公甚悦之[①]，携归署，日与狎玩。一日公与客饮。公故有传家美酝[②]，每以一斗为率[③]，不肯供浪饮。是日客饮而甘之，固索倾酿[④]，公坚以既尽为辞。道人笑谓客曰："君必欲满老饕[⑤]，索之贫道而可。"客请之。道人以壶入袖中，少刻出，遍斟座上，与公所藏无异。尽欢而罢。公疑，入视酒瓻[⑥]，封固宛然，瓶已罄矣。心窃愧怒，执以为妖，杖之。杖才加，公觉股暴痛，再加，臀肉欲裂。道人虽声嘶阶下，观察已血殷座上[⑦]。乃止不笞，遂令去。道人遂离济，不知所往。后有人遇于金陵，衣装如故，问之，笑不语。

注释

①济东观察：官名，济东道的道员。观察，清代对道员的尊称。

②美酝：佳酿美酒。

③率 lǜ：准则，标准。

④倾酿：倾尽家中酿造的美酒给客人品尝。

⑤老饕 tāo：即饕餮，传说是龙的第五子，羊身，眼睛在腋下，虎齿人爪，有一个大头和一张大嘴，十分贪吃，见到什么就吃什么，由于吃得太多，最后被撑死。后来用以形容贪婪之人。这里形容贪吃，极强的食欲。

⑥瓻 chī：古代陶制酒器。大的能盛一石，小的可盛五斗。

⑦殷 yān：暗红色。这里名词用作动词，指染红。

译文

客人中有个济东观察，很喜欢道士的法术，将他带回官衙中，天天在一起玩乐。一天，这位观察与客人一起喝酒，他有种家传美酒，每次请客，最多一斗，不肯让客人多喝。这天，客人喝了酒后，觉得味道很美，请求观察倾尽家中所藏美酒给大家喝。观察执意不许，说酒快没有了。道士便笑着对客人说："你一定要过足酒瘾，尽管跟我要好了！"客人请他拿酒。道士取过酒壶，塞进袖筒里，一会儿拿出来，满满一壶，给在座的都斟上。壶里的酒与观察家中的酒味道没什么两样。于是大家尽欢而散。观察起了疑心，客人走后，忙去看自家的酒坛子，发现口上依旧封得很严实，但坛子已经空了，一点酒也没有了。观察既羞愧又愤怒，把道士抓起来，说他是妖怪，命人用棍子痛打。棍子刚打到道士身上，观察便觉得自己的屁股一阵剧痛；再打，屁股上的肉像要裂开一样。道士虽然在台阶下声嘶力竭地喊痛，观察屁股上的血却已染红了座椅。观察只得命令不要打了，将道士赶出去。道士从此离开济南，不知去了哪里。后来有人在金陵遇上他，还和在济南时一个打扮。问他话，他笑而不答。

卷五

赵城虎

赵城妪[1]，年七十余，止一子。一日入山，为虎所噬。妪悲痛，几不欲活，号啼而诉之宰。宰笑曰："虎何可以官法制之乎？"妪愈号啕，不能制之。宰叱之亦不畏惧，又怜其老，不忍加以威怒，遂绐之[2]，诺捉虎。媪伏不去，必待勾牒出乃肯行[3]。宰无奈之。即问诸役，谁能往之。一隶名李能，醺醉，诣座下，自言："能之。"持牒下，妪始去。隶醒而悔之，犹谓宰之伪局，姑以解妪扰耳，因亦不甚为意。持牒报缴[4]，宰怒曰："固言能之，何容复悔？"隶窘甚，请牒拘猎户[5]，宰从之。隶集猎人，日夜伏山谷，冀得一虎庶可塞责[6]。月余，受杖数百，冤苦罔控[7]。遂诣东郭岳庙，跪而祝之，哭失声。

注释

①赵城：旧县名，辖区在今山西省洪洞县赵城镇西南。

②绐 dài：欺骗。

③勾牒：拘票，拘捕犯人的公文。勾，捉拿。

④持牒报缴：到期复命，交回勾牒。指未完成使命。

⑤牒拘猎户：发出公文，拘禁猎户，让他服役。

⑥庶可：也许可以。

⑦罔 wǎng 控：无法申诉。

译文

赵城县有一位老妇人，已经七十多岁了，只有一个儿子。一天儿子进山，被老虎吃了。老妇人悲痛欲绝，哭号着到县衙门告状。县官笑着说："老虎怎么能用官法去制裁呢？"老妇人更加哭闹不止。县官呵斥她，也不害怕。县官可怜她岁数大了，不忍心惩罚，就骗她说会为她捉虎。老妇人还是趴在地上不走，一定要等县官发出捉虎公文才肯回去。县官实在没有办法，就问堂上的衙役，谁能去捕虎。一个叫李能的衙役，喝得醉醺醺的，走到县官面前，自告奋勇说："我能！"李能拿着勾牒下去，老妇人才回去。李能酒醒后很后悔，又一想，这可能是县官应付老妇人的骗局，以摆脱她的纠缠，所以也没把这事放在心上，便拿着勾牒去交差。县官发怒说："你说能办到，怎能反悔！"李能很为难，便请求县官召集猎户一起进山捕虎，县官答应了。李能召集所有的猎人，日夜埋伏在山谷中，希望能捕捉到一只老虎，搪塞过去。过了一个多月，一只虎也没捉到，李能因此事挨了几百板子，冤苦无处申诉，就到城东庙里跪下祈祷，失声痛哭。

无何，一虎自外来，隶错愕[①]，恐被咥噬[②]。虎入，殊不他顾，蹲立门中。隶祝曰："如杀某子者尔也，其俯听吾缚。"遂出缧索絷虎项[3]，虎帖耳受缚。牵达县署，宰问虎曰："某子尔噬之耶？"虎颔之[4]。宰曰："杀人者死，古之定律。且妪止一子，而尔杀之，彼残年垂尽，何以生活？倘尔能为若子也。我将赦之。"虎又颔之，乃释缚令去。妪方怨宰之不杀虎以偿子也，迟旦启扉，则有死鹿，妪货其肉革，用以资度。自是以为常，时衔金帛掷庭中。妪从此丰裕，奉养过于其子。心窃德虎。虎来，时卧檐下，竟日不去。人畜相安，各无猜忌。数年，妪死，虎来吼于堂中。妪素所积，绰可营葬[5]，族人共瘗之[6]。坟垒方成，虎骤奔来，宾客尽逃。虎直赴冢前，嗥鸣雷动，移时始去。土人立"义虎祠"于东郭，至今犹存。

注释

①错愕：仓促间感到惊愕。

②咥dié：啮，咬。

③缧léi索：捆绑犯人的绳索。

④颔之：点头，表示同意。

⑤绰可营葬：指积蓄置办葬礼绰绰有余。绰，宽裕。

⑥瘗yì：埋葬，掩埋。

译文

过了一会儿，有只老虎从外边进来。李能惊慌失措，害怕被老虎吃掉。老虎进来，哪里也不看，只是蹲立在门内。李能向老虎拜祝说："如果杀害老妇人儿子的就是你，你就趴下让我捆起来。"接着就拿出绳索去套老虎的脖子，老虎俯首帖耳让他绑了。李能牵着老虎来到衙门，县官问老虎说："老妇人的儿子是被你吃了？"老虎点点头。县官说："杀人偿命，是自古以来的定法。况且老妇人只有这一个儿子，你杀了他，老妇人风烛残年，依靠什么生活？如果你能给她当儿子，我就赦免你。"老虎又点点头。县官于是让衙役给老虎松绑，放它走了。老妇人正埋怨县官不杀了老虎为她儿子偿命，第二天早晨一打开门，看见一条死鹿。老妇人卖了鹿皮鹿肉，用来度日。从此老虎经常送东西来，有时还衔着金钱或布匹扔到院子里。老妇人从此富裕起来，生活比她儿子在世时还好，心中不禁暗暗感激老虎。老虎来了，时常趴在屋檐下，一整天不走，人畜相安无事。几年后，老妇人死了，老虎来到房中大声吼叫。老妇人平素的积蓄，置办丧事绰绰有余，家族中的人一起把老妇人埋葬了。刚把坟墓修好，老虎突然奔来，送葬的宾客都吓跑了。老虎一直跑到坟前，像打雷一般嗥叫了一会儿，才离开。村里人在东郊立了一块"义虎祠"，至今仍在。

狐梦

余友毕怡庵[①]，倜傥不群[②]，豪纵自喜，貌丰肥，多髭[③]，士林知名。尝以故至叔刺史公之别业[④]，休憩楼上。传言楼中故多狐。毕每读《青凤传》[⑤]，心辄向往，恨不一遇。因于楼上摄想凝思[⑥]，既而归斋，日已寖暮[⑦]。

注释

①毕怡庵：蒲松龄曾长期在淄川大家毕际有家任塾师；毕怡庵当是毕际有的族人。

②倜傥不群：洒脱豪爽，与众不同。

③髭zī：嘴唇上方的胡子。

④刺史公：刺史，清代用作“知州”的别称。淄川毕际有曾任扬州府通州知州，此处的“刺史公”当指毕际有。别业：别墅。

⑤青凤传：指《聊斋志异·青凤》，描写了耿生和狐狸精青凤悲欢离合的爱情故事。

⑥摄想凝思：聚精会神地思考和想象。

⑦寖暮：将暮。寖，同“浸”，渐渐地。

译文

我的朋友毕怡庵，洒脱超群，豪放不羁，体貌丰硕，胡子很多，在文人学士中很有名。他曾因有事来到叔叔毕际有刺史的别墅，在楼上休息。人们传说这楼中过去有很多狐仙出没。毕怡庵每次读《青凤传》时，总是心生向往，恨不能也遇见一次。于是便在楼上苦思凝想起来，等他回到自己家里，天已逐渐黑了。

时暑月燠热[①]，当户而寝。睡中有人摇之，醒而却视，则一妇人，年逾不惑[②]，而风韵犹存。毕惊起，问为谁，笑曰："我狐也。蒙君注念，心窃感纳。"毕闻而喜，投以嘲谑。妇笑曰："妾齿加长矣[③]，纵人不见恶，先自渐沮[④]。有小女及笄[⑤]，可侍巾栉[⑥]。明宵，无寓人于室，当即来。"言已而去。至夜，焚香坐伺，妇果携女至。态度娴婉，旷世无匹。妇谓女曰："毕郎与有夙缘[⑦]，即须留止[⑧]。明旦早归，勿贪睡也。"毕乃握手入帏，款曲备至。事已，笑曰："肥郎痴重，使人不堪。"未明即去。既夕自来，曰："姊妹辈将为我贺新郎，明日即屈同去。"问："何所？"曰："大姊作筵主，此去不远也。"毕果候之。良久不至，身渐倦惰。才伏案头，女忽入曰："劳君久伺矣。"乃握手而行。奄至一处，有大院落，直上中堂，则见灯烛荧荧，灿若星点。俄而主人至，年近二旬，淡妆绝美。敛衽称贺已，将践席[⑨]，婢入曰："二娘子至。"见一女子入，年可十八九，笑向女曰："妹子已破瓜矣[10]。新郎颇如意否？”女以扇击背，白眼视之。二娘曰：“记儿时与妹相扑为戏[11]，妹畏人数胁骨，遥呵手指，即笑不可耐。便怒我，谓我当嫁僬侥国小王子[12]。我谓婢子他日嫁多髭郎，刺破小吻，今果然矣。”大娘笑曰：“无怪三娘子怒诅也！新郎在侧，直尔憨跳[13]！”，顷之，合尊促坐[14]，宴笑甚欢。

注释

①燠 yù 热：炎热；闷热。燠，暖，热。

②年逾不惑：年纪超过四十岁。不惑，代指四十岁，典故出自《论语·为政》：“四十而不惑。”

③齿加长：古人常以牙齿的状况来判断牲畜的年龄，“齿加长”指年岁大。

④渐沮：惭愧，羞愧。渐，通“惭”。

⑤及笄 jī：指年满十五岁。古代女子满十五岁结发，用笄贯之，因称女子满十五岁为“及笄”。也指已到了结婚的年龄。笄，束发用的簪子。古时女子十五岁时许配人家的，当年就束发戴上簪子；一直未许配人家的，最迟二十岁时束发戴上簪子。

⑥侍巾栉 zhì：侍奉梳洗，指充当侍妾。栉，梳发。

⑦夙缘：命中注定的缘分。夙，旧有的，素有的。

⑧留止：留宿。止，停止，栖止。

⑨践席：入席，就席。

⑩破瓜：指少女已婚。

⑪相扑为戏：这里指相互打闹着玩耍。

⑫僬侥 jiāo yáo 国：古代传说中的矮人国。

⑬直尔憨跳：竟然如此胡闹。憨跳，顽皮，胡闹。

⑭合尊促坐：举杯相敬，促膝而坐。合，聚拢。尊，酒杯。促坐，靠近而坐，古时席地而坐，坐近称“促席”或“促坐”。

译文

当时正是炎热的暑天，他便对着门躺下睡了。睡梦中觉得有人摇晃他，醒来一看，是一位妇人，年纪已经四十多岁，但是风韵犹存。毕某很惊奇，连忙起身，问她是谁。妇人笑着说：“我是狐仙。承蒙您倾心想念，感激不尽。”毕某听后很高兴，便和她说些调笑戏言。妇人笑着说：“我年纪大了，即使人们不厌恶，我自己先惭愧沮丧。我有个女儿刚刚成年，可让她在您身边侍奉。明天晚上，您不要留别人在屋里，到时候她就过来。”说完就走了。到了第二天夜里，毕某焚香坐等，妇人果然带着女儿来了。狐女体态容貌文雅美好，绝世无双。妇人对女儿说：“毕郎和你早有缘分，今夜你便留在这里。明天早晨早点回去，不要贪睡。”毕某和狐女携手入帏，恩爱备至。过后，狐女笑着说：“肥胖郎君好笨重，叫人不能忍受！”天不亮就走了。到了晚上她自己来了，说：“姐妹们要为我祝贺新郎，明天就委屈你一同去吧。”毕某问：“在什么地方？”狐女说：“大姐请客，离这里不远。”

结果第二天毕某等候了很久，狐女也没来，他渐渐感到疲倦，才趴到桌子上，狐女忽然进来说："有劳郎君久等。"于是两人握手而行，很快到一个地方，有个大院落。他们径直进了中堂，看到里面灯烛闪烁，光亮犹如星星。不久女主人出来，年纪约近二十岁，虽是淡妆却美丽无比。她提起衣襟行礼祝贺后，正要请二人入席，丫鬟进来说："二娘子到了。"见一女子进来，年纪约十八九岁，笑着对狐女说："妹子成婚了，新郎很称心如意吧？"狐女用扇子打她的背，并用白眼瞅她。二姐说："记得小时候和妹妹打闹着玩，妹妹最怕别人戳她的肋骨，远远地呵手指，就笑得不能忍受，对我发怒，说我应当嫁给矮人国的小王子，我说丫头日后嫁个多髭郎，刺破小嘴。今天果然如此。"大姐笑着说："难怪三妹生气咒你，新郎在旁边，竟然如此胡闹。"一会儿，大家并肩而坐，举杯吃喝说笑，非常欢快。

忽一少女抱一猫至，年可十二三，雏发未燥[①]，而艳媚入骨。大娘曰："四妹妹亦要见姊丈耶？此无坐处。"因提抱膝头，取肴果饵之。移时，转置二娘怀中，曰："压我胫股酸痛！"二姊曰："婢子许大，身如百钧重[②]，我脆弱不堪；既欲见姊丈，姊丈故壮伟，肥膝耐坐。"乃捉置毕怀。入怀香耎，轻若无人。毕抱与同杯饮，大娘曰："小婢勿过饮，醉失仪容，恐姊丈所笑。”少女孜孜展笑[3]，以手弄猫，猫戛然鸣。大娘曰：“尚不抛却，抱走蚤虱矣！”二娘曰：“请以狸奴为令，执箸交传，鸣处则饮。”众如其教。至毕辄鸣；毕故豪饮，连举数觥[4]，乃知小女子故捉令鸣也，因大喧笑。二姊曰：“小妹子归休！压杀郎君，恐三姊怨人。”小女郎乃抱猫去。

注释

①雏发未燥：胎毛未干，指其稚气未消。

②钧：古代重量单位，三十斤为一钧。

③孜孜展笑：露出美丽的笑容。孜孜，美好的样子。

④觥 gōng：古代酒器，椭圆形或方形器身，圈足或四足。带盖，盖做成有角的兽头或长鼻上卷的象头状。也有整个酒器作兽形的，头、背为盖，身为腹，四腿做足，觥的流部为兽形的颈部，可用作倾酒，并附有小勺。

译文

忽然有个少女抱只猫来，年纪约十一二岁，稚气未脱，却艳媚至极。大姐说：“四妹妹也要来见姐夫吗？这里没有你坐的地方。”就把她提抱在膝头，拿菜肴水果给她吃。不一会儿，又把她转放到二姐怀中，说：“压得我小腿酸痛！”二姐说：“丫头才这么大，身子却像有百斤重，我脆弱不能忍受。既然想见姐夫，姐夫本来就高大，胖膝头耐坐。”于是把她放到毕某的怀里。少女入怀香软，轻得像没有人一样。毕某抱着她用同一只杯子饮酒。大姐说：“小丫头不要喝多了，酒醉失态，恐怕姐夫笑话。”少女笑靥如花，用手抚弄着猫，猫戛然而鸣。大姐说：“还不快扔掉，招一身跳蚤虱子！”二姐说：“请大家以猫为酒令，传递筷子，猫叫时筷子在谁手里谁喝酒。”大家都按她说的方法来玩。筷子一到毕某手里猫就叫。毕某本来酒量大，连喝了好几大杯，才知道是少女故意弄猫让它叫的，大家哄堂大笑。二姐说：“小妹回家睡觉去吧！压坏了郎君，恐怕三姐要怨你的。”少女于是抱着猫走了。

大姊见毕善饮，乃摘髻子贮酒以劝[①]。视髻仅容升许，然饮之觉有数斗之多。比干视之，则荷盖也。二娘亦欲相酬，毕辞不胜酒。二娘出一口脂合子，大于弹丸，酌曰：“既不胜酒，聊以示意。”毕视之，一吸可尽，接吸百口，更无干时。女在傍以小莲杯易合子去，曰：“勿为奸人所算。”置合案上，则一巨钵。二娘曰：“何预汝事！三日郎君，便如许亲爱耶！”毕持杯向口立尽。把之，腻软；审之，非杯，乃罗袜一钩[②]，衬饰工绝。二娘夺骂曰：“猾婢！何时盗人履子去，怪足冰冷也！”遂起，入室易舄[③]。

注释

①髻子：旧时妇女的一种发型。

②罗袜：丝罗制的袜，这里指绣鞋。

③舄 xì：鞋。

译文

大姐见毕某善饮，就摘下头上的髻子盛酒来劝饮。看上去髻子仅能容酒一升，然而喝起来，却觉得有好几斗。等到喝干了再看，原来是个荷叶盖子。二姐也要敬酒，毕某推辞说不胜酒力。二姐拿出一个口脂盒子，比弹丸稍大一点，斟上酒说："既然不胜酒力，姑且表示点意思吧。"毕某看了看，觉得一口可以喝尽，可是连续喝了百余口，也没喝干。狐女在旁边用小莲花杯换了盒子去，说："不要再被奸人戏弄了。"把盒子放到桌上，原来是一个巨大的饭钵。二姐说："关你什么事！才三天的郎君，就这样的亲爱啊！"毕某拿起莲花酒杯一饮而尽。手里的酒杯变得很软，仔细一看，不是酒杯，竟是一只刺绣精美的绣花鞋。二姐夺过鞋骂道："你这狡猾的丫头！什么时候偷了人家的鞋子去，怪不得脚冰凉冰凉的！"于是起身，进屋换鞋。

女约毕离席告别，女送出村，使毕自归。瞥然醒寤[1]，竟是梦景，而鼻口醺醺，酒气犹浓，异之。至暮，女来，曰："昨宵未醉死耶？"毕言："方疑是梦。"女曰："姊妹怖君狂噪，故托之梦，实非梦也。"女每与毕弈，毕辄负。女笑曰："君日嗜此，我谓必大高着。今视之，只平平耳。"毕求指诲，女曰："弈之为术，在人自悟，我何能益君？朝夕渐染，或当有益。"居数月，毕觉稍进。女试之，笑曰："尚未，尚未。"毕出，与所尝共弈者游，则人觉其异，稍咸奇之。

注释

①瞥 piē 然：迅速地；忽然地。醒寤：睡醒。

译文

狐女约毕某离席告别，把他送出村，让他自己回家。毕某忽然睡醒，发觉竟然是梦境，但是口鼻中醺醺然，酒味仍很浓，感到非常奇怪。到了晚上，狐女来了，说："昨夜没醉死吧？"毕某说："刚才还在怀疑是梦呢。"狐女说："姐妹们怕您胡来，所以假托梦境，其实不是梦。"狐女每次和毕某下棋，毕某都输。狐女笑着说："您终日爱好下棋，我以为必定是高手，今天看来，只不过棋艺平平罢了。"毕某求她指点，狐女说："下棋的技艺，在于个人自悟，我怎么能帮您呢？每天熏陶，或许会有长进。"过了几个月，毕友觉得稍有进步。狐女试了试，笑着说：

"还不行，还不行。"毕某出去和曾经一起下过棋的人再下，大家觉得他棋艺大大高于以前，都感到奇怪。

毕为人坦直，胸无宿物[①]，微泄之。女已知，责曰："无惑乎同道者不交狂生也！屡嘱甚密，何尚尔尔？"怫然欲去。毕谢过不遑，女乃稍解，然由此来寖疏矣[②]。积年余，一夕来，兀坐相向[③]。与之弈，不弈；与之寝，不寝。怅然良久，曰："君视我孰如青凤？"曰："殆过之。"曰："我自惭弗如。然聊斋与君文字交[④]，请烦作小传，未必千载下无爱忆如君者。"曰："夙有此志。曩遵旧嘱，故秘之。"女曰："向为是嘱，今已将别，复何讳？"问："何往？"曰："妾与四妹妹为西王母征作花鸟使[⑤]，不复得来矣。曩有姊行[⑥]，与君家叔兄，临别已产二女，今尚未醮；妾与君幸无所累。"毕求赠言，曰："盛气平，过自寡。"遂起，捉手曰："君送我行。"至里许，洒涕分手，曰："彼此有志，未必无会期也。"乃去。

注释

①胸无宿物：指心里藏不住事儿。宿，隔夜，旧。

②寖jìn：渐渐。

③兀坐：独自端坐，呆坐。兀，茫然无措的样子。

④聊斋：蒲松龄的书斋名，这里代指蒲松龄。

⑤花鸟使：指专门陪侍皇帝饮宴的妃嫔。这里指侍奉西王母寿宴的仙女。

⑥姊行 háng：姐辈。行，行辈。

译文

毕某为人坦率耿直，心里藏不住事儿，就把狐女的事稍稍泄露给了友人。狐女知道了，责备他说："怪不得同道们不愿和狂生来往。屡次叮嘱你要谨守秘密，怎么仍然这样！"说完很生气地要走。毕某急忙谢罪，狐女这才怒气稍解，然而从此来的次数便逐渐少了。过了一年多，有一天晚上狐女来后，面对毕某呆呆地坐着。毕某和她下棋，不下；和她睡觉，也不睡。她沉闷了很久，说："您看我和青凤相比怎么样？"毕某说："恐怕要比她强。"狐女说："我自愧不如她。然而聊斋先生和您是文字之交，请麻烦他给我作个小传，未必千年以后没有像您这样爱念我的人。"毕某说："我早就有这个愿望，只因过去一直遵照你的叮嘱，所以秘不告人。"狐女说："原来是这样嘱咐您的，可今天已经到了将要分别的时候，还避讳什么呢？"毕某问："你要到哪里去？"狐女答："我和四妹妹被西王母征去当花鸟使，不能再来。过去有个同辈姐姐，因为和您家的叔兄在一起，临别时已经生下两个女孩，所以至今还没嫁出去，幸好我和您没有这样的拖累。"毕某求她留一赠言。狐女说："盛气平息，过错自然就少。"于是起身，拉着毕某的手说："您送送我吧。”两人走了一里多路，挥泪分手。狐女说：“咱们彼此惦记着对方，未必没有再见面的时候。”说完便离去了。

康熙二十一年腊月十九日，毕子与余抵足绰然堂①，细述其异。余曰：“有狐若此，则聊斋之笔墨有光荣矣。”遂志之。

注释

①抵足：两人同榻，足相接而眠。

译文

康熙二十一年腊月十九日，毕怡庵和我一起在绰然堂抵足而卧，详细叙述了他这段奇异的经历。我说：“有这样的狐仙，那我聊斋的文章也就有光彩了。”于是就记下了这个故事。

武孝廉[①]

武孝廉石某，囊资赴都，将求铨叙[②]。至德州，暴病，唾血不起，长卧舟中。仆篡金亡去[③]，石大恚[④]，病益加，资粮断绝，榜人谋委弃之[⑤]。会有女子乘船[⑥]，夜来临泊[⑦]，闻之，自愿以舟载石。榜人悦，扶石登女舟。

注释

①武孝廉：即武举人。

②铨 quán 叙：旧时政府审查官员的资历、功绩，以确定级别、职位的一种制度。此指石孝廉赴京参加拣选，求取官职。铨，量才授官。

③篡金：夺取钱财。

④恚 huì：愤怒。

⑤榜人：船家，舟子。谋：计划。委弃：抛弃，丢弃。

⑥会：适逢。

⑦临泊：靠岸停船。

译文

有个武孝廉石某，带着钱去京城，准备参加拣选谋求官职。走到德州，忽然得了重病，咳血不止，病倒在船上。他的仆人偷了他的钱跑了，石某十分气愤，病情更加严重，又因钱粮俱断，船主也打算赶他下船。正在这时，有一个女子夜里乘船停靠在一旁，听到这事后，就自愿叫石某上她的船。船主很高兴，就扶石某上了女子的船。

石视之，妇四十余，被服灿丽，神采犹都[①]。呻以感谢，妇临审曰："君夙有瘵根[②]，今魂魄已游墟墓。"石闻之，嗷然哀哭[③]。妇曰："我有丸药，能起死。苟病瘳[④]，勿相忘。"石洒泣矢盟[⑤]。妇乃以药饵石，半日，觉少痊。妇即榻供甘旨[⑥]，殷勤过于夫妇。石益德之。

注释

①都：美丽。

②瘵 zhài 根：肺痨病根。瘵，肺病。

③嗷 jiào 然：放声痛哭，哀哭。嗷，高声。

④苟：假如。病瘳：中医术语，指疾病痊愈。

⑤矢盟：指盟誓。矢，通"誓"。

⑥甘旨：甘美的食物。

译文

石某见这女子约有四十多岁，穿得很华丽，还颇有神采风韵，他呻吟着向她表示谢意。女子走近石某看看面容，说："你本来就有肺痨病根，现在魂魄已出窍，游于坟墓间了。"石某听了，号啕大哭。女子说："我有药丸，吃了可以起死回生。你若痊愈，可不能忘了我。"石某哭着对天盟誓，誓死不忘救命之恩。妇人随即拿药丸给石某服下。过了半天，石某觉得稍好一些，女子就到床前喂石某甘美的食物，侍奉殷勤周到，胜过夫妻。石某更加感激女子。

月余，病良已[①]。石膝行而前，敬之如母。妇曰："妾茕独无依[②]，如不以色衰见憎，愿侍巾栉[③]。"时石三十余，丧偶经年，闻之，喜惬过望[④]，遂相燕好。妇乃出藏金，使入都营干，相约返与同归。

注释

①良已：痊愈。

②茕 qióng 独：孤单，孤独。

③侍巾栉 zhì：侍奉梳洗，指做他的妻室。

④喜惬 qiè：欢喜快乐。

译文

一个月后，石某的病全好了。他跪着来到女子面前，敬她如母亲。女子对他说："我孤单一人，没有依靠，你如果不嫌我年纪大，我愿与你结为夫妻。"石某当时三十多岁，妻子死了一年多，听了女子的话，喜出望外，于是两人便同床共枕，互相爱怜。女子拿出钱来让他去京城求官，并且约定好，一旦求得官职，便回来接她一起回家。

石赴都夤缘①，选得本省司阃②，余金市鞍马，冠盖赫奕③。因念妇腊已高④，终非良偶，因以百金聘王氏女为继室。心中悚怯，恐妇闻知，遂避德州道，迂途履任。年余，不通音耗。有石中表，偶至德州，与妇为邻。妇知之，诣问石况，某以实对，妇大骂，因告以情。某亦代为不平，慰解曰："或署中务冗⑤，尚未暇遑⑥。乞修尺一书⑦，为嫂寄之。"妇如其言。某敬以达石，石殊不置意。又年余，妇自往归石，止于旅舍，托官署司宾者通姓氏⑧，石令绝之。一日，方燕饮，闻喧詈声⑨，释杯凝听⑩，则妇已搴帘入矣⑪。石大骇，面色如土。妇指骂曰："薄情郎！安乐耶？试思富若贵何所自来⑫？我与汝情分不薄，即欲置婢妾，相谋何妨？"石累足屏气⑬，不能复作声。久之，长跪自投，诡辞求宥，妇气稍平。石与王氏谋，使以妹礼见妇。王氏雅不欲⑭，石固哀之，乃往。王拜，妇亦答拜。曰："妹勿惧，我非悍妒者。曩事，实人情所不堪，即妹亦不当愿有是郎。"遂为王缅述本末。王亦愤恨，因与交詈石。石不能自为地，惟求自赎，遂相安帖。

注释

①夤 yín 缘：本指攀附上升，后喻指攀附权贵，向上巴结。

②司阍 kǔn：门卫武官。阍，郭门。

③冠盖：指官员的帽子和车辆，代指官员。盖，车盖，代指车。赫奕：光彩熠熠。

④腊：年龄，年岁。

⑤务冗 rǒng：事务冗杂繁多。

⑥暇遑：空闲，闲暇。

⑦尺一书：指书信。亦称“尺一牍”“尺一板”。古时诏板长一尺一寸，故称天子的诏书为“尺一”。后来用为书信的通称。

⑧司宾者：官府内负责接待宾客的小吏。

⑨詈 lì 声：骂声，谴责之声。

⑩凝听：凝神静听。

⑪搴 qiān 帘：掀开帘子。

⑫富若贵：富与贵。若，与、和。

⑬累足屏 bǐng 气：叠着脚站立，屏住呼吸，形容敬畏、惊惧。累足，两足相叠。屏，屏息。

⑭雅：很，甚。

译文

石某到了京城，用女子给的钱贿赂朝官，得到本省司阃的官职；剩下的钱购置车马，装饰华美。这时石某念及船上的女子年纪太大，终归不适合做妻子，于是又用一百两银子聘了王氏女为继室。他心中有愧，怕女子知道，就绕开德州前去赴任。到任后一年多，也没有给女子去信。石某有个表弟，偶然到德州办事，与女子住近邻。女子知道了他和石某的关系，就向他打听石某的情况，表弟就如实告诉女子。女子听了大骂，并把她怎样救石某的事情告诉石某的表弟。表弟为她不平，劝慰女子说："我表哥可能因为公务繁忙，没有抽出时间来接你，请写封信，我为你转达。"于是女子写了信，由石某的表弟捎去，然而石某一点不放在心上。又过了一年多，女子自己去找石某，找到后先住在一家旅店里，又到石某官衙门前请看门的给通报一下，石某拒不接见。一天，石某正在聚会喝酒，听到大门外有喧骂声。他放下杯正凝神倾听时，女子已掀帘进屋。石某吓了一跳，面如土色。女子指着他骂道："薄情郎，你好快乐！不想想你的富贵是哪里来的？我和你情分不算薄，你就是想娶个妾，和我商量一下何妨？"石某畏惧地站着，大气不敢出，一句话也说不出。过了好长一会儿，石某才跪在地上自己认错，花言巧语地乞求饶恕。女子的怒气才稍稍平息下来。石某与王氏商量，叫王氏以妹妹的身份向女子见礼，王氏不同意，石某一再哀求，王氏才答应，去拜见女子。女子也回拜了王氏，并对王氏说："妹妹不要担心，我并不是凶悍爱妒忌的女人。他做的事，实在不近人情，就是妹妹你也不愿意有这样的男人。"于是便向王氏讲述事情的经过，王氏听了也很气愤，与女子交替着骂石某，石某惭愧得无地自容，请求今后让自己赎罪，事情才平息下来。

初，妇之未入也，石戒阍人勿通[①]。至此，怒阍人，阴诘让之[②]。阍人固言管钥未发[③]，无入者，不服。石疑之而不敢问妇。两虽言笑，而终非所好也。幸妇娴婉[④]，不争夕。三餐后，掩阕早眠[⑤]，并不问良人夜宿何所[⑥]。王初犹自危，见其如此，益敬之。厌旦往朝[⑦]，如事姑嫜[⑧]。妇御下宽和有体[⑨]，而明察若神。一日，石失印绶[⑩]，合署沸腾，屑屑还往[⑪]，无所为计。妇笑言："勿忧，竭井可得。"石从之，果得。叩其故，辄笑不言。隐约间，似知盗者之姓名，然终不肯泄。居之终岁，察其行多异。石疑其非人，常于寝后使人瞷听之[⑫]，但闻床上终夜作振衣声，亦不知其何为。

注释

①阍 hūn 人：守门人。

②阴：私下里。诘让：责问。

③管钥：钥匙。发：开、启。

④娴 xián 婉：文静美好。

⑤掩闼 tà：关门。

⑥良人：丈夫。古时夫妻互称为良人，后多用于妻子称丈夫。

⑦厌旦：早晨，黎明。

⑧姑嫜 zhāng：公婆。嫜，公公，妻子对丈夫父亲的称呼。

⑨御下：对待下人。御，管理。

⑩印绶 shòu：官印，印信。绶，古代用以系佩玉、官印等的丝带。

⑪屑屑：不安的样子。

⑫瞯 jiàn：窥探。

译文

当初，女子还没有来时，石某已告诫看门人，不要让女子进来。事已至此，石某迁怒于看门人，暗中责备看门人不应给女子开门。可是看门人却坚持说大门一直锁着，没进来什么女人，大喊冤枉。石某对女子产生了怀疑，又不敢再去问。他与女子表面上有说有笑，但貌合神离。幸好女子贤惠，不计较夜间那事儿。一日三餐后，便关上门早早睡了，从不问石某睡在哪里。王氏起初担心女子与自己争男人，见女子这样，就越来越敬重她，早晚问候，像伺候婆婆一样。女子对下人宽和体谅，却又明察秋毫。一天，石某丢了官印，全府沸腾，都惴惴不安地走来走去，无计可施。而女子却笑着说："不用愁，把井里的水淘干，就能找到。"石某照办，果然官印找到了，问她是怎么回事，她只是笑笑，却不回答。看样子，她好像知道偷印人是谁，但始终不肯说出来。又住了近一年，石某观察女子一举一动，有许多怪异的地方。石某怀疑女子不是人类，常叫人偷听女子夜里说些什么。下人说只听到她床上一整夜有振衣服的声音，也不知道她在做什么。

女与王极相怜爱。一夕，石以赴臬司未归[①]，妇与王饮，不觉醉，就卧席间，化而为狐。王怜之，覆以锦褥。未几，石入，王告以异，石欲杀之。王曰："即狐，何负于君？"石不听，急觅佩刀。而妇已醒，骂曰："虺蝮之行[②]，而豺狼之性，必不可以久居！曩时啖药，乞赐还也！"即唾石面。石觉森寒如浇冰水，喉中习习作痒，呕出，则丸药如故。妇拾之，忿然径出，追之已杳。石中夜旧症复作，血嗽不止，半载而卒。

注释

①臬niè司：此指臬司衙门。清代按察使别称"臬司"，为巡抚的属官，主要负责一省的刑狱诉讼事务，同时对地方官有监察之责。

②虺蝮 huǐfù：虺蛇和蝮蛇，两者都是毒蛇名。

译文

女子与王氏相处十分融洽亲密。一天晚上，石某到上司官署去没有回来，女子就与王氏饮酒。因多喝了几杯，就醉了，伏在桌子上现了原形，变成一只狐狸。王氏十分可怜她，就给她盖上被子。过了一会儿，石某回来，王氏告诉他女子的情况，石某想杀了女子。王氏说："就算她是狐狸，哪里对不起你？"石某不听，急忙找佩刀要动手，而女子已经醒来，对石某骂道："你真是蛇蝎行为、豺狼心肠，一定不能与你常住在一起了。以前我给你吃的药丸，请你还给我！"说罢，朝石某脸上唾去，石某立马觉得像被泼了冰水一样凉，喉咙一阵发痒，吐出药丸，这丸子仍和以前一样。女子拾起丸子，气愤地走了。石某与王氏追出看时，女子已无影无踪。石某当天夜里旧病复发，咳血不止，半年时间就死了。

异史氏曰："石孝廉翩翩若书生，或言其折节能下士[①]，语人如恐伤。壮年殂谢[②]，士林悼之[③]。至闻其负狐妇一事，则与李十郎何以少异[④]？"

注释

①折节：屈己事人。折，屈。节，气节。

②殂 cú 谢：书面用语，死亡的意思。

③士林：指文人士大夫阶层。

④李十郎：唐人小说《霍小玉传》中的人物。李十郎名益，在长安应试时爱上了名妓霍小玉，表示“粉骨碎身，誓不相舍”。而为官后，竟抛弃了霍小玉，与大家卢氏之女成婚。霍小玉骂其负心，恸哭而绝。

译文

异史氏说：“石孝廉风度翩翩如书生，有人说他能礼贤下士，说这话的人恐怕错了。他壮年而亡，士林同僚都为他哀悼。直到听说他辜负狐妇的这件事，才知道他与李十郎也没什么区别。”

莲花公主

胶州窦旭[1]，字晓晖。方昼寝，见一褐衣人立榻前，逡巡惶顾，似欲有言。生问之，答云："相公奉屈[2]。"生问："相公何人？"曰："近在邻境。"从之而出。转过墙屋，导至一处，叠阁重楼，万椽相接[3]，曲折而行，觉万户千门，迥非人世。又见宫人女官往来甚夥[4]，都向褐衣人问曰："窦郎来乎？"褐衣人诺。俄，一贵官出，迎见生甚恭，既登堂，生启问曰："素既不叙，遂疏参谒[5]。过蒙爱接，颇注疑念。"贵官曰："寡君以先生清族世德[6]，倾风结慕，深愿思晤焉[7]。"生益骇，问："王何人？"答云："少间自悉。"

注释

①胶州：今山东省胶州市。

②相公：这里是褐衣人对其主人的称呼。奉屈：屈驾，屈尊光临之意。屈，屈驾、屈尊。

③椽：装于屋顶以支持屋顶的木杆。

④宫人：宫女。女官：又称宫官，指高级宫女，有一定品秩，并且领有俸禄。其工作职责包括管理较低级的宫女，训练新入宫的宫女，照顾公主、王子等。夥 huǒ：盛多。

⑤参谒 yè：拜见上级或尊长。

⑥寡君：对别国人称自己国家君主的谦词。清族世德：清门大族，累世有德。

⑦思晤：会晤。

译文

胶州人窦旭，字晓晖。一天他正在午睡，见一个穿褐色短衣的人站在床前，惶恐四顾，好像有什么话要说。窦旭问他，他回答说："我家相公想请您去一趟。"窦生问："你家相公人在哪里？"褐衣人说："就在附近。"窦生随他出去。转过墙角，来到一个地方，只见亭台楼阁，重重叠叠，接连不断。两人曲折穿行其间，窦生感到这千门万户，不似人间。又见宫人和女官众多，来来往往，熙熙攘攘，见褐衣人就问："窦生请来了吗？"褐衣人说请来了。一会儿，一位贵官出来迎接，对窦生恭恭敬敬。窦生说："平素没有什么交往，所以一直也未前来拜访。今天承蒙如此厚待，颇为疑惑不解。"贵官笑道："我们君王久闻先生家族世代清廉，德望很高，非常倾慕，盼望与您会面。"窦生更加惊异，又问："你们君王是谁？"回答说："过一会儿你就明白了。"

无何，二女官至，以双旌导生行。入重门，见殿上一王者，见生入，降阶而迎，执宾主礼。礼已，践席[①]，列筵丰盛。仰视殿上一匾曰“桂府”。生局蹙不能致辞[②]。王曰：“忝近芳邻[③]，缘即至深。便当畅怀，勿致疑畏。”生唯唯。

注释

①践席：入座、就座。古代在地上设席，盘腿而坐，故称座为席。

②局蹙 cù：紧张不安的样子。

③忝 tiǎn：羞辱；有愧于。自谦之词。

译文

不一会儿，来了两位女官，手举着一双长幅旌旗，导引窦生入宫。进了几道门，远远看见大殿上一位大王坐在那里，见到窦生到来，大王走下台阶迎接窦生。两人按宾主的礼仪相互拜见后，便入席就座，酒宴十分丰盛。窦生仰头看见殿上有一幅匾额，上题“桂府”二字，窦生心中局促不安，不知如何应对。大王说：“能和你府上为邻，可见我们缘分很深。请开怀畅饮，不必猜疑畏惧。”窦生只是唯唯答应。

酒数行，笙歌作于下，钲鼓不鸣[①]，音声幽细。稍间，王忽左右顾曰：“朕一言[②]，烦卿等属对[③]：‘才人登桂府[④]。’”四座方思，生即应云：“君子爱莲花[⑤]。”

王大悦曰："奇哉！莲花乃公主小字，何适合如此？宁非夙分？传语公主，不可不出一晤君子。"移时，珮环声近[⑥]，兰麝香浓[⑦]，则公主至矣。年十六七，妙好无双。王命向生展拜[⑧]，曰："此即莲花小女也。"拜已而去。生睹之，神情摇动，木坐凝思。王举觞劝饮，目竟罔睹。王似微察其意，乃曰："息女宜相匹敌[⑨]，但自惭不类，如何？"生怅然若痴，即又不闻。近坐者蹑之曰[⑩]："王揖君未见，王言君未闻耶？"生茫乎若失，懡㦬自惭[⑪]，离席曰："臣蒙优渥[⑫]，不觉过醉，仪节失次，幸能垂宥[⑬]。然日旰君勤[⑭]，即告出也。"王起曰："既见君子，实惬心好[⑮]，何仓卒而便言离也？卿既不住，亦无敢于强，若烦萦念[⑯]，更当再邀。"遂命内官导之出[⑰]。途中，内官语生曰："适王谓可匹敌，似欲附为婚姻，何默不一言？"生顿足而悔，步步追恨，遂已至家。忽然醒寤，则返照已残[⑱]。冥坐观想，历历在目。晚斋灭烛，冀旧梦可以复寻，而邯郸路渺[⑲]，悔叹而已。

注释

①钲 zhēng 鼓：钲和鼓。古代行军或歌舞时用以指挥进退、动静的两种乐器。

②朕：秦朝以前为第一人称代词，以后专用为皇帝的自称。

③属 zhǔ 对：连缀为对句。

④才人登桂府：桂府，相传月宫中有桂树，故以此代指月宫。这是一语双关，既实指莲花公主所居的“桂府”，又兼有“蟾宫折桂”之意。

⑤君子爱莲花：君子喜爱莲花；此处莲花又暗合莲花公主的名字。

⑥珮环：玉制的环形佩饰物，多为妇女佩戴。

⑦兰麝：兰草和麝香，均为名贵香料，古人常用以熏香。

⑧展拜：拜谒，行跪拜之礼。

⑨息女：亲生女儿，对外人称自己的女儿为息女。

⑩蹑 niè：踩；踏。踩脚以示意。

⑪懡㦬 mǒluǒ：羞惭。

⑫优渥 wò：厚遇。这里指盛情款待。渥，沾湿；沾润。

⑬垂宥：赐宥。宥，宽容。

⑭日旰 gàn 君勤：日色已晚，君主劳乏。旰，晚。勤，劳。

⑮惬 qiè：快乐；满意。

⑯萦 yíng 念：挂念、思念。

⑰内官：指宦官。

⑱返照已残：指夕阳将落。

⑲邯郸路渺：指旧梦难寻。邯郸，借指梦境。典故出自唐代沈既济《枕中记》：卢生于邯郸客店中遇道者吕翁。卢生自叹穷困，吕翁授之以枕，使其入梦，梦中历尽富贵荣华。后世据此故事改编

为戏曲《邯郸记》。

译文

酒过数巡，只听殿下笙歌齐鸣，不闻钲鼓之声，但闻丝竹嘤嘤，幽细悦耳。乐队稍停，大王对左右说："我偶然想到一个上联，请诸位对下联。这上联是：'才人登桂府。'"众官正在思考，窦生应声说："君子爱莲花。"大王一听大喜，说："真巧啊！莲花是公主的乳名，对得如此贴切，莫不是夙有缘分？传话给公主，不可不出来见见这位才子。"过了一会儿，只听环佩叮咚之声渐近，兰麝之气浓而熏香，公主来了。看上去十六七岁，绝美无双。大王让公主向窦生行见面礼，介绍说："这就是我的小女莲花。"公主施过见面礼，就回内殿去了。窦生一见公主，就心神动摇，木然坐在那里发呆出神。大王举杯劝饮，窦生竟像没有看到。大王也似乎觉察到窦生的心意，便说："我的小女儿和你很般配，但惭愧的是不是同类，怎么办呢？"窦生怅然发痴，大王的这番话，又没听到。坐在他旁边的人，悄悄用脚踩了窦生一下，说："适才大王向您作揖你没看见，大王同你说话也没听到吗？"窦生茫茫然，像丢了魂一样，自觉惭愧，离开座位说："臣蒙大王厚礼相待，不觉饮酒过量，有失礼仪，望大王宽恕。天色已晚，大王政务繁忙，我也该走了。"大王起身说："这次见到窦君，我心中甚感惬意。为何这样仓促就要走呢？你既然不想住下，我也不敢强留。以后假若思念这里，我就派人再把你请来。”于是就令内监引窦生出去。回去的路上，内监对窦生说：“刚才大王说你和公主很般配，看样子想把公主许配给你，你为什么一言不发？”窦生后悔得直跺脚。边走边感到悔恨，不觉已经到家。窦生忽然清醒过来，窗外夕照的残光，已经渐没。默坐回想起刚才发生的事，历历在眼前。晚饭后，吹熄了蜡烛，希望在幽冥中，再去寻求梦中境界。然而邯郸之路渺不可寻，只能悔恨叹惋而已。

一夕，与友人共榻，忽见前内官来，传王命相召。生喜，从去，见王伏谒[①]，王曳起，延止隅坐[②]，曰：“别后知劳思眷。谬以小女子奉裳衣[③]，想不过嫌也。”生即拜谢。王命学士大臣[④]，陪侍宴饮。酒阑，宫人前白：“公主妆竟。”俄见数十宫人拥公主出，以红锦覆首，凌波微步[⑤]，挽上氍毹[⑥]，与生交拜成礼。已而送归馆舍，洞房温清[⑦]，穷极芳腻。生曰：“有卿在目，真使人乐而忘死。但恐今日之遭，乃是梦耳。”公主掩口曰：“明明妾与君，那得是梦？”诘旦方起[⑧]，戏为公主匀铅黄[⑨]，已而以带围腰，布指度足[⑩]。公主笑问：“君颠耶[⑪]？”曰：“臣屡为梦误，故细志之[⑫]。倘是梦时，亦足动悬想耳。”

注释

①伏谒：指谒见尊者，伏地通报姓名。

②延止隅坐：请坐于侧座。延，请。止，至。隅，角落。坐，同“座”。

③谬：错误地，此为谦称。

④学士：官名，本为文学侍从之官，因接近皇帝，往往参与机要。明代设翰林院学士及翰林院侍读、侍讲学士。清代改翰林院学士为掌院学士。均为词臣之荣衔。

⑤凌波微步：形容女子步履轻盈。

⑥氍毹 qú shū：一种织有花纹图案的毛毯，用毛或毛麻混织而成。古代产于西域，可用作地毯、壁毯、床毯、帘幕等。

⑦温凊：温暖清洁。

⑧诘旦：第二天早晨。

⑨铅黄：铅粉、黄粉，都是涂面化妆品。铅，铅粉，亦称铅华，白色。黄粉，黄色。

⑩布指度足：用手指度量女子的脚。

⑪颠：通“癫”，疯狂，疯癫。

⑫志：标记，记录。

译文

一天晚上，窦生与朋友同榻而眠，忽然见到上次送他的内监来了，传达大王的旨令，邀请窦生进宫。窦生很高兴，就跟着去了。窦生见到大王，趋步向前参拜，大王急将他扶起，让他在一旁坐下，说：“自上次分别后，知道你很眷恋小女，现在把小女许配于你，想来你不会太嫌弃吧！”窦生立即叩头拜谢。大王命学士、大臣们陪同窦生宴饮。酒宴将结束时，宫中人前来报告说：“公主装扮好了。”一会儿，见数十个宫女，簇拥着公主出来，红色的锦绸盖着头面，迈着轻盈的纤步，被人搀扶到猩红的地毯上，与窦生拜天地成婚。交拜后，侍女们把新郎新娘送到宫廷馆舍。洞房中温和清凉，香气甜蜜。窦生说：“有公主在跟前，真使人乐而忘死。只怕今天的艳遇是一场梦！”公主捂着嘴笑着说：“明明是我与你在一起，哪里是梦啊！”第二天清晨起来，窦生就嬉笑着给公主涂脂、敷粉、画眉，完了又用带子量量公主的腰围，用手指量量公主的脚。公主笑问：“窦君疯癫了吗？”窦生说：“我每每被梦骗怕了，所以我特意仔细看看你，记下来。倘若再是梦，也能够记得清楚。”

调笑未已，一宫女驰入曰：“妖入宫门，王避偏殿[①]，凶祸不远矣！”生大惊，趋见王。王执手泣曰：“君子不弃，方图永好。讵期孽降自天[②]，国祚将覆[③]，且复奈何！”生惊问何说。王以案上一章，授生启读。章曰：“含香殿大学士臣黑翼，为非常怪异，祈早迁都，以存国脉事。据黄门报称[4]：自五月初六日，来一千丈巨蟒，盘踞宫外，吞食内外臣民一万三千八百余口，所过宫殿尽成丘墟，等因[5]。臣奋勇前窥，确见妖蟒：头如山岳，目等江海。昂首则殿阁齐吞，伸腰则楼垣尽覆。真千古未见之凶，万代不遭之祸！社稷宗庙，危在旦夕！乞皇上早率宫眷，速迁乐土”云云。生览毕，面如灰土。即有宫人奔奏：“妖物至矣！”合殿哀呼，惨无天日。王仓遽不知所为，但泣顾曰：“小女已累先生。”生坌息而返[6]。公主方与左右抱首哀鸣，见生入，牵衿曰：“郎焉置妾？”生怆恻欲绝，乃捉腕思曰：“小生贫贱，惭无金屋[7]。有茅庐三数间，姑同窜匿可乎？”公主含涕曰：“急何能择？乞携速往！”生乃挽扶而出。未几至家，公主曰：“此大安宅，胜故国多矣。然妾从君来，父母何依？请别筑一舍，当举国相从。”生难之。公主曰：“不能急人之急，安用郎也！”生略慰解，即已入室。公主伏床悲啼，不可劝止。

注释

①偏殿：旁侧的宫殿。

②讵 jù：不料，哪知。

③国祚 zuò：国运。祚，福运。

④黄门：东汉服务内廷的黄门令、中黄门等官，都以宦者充任，后世遂称宦官为黄门。

⑤等因：旧时公文用语，以表示尊敬。

⑥坌 bèn 息：气息奔涌，怒气冲冲。坌，涌出。

⑦金屋：供美人居住的华美房舍。典故出自《汉武故事》：汉武帝为太子时，长公主欲以女配帝，指其女问曰："阿娇好不？"对曰："好！若得阿娇作妇，当作金屋贮之。"

译文

两人正说笑间，有个宫女急急跑进来说："妖怪闯进宫殿，大王已躲到偏殿里，灭顶之灾不远了！"窦生大惊，急忙去见大王。大王握着窦生的手哭着说："蒙你不嫌弃，正图永久之好。谁料灭顶之灾从天而降，国运将覆灭，这可怎么办啊！"窦生惊问为什么这样说，大王把桌案上的一份奏章交给窦生看。奏章中写道："含香殿大学士黑翼，为有非常之妖灾，祈求大王早日迁都，以保存国家社稷。据宫门看守者报告，自五月初六日，来了一条千丈长的巨蟒，盘踞在宫外，吞食城内外臣民一万三千八百多口，所经地方，宫殿尽成废墟，等等。臣子得知，奋勇前去探看，确见一条妖蟒，头大如山岳，两眼如江海。巨蟒昂起头，则殿阁齐被吞掉；伸伸腰，则高楼墙垣尽数倾覆。真是千古少见之凶恶，万代不遇之灾祸！国家危在旦夕！乞求大王早日携带家眷宫人，速速迁到安全地方。"窦生看完奏章，面如土色。立刻有宫人跑来报告："妖物来了！"众人哀呼，极度凄惨。

大王仓惶无措，哭泣着对窦生说："小女拖累先生你了。"窦生一口气跑回馆舍，见公主正与左右的人抱头大哭，见窦生进来，牵着他的衣襟说："郎君怎么安置我呀！"窦生悲痛欲绝，握着公主的手腕，思量着说："我家里很贫穷，惭愧的是没有金屋，只有草房三间，姑且一块躲到那里可以吗？"公主含着泪说："事情紧急，还能有什么选择呢？请带我速速离开这里！"窦生于是搀扶着公主出来，不一会儿，到了窦生的家里。公主说："这里是很安全的地方，比我们的国家好多了。然而我跟你来到这里，我父母依靠谁呢？请你再另外筑一间房舍，让全国人都过来。"听此话，窦生很是为难。公主号啕大哭，说："不能救人之急，要郎君有什么用？"窦生劝慰了公主一番，就走进了内室。公主伏在床上悲啼不已，怎么也劝不住。

焦思无术，顿然而醒，始知梦也。而耳畔啼声，嘤嘤未绝，审听之，殊非人声，乃蜂子二三头，飞鸣枕上。大叫怪事。友人诘之，乃以梦告，友人亦诧为异。共起视蜂，依依裳袂间，拂之不去。友人劝为营巢，生如所请，督工构造。方竖两堵，而群蜂自墙外来，络绎如绳，顶尖未合，飞集盈斗。迹所由来[①]，则邻翁之旧圃也。圃中蜂一房，三十余年矣，生息颇繁。或以生事告翁，翁觇之[②]，蜂户寂然。

发其壁，则蛇据其中，长丈许，捉而杀之。乃知巨蟒即此物也。蜂入生家，滋息更盛③，亦无他异。

注释

①迹：名词用作动词，追寻踪迹。

②觇 chān：窥视。

③滋息：增生；繁殖。

译文

窦生正绞尽脑汁想不出办法的时候，忽然醒来，方知又是一场梦，但耳畔嘤嘤啼声，一直响个不停。仔细一听，并不是人声，而是两三只蜜蜂在枕边飞鸣。他大声叫道："怪事，怪事！"同床的朋友被惊醒了，问他出了什么事。窦生就把刚才梦中的情景一五一十地告诉朋友。朋友听了，也感到很诧异。两人就共同起来看，见蜜蜂在衣袖间飞舞，依依不去，拂之不走。朋友便劝窦生为蜜蜂筑巢。窦生按照朋友的话，督工为蜜蜂造巢。刚刚竖起两面墙板，大群的蜜蜂便从墙外飞来，络绎不绝，如一条黑绳子。巢还没有盖顶，飞来的蜜蜂已聚集有一斗。窦生按蜜蜂飞来的方向，追踪它们原来的巢穴，发现原来是在邻居老头子的旧菜园子里。菜园子里有个蜂房，已经有三十多年了，繁殖的蜜蜂很多。有人把窦生造蜂房的事告诉邻居老头。老头到菜园中察看，蜂房中寂静得没有一点声音。打开墙壁一看，有条大蛇盘踞在里面，有一丈多长，老头就把蛇提出来杀死。窦生这才知道梦中所听说的巨蟒，就是这条蛇。这群蜜蜂自从迁到窦生家，生殖繁衍得更兴盛，也没有发生其他异常现象。

卷六

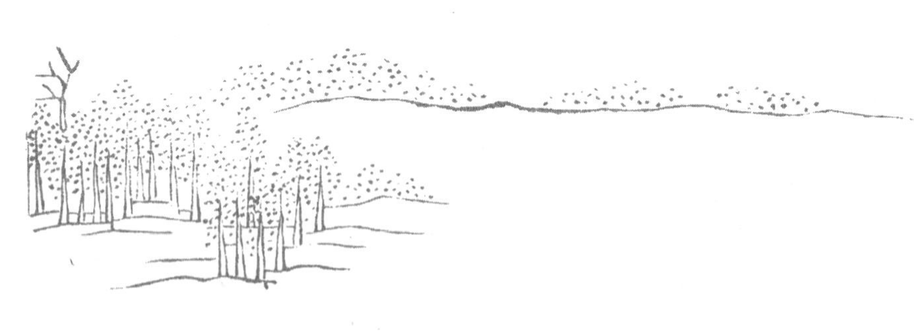

吴门画工

吴门一画工[①]，喜绘吕祖[②]，每想象神会，希幸一遇，虔结在念，靡刻不存[③]。一日，有群丐饮郊郭间，内一人敝衣露肘，而神采轩豁[④]。心疑吕祖，谛视[⑤]，愈觉其确，遂捉其臂曰："君吕祖也。"丐者大笑。某坚执为是，伏拜不起。丐者曰："我即吕祖，汝将奈何？"某叩头，求指教。丐者曰："汝能相识，可谓有缘。然此处非语所，夜间当相见也。"转盼遂杳，骇叹而归。

注释

①吴门：古吴县的别称，即今江苏苏州市。

②吕祖：即吕洞宾，传说中的"八仙之一"，字洞宾，号纯阳子。因道教全真道派奉吕洞宾为纯阳祖师，故世称吕祖。

③靡刻：无时无刻。

④神采轩豁：神色豁达，气宇轩昂。

⑤谛视：凝神注视。

译文

吴门有个画工，喜欢画吕洞宾祖师的像。每次想象着吕祖的样子，他都感到心领神会。很希望有幸能见到吕祖，这个虔诚的念头凝结在心中，使他无时无刻不想着吕祖。一天，画工遇到一群乞丐在城郊外喝酒，见其中一人穿着破衣，露出了胳膊肘，但神采奕奕，气宇轩昂。画工心中一动，怀疑他就是吕祖，又仔细端详了一番，越发觉得确实无误。于是他一下子抓住那人的胳膊说："您是吕祖！"乞丐大笑起来。画工执意说他就是吕祖，跪拜在地上不肯起来。乞丐说："我确实是吕祖，你想怎样呢？"画工连连叩头，求他指教。乞丐说："你能认出我，也算有缘。但这里不是说话的地方，我们夜间再相会吧。"转眼间，乞丐已消失得无影无踪，画工惊叹着回了家。

至夜，果梦吕祖来，曰："念子志虑专凝，特来一见。但汝骨气贪吝，不能为仙。我使见一人可也。"即向空一招，遂有一丽人蹑空而下[①]，服饰如贵嫔[②]，容光袍仪，焕映一室。吕祖曰："此乃董娘娘[③]，子谨志之[④]。"既而又问："记得否？"答曰："已记之。"又曰："勿忘却。"俄而丽者去，吕祖亦去。醒而异之，即梦中所见，肖而藏之[⑤]，终亦不解所谓。

注释

①蹑空：踏空。

②贵嫔：宫中女官名，皇帝妃嫔封号之一。三国魏

文帝曹丕始置，位次皇后，与夫人并列，历代多沿用其名。

③董娘娘：指董贵妃，又称董鄂妃，清代顺治帝的贵妃，鄂硕之女，顺治十三年（1656）受封，十七年（1660）崩逝。娘娘，皇妃的俗称。

④谨志：牢牢记住。

⑤肖而藏之：摹画她的像并珍藏起来。肖，肖像，这里名词用作动词，指画像。

译文

当天夜里，画工果然梦见吕祖来了，对他说："念你心意诚恳，我特来见见你。但你骨子里贪恋名利，不能成仙。我让你见一个人好了！"说完向空中一招手，便有一位美丽的妇人凌空而下，衣着打扮像是皇宫里的贵妃。美丽的容貌，华贵的服饰，把屋子都照亮了。吕祖说："这位是董娘娘，你要牢牢记住！"一会儿又问画工："记住了吗？"画工说："记住了！"吕祖再次嘱咐说："不要忘了！"过了会儿，妇人离去，吕祖也走了。画工醒后，感到很奇怪，便把梦中见的那位董娘娘，回忆着画了幅像珍藏起来，但终究不解是怎么回事。

后数年，偶游于都。会董妃卒，上念其贤，将为肖像。诸工群集，口授心拟，终不能似。某忽忆念梦中丽者，得无是耶[1]？以图呈进。宫中传览，俱谓神肖[2]。上大悦，授官中书[3]，辞不受，赐万金。名大噪。贵戚家争赍重币，求为先人传影[4]。凡悬空摹写，无不曲肖。浃辰之间[5]，累数万金。莱芜朱拱奎曾见其人[6]。

注释

①得无是：该不会是。无，通“毋”，不。

②神肖：传神，酷似。

③中书：中国古代文官官职名，清代沿明制，于内阁置中书若干人，从七品。

④传影：临摹肖像。传，临摹，传写。影，影像，画像。

⑤浃 jiá 辰，古代以干支纪日，由子至亥为一周期，共十二日，名为“浃辰”。

⑥莱芜：县名，今属山东省。

译文

过了几年，画工偶然去京城游玩，正赶上皇宫中的董妃去世。皇上非常思念这位贤德的妃子，要为她画张像留作纪念，便召集诸多画匠，皇上描述了一番董妃的模样，让他们想象着去画，但没一个画得像。这画工听说这件事后，忽然想起梦中见到的那个妇人，莫非她就是董妃吗？便将自己原来画的那张像呈献上去。皇宫中的人传看一遍，都赞叹说画得惟妙惟肖。皇上一见龙颜大悦，立即封画工为中书令。但他不愿做官，皇上便赐给他一万两银子。从此，这位画工名声大噪。富贵大家都争着用重金聘请他，为自己先辈们画像。他只需凭空想象一阵，便无不画得形象逼真。短短十多天，这画工便挣了数万两银子。莱芜的朱拱奎曾见过这个画工。

刘亮采

济南怀利仁曰：刘公亮采[①]，狐之后身也。初，太翁居南山[②]，有叟造其庐，自言胡姓。问所居，曰："只在此山中。闲处人少，唯我两人，可与数晨夕[③]，故来相拜识。"因与接谈，词旨便利[④]，悦之。治酒相欢，醺醺而去。越日复来，更加款厚。刘云："自蒙下交，分即最深[⑤]。但不识家何里，焉所问兴居[⑥]？"胡曰："不敢讳，某实山中之老狐也。与若有夙因，故敢内交门下[⑦]。固不能为翁福，亦不敢为翁祸，幸相信勿骇。"刘亦不疑，更相契重[⑧]。即叙年齿，胡作兄，往来如昆季。有小休咎，亦以告。

注释

①刘公亮采：刘亮采，字公严，历城（今山东济南市）人，明万历壬辰进士，官至户部主事。辞官后，隐居灵岩。工诗，善书画，通音律，名显当时。据说他个子矮小，性情诙谐，嬉笑怒骂皆成文章。

②太翁：这里指刘亮采的父亲。

③数 shuò 晨夕：朝夕相处在一起。

④词旨便利：指言词意趣敏捷适宜。

⑤分 fèn：情分。

⑥问兴居：请安问好。兴居，指起居。

⑦内交：纳交，这里指结交。内，同“纳”。

⑧契重：趣味相投，相互珍重。

译文

济南怀利仁说：历城的刘亮采公，是狐仙的后身。当初，他的父亲刘翁住在南山时，有个老翁到他家拜访，自称姓胡。刘翁问他住在什么地方，胡翁说：“就在这座山中。这里清闲人少，只有您和我两人，可以早晚相聚，因此来拜识您。”刘翁于是和他交谈，见他言词意趣敏捷，很喜欢他。摆上酒菜欢饮，胡翁直到喝醉了才走。过了一天，胡翁又来了，两人的交情更加诚挚深厚。刘翁说：“自从与您结交，情谊就非常深厚。只是不知您住在什么地方，到哪里去给您请安问好呢？”胡翁说：“实不相瞒，我其实是山中的老狐，和您有前世的缘分，因此敢到您门下相交。固然不能使您有福，但也不敢给您添祸，希望您相信我，不要害怕。”刘翁也不怀疑，对他更加敬重。两人叙起年龄，胡翁年长为兄，于是二人往来犹如兄弟。即使是有小的吉凶事，胡翁也来告诉刘翁。

时刘乏嗣，叟忽云：“公勿忧，我当为君后。”

刘讶其言怪，胡曰："仆算数已尽[1]，投生有期矣。与其他适，何如生故人家？"刘曰："仙寿万年，何遂及此？"叟摇首曰："非汝所知。"遂去。夜果梦叟来，曰："我今至矣。"既醒，夫人生男，是为刘公。公既长，身短，言词敏谐，绝类胡。少有才名，壬辰成进士[2]。为人任侠，急人之急，以故秦、楚、燕、赵之客，趾蹐于门[3]；货酒卖饼者，门前成市焉。

注释

①数已尽：死期已到。数，天数，命数。

②壬辰：指明神宗万历二十年（1592）。

③趾蹐jí于门：指纷纷投其门下。趾蹐，足趾互相踩踏，形容来人之多。

译文

当时刘翁没有儿子，一天胡翁忽然说："您不用忧愁，我定当做您的后人。"刘翁对他的话感到很惊讶。胡翁说："我算着自己的寿数已尽，眼看到了去投生的时候了。与其投生到别人家里去，哪里比得上生在故人家？"刘翁说："您仙寿万年，怎么会这样？"胡翁摇头说："这些事不是您所能知道的。"于是走了。到了夜里，刘翁果然梦见胡翁来，说："我现在已经投生到你家了。"刘翁醒来，夫人生了个男孩，这就是刘亮采公。刘公长大成人后，身材短小，言词敏捷诙谐，很像胡翁。他从小就有才名，万历壬辰年中了进士。刘公为人仗义，好打抱不平，能急人所急，因此秦、楚、燕、赵等地的客人，都纷纷投在他门下，那些卖酒卖饭的人也都聚集到他家附近，家门前竟成了个集市。

乱离二则

学师刘芳辉，京都人。有妹许聘戴生，出阁有日矣[①]。值北兵入境[②]，父兄恐细弱为累[③]，谋妆送戴家。修饰未竟，乱兵纷入，父子分奔，女为牛录俘去[④]。从之数日，殊不少狎[⑤]。夜则卧之别榻，饮食供奉甚殷。又掠一少年来，年与女相上下，仪采都雅[⑥]。牛录谓之曰："我无子，将以汝继统绪[⑦]，肯否？"少年唯唯。又指女谓曰："如肯，即以此女为汝妇。"少年喜，愿从所命。牛录乃使同榻，浃洽甚乐[⑧]。及枕上各道姓氏，则少年即戴生也。

注释

①出阁：古时称公主出嫁，后为女子出嫁的通称。

②北兵：指清兵。这篇讲的是明末的事，因此称清兵为"北兵"。

③细弱：妻子儿女，泛指家属。

④牛录：牛录章京。满语，武官名。清太祖时始编三百人为一牛录，官长称"牛录额真"。

⑤殊不少狎：绝无一点不庄重的行为。

⑥仪采都雅：仪态神采，美丽而娴雅。都，漂亮。

⑦继统绪：继承家业。一脉相承谓之"统"，前人开创而未竟之事谓之"绪"。

⑧浃洽：感情融洽。

译文

学师刘芳辉，是京都人。他有个妹妹许聘给戴生，出嫁的日期马上要到，遇上清兵入境，父兄担心她这样一个柔弱女子成为负担，打算把她装扮好送到戴家。还没装扮完，清兵纷纷而入，父子分头奔逃，刘女被清兵的小头目俘虏而去。刘女跟随小头目好几天，小头目对她绝无不庄重的行为，夜晚就睡在别的床上，对她的饮食照顾得非常周到。后来小头目又掳掠了一个少年来，年纪和刘女差不多，容貌风姿俊雅。小头目对他说："我没有儿子，想让你来继承家世，你愿意吗？"少年答应了。小头目又指着刘女对他说："如果愿意的话，就让她做你的妻子。"年轻人很高兴，愿意按他说的办。小头目于是让少年和刘女睡在一起，二人感情融洽，非常快乐。后来二人在枕上各自说出姓氏，才知道少年就是刘女的未婚夫戴生。

陕西某公任盐秩[①]，家累不从。值姜瓖之变[②]，故里陷为盗薮[③]，音信隔绝。后乱平，遣人探问，则百里绝烟，无处可询消息。会以复命入都[④]，有老班役丧偶[⑤]，贫不能娶，公赉数金使买妇[⑥]。时大兵凯旋，俘获妇口无算，插标市上[⑦]，如卖牛马。遂携金就择之。

自分金少，不敢问少艾[8]。中一媪甚整洁，遂赎以归。媪坐床上，细认曰："汝非某班役耶？"惊问所知，曰："汝从我儿服役，胡不识！"役大骇，急告公。公认之，果母也，因而痛哭，倍偿之。班役以金多，不屑谋媪。见一妇年三十余，风范超脱[9]，因赎之。即行，妇且走且顾，曰："汝非某班役耶？"又惊问之，曰："汝从我夫服役，如何不识！"班役愈骇，导见公，公视之，真其夫人，又悲失声。一日而母妻重聚，喜极，乃以百金为班役娶美妇焉。此必公有大德，故鬼神为之感应。惜言者忘其姓字，秦中或有能道之者。

注释

①盐秩：盐官。秩，职位。

②姜瓖：陕西榆林人，明末清初将领。崇祯十七年（1644），李自成义军至居庸关，姜瓖迎降。后李自成义军为清兵所逼撤离北京，姜瓖即入大同降清，任大同总兵。清顺治五年（1648）十一月，又据大同城叛清，自称大将军，后为清兵围困，姜瓖被部下杀死，城遂陷。但其他各处仍继续抗清，直到顺治十二年才平息。清兵在晋、陕一带，前后七八年，烧杀掳掠，害民甚惨。"姜瓖之变"指其据大同抗清事。

③盗薮 sǒu：强盗聚集的地方。

④复命：回朝复命，向朝廷述职。

⑤班役：差役，当差。

⑥赉 lài：赏赐；赏给。

⑦标：标记。旧时掠卖人口，或因穷困自卖，都在被卖者头上插草作为标记。

⑧少艾：年轻美貌；这里指年轻美貌的少女。

⑨风范：风姿仪态。

译文

陕西某公，任盐官一职，因家室累赘就没带到任上。遇上姜瓖据城抗清的事变，家乡沦为叛军聚集的地方，某公和家里的音信便隔绝了。后来事变平息，某公派人去打听家人消息，家乡百里以内人烟断绝，消息无处打听。正赶上某公进京向朝廷述职，身边有个老差役死了妻子，家贫不能续娶，某公便给他几两银子让他去买个妻子。当时清兵凯旋而归，俘获了无数妇女，都插上草标押到市场上卖，像卖牛马一样。老差役携带银子到市场上去买女人，他自知钱少，不敢问年轻女人的价钱。见其中有个老年妇女干净整洁，就拿银子赎买回来。老妇人坐在床上，仔细地辨认一番，说："你不是某差役吗？"老差役很惊讶，问她怎么知道，她回答说："你跟随我的儿子服差役，我怎么会不认识！"差役大惊，急忙告诉某公。某公过去一看，果然是自己的母亲，母子抱头痛哭，某公于是加倍赏赐银两给差役。老差役因为银子多了，不愿意再买年老妇女，见一妇人年纪三十多岁，风度仪容超俗不凡，就赎买了她。往回走时，妇人一边走一边看他，说："你不是某差役吗？"差役又惊问她怎么知道，她回答说："你跟随我的丈夫服差役，我怎会不认识！"差役更加惊奇，领着她去见某公。某公一看，果真是自己的夫人，又失声痛哭一场。一天当中母亲、妻子重新和他团聚，某公高兴得不得了，于是用一百两银子为老差役娶了一个美貌的妻子。这必定是某公有大德，因此鬼神被他感动并报答了他。可惜说这事的人忘了此公的姓名，秦中或许还有人能说出他的姓名。

异史氏曰："炎昆之祸，玉石不分①，诚然。若公一门，是以聚而传者也。董思白之后②，仅有一孙，今亦不得奉其祭祀，亦朝士之责也。悲夫！"

注释

①炎昆之祸，玉石不分：此以"玉石俱焚"喻指清兵镇压抗清军民，祸及拥护清朝的汉族地主官僚。炎，焚烧。昆，指昆仑山，传说山上出玉石。

②董思白：即明代著名书画家董其昌（1555—1636），字玄宰，号思白、香光居士，华亭（今上海松江）人。官至南京礼部尚书，卒后谥文敏。

译文

异史氏说：“焚烧昆仑山的灾祸，无论是玉还是石头都遭到灾祸，确实是这样。像陕西某公一家，是由于意外地相聚而传为佳话。董其昌的后人仅留下一个孙子，如今也不能奉祀他，这也是当朝官员的责任啊。可悲啊！”

考弊司

闻人生，河南人。抱病经日，见一秀才入，伏谒床下，谦抑尽礼。已而请生少步，把臂长语，剌剌且行[①]，数里外犹不言别。生伫足，拱手致辞[②]。秀才云："更烦移趾[③]，仆有一事相求。"生问之，答云："吾辈悉属考弊司辖。司主名虚肚鬼王。初见之，例应割髀肉[④]，浼君一缓颊耳[⑤]。"生惊问："何罪而至于此？"曰："不必有罪，此是旧例。苦丰于贿者，可赎也，然而我贫。"生曰："我素不稔鬼王[⑥]，何能效力？"曰："君前世是伊大父行[⑦]，宜可听从。"

注释

①剌 là 剌：形容话多絮叨。

②致辞：告辞。辞，辞别，离别。

③移趾：挪动脚趾，再走几步。

④髀 bì：大腿。

⑤浼 měi：请托，央求。缓颊：婉言劝解，求情。

⑥素：平日，平素。稔 rěn：熟悉，熟知。

⑦大父行 háng：祖父辈。大父，祖父。行，行辈。

译文

闻人生，是河南人。有一次，他抱病在床，躺了一整天，忽然看见一个秀才走进来，跪在床下拜见他，非常谦恭有礼。然后秀才又请他出去走走，一路上拉着他的胳膊，边走边絮絮叨叨说个不停。一直走了好几里路，还不打算告别。闻人生于是停下脚步，拱拱手要告辞。秀才说："请您再走几步，我有一件事求您！"闻人生问他什么事，秀才说："我们这些人都归考弊司管辖。考弊司的司主名叫虚肚鬼王，凡初次拜见他的人，按照惯例，都要从大腿上割下一块肉献给他。我想求您去给说说情，饶过我们！"闻人生惊讶地问："犯了什么罪至于受这种刑罚？"秀才回答说："不是因为犯了罪，这是考弊司的老规矩。如果给鬼王送重礼，就能免了；但是我很穷，送不起礼！"闻人生说："我和那鬼王素不相识，怎么能帮得上你呢？"秀才说："您的前世是鬼王的爷爷辈，他应该会听您的话。"

言次，已入城郭。至一府署，廨宇不甚弘敞[①]，唯一堂高广，堂下两碣东西立[②]，绿书大于栲栳[③]，一云"孝弟忠信"[④]，一云"礼义廉耻"。躇阶而进[⑤]，见堂上一匾，大书"考弊司"。楹间，板雕翠色一联云："曰校、曰序、曰庠，两字德行阴教化[⑥]；上士、中士、下士，一堂礼乐鬼门生[⑦]。"游览未已，官已出，鬈发鲐背[⑧]，若数百年人。而鼻孔撩天[⑨]，唇外倾，不承其齿。从一主簿吏[⑩]，虎首人身。有十余人列侍，半狞恶若山精[11]。秀才曰："此鬼王也。"生骇极，欲退却，鬼王已睹，降阶揖生上，便问兴居。生但诺诺。又云："何事见临？"生以秀才意具白之。鬼王色变曰："此有成例，即父命所不敢承！"气象森凛，似不可入一词。生不敢言，骤起告别，鬼王侧行送之，至门外始返。生不归，潜入以观其变。至堂下，则秀才已与同辈数人，交臂历指[12]，俨然在徽纆中[13]。一狞人持刀来，裸其股，割片肉，可骈三指许。秀才大嗥欲嗄[14]。

注释

①廨 xiè 宇：官舍，指旧时官吏办公处所。

②碣 jié：刻石中的一类形制，顶端呈半圆形。

③栲栳 kǎolǎo：用柳条编成的容器，形状像斗，也叫笆斗。

④弟 tì：同"悌"，兄弟间的友爱。

⑤躐阶而进：不按台阶级次，跨大步越级而上。躐，越级。

⑥曰校、曰序、曰庠 xiáng，两字德行阴教化：意指阴间学校，都重视德行的教化。校、序、痒，古代地方所设的乡学，夏代称"校"，殷代称"序"，周代称"庠"。德行，道德品行。

⑦上士、中士、下士，一堂礼乐鬼门生：意指各类读书人，聚于一堂学习礼乐，都是鬼王的门生。

上士、中士、下士，本是周代的官名，位低于大夫，这里指科举时代各类士人。

⑧鬈 quán 发：卷发。鲐 tái 背：驼背，形容老态龙钟的样子。鲐，鱼名，体呈纺锤形，背隆起。

⑨撩天：朝天。

⑩主簿吏：主管文书簿册的小吏。

⑪山精：传说中的山中怪兽，又名“枭阳”，似人而大，黑脸毛身，脚跟朝前。

⑫交臂历指：双臂交错，反手捆绑。历指，手指加上刑具。历，同“枥”，指“枥撕”，古时的一种刑具。

⑬徽纆 mò：捆绑犯人的绳索。

⑭大嗥欲嗄 shà：大声呼叫，声音嘶哑。嗄，声音嘶哑。

译文

二人正说着，已走进一座城市，来到一所官衙前。官衙的房屋建筑不算宽敞，只有一间厅堂又高又大。堂下东西两边各立着一块石碑，上面刻着斗大的绿字，一个刻的是“孝弟经信”，另一个刻的是“礼义廉耻”。二人大步登上石阶，见大堂上方悬挂着一块匾，上面写着大字“考弊司”。大堂柱子上，挂着一副板雕绿字对联，上联是：“曰校、曰序、曰庠，两字德行阴教化。”下联是：“上士、中士、下士，一堂礼乐鬼门生。”两人还没游览完，一个官员从里边走了出来，头发卷曲，弯腰驼背，像有几百岁的样子，一对鼻孔朝天，嘴唇外翻，露出獠牙利齿。随从的一个文书小吏，人身上却长着颗虎脑袋。又有十几个人在两边排列伺候，大半都长得狰狞凶恶，像是山精山怪。秀才对闻人生说：“那就是鬼王。”闻人生早吓得魂飞魄散，返身想走，鬼王却已看见他，忙从台阶上走下来，恭敬地行礼，将闻人生请进大堂，并问候他的日常起居，闻人生只吓得连连说“是”。鬼王问他：“来到这里所为何事？”闻人生便把秀才求自己的事说了。鬼王一听勃然变色，说：“这是惯例，就是我亲爹来讲情，我也不敢听从！”说完，面如冰霜，像是一句求情的话也听不进去。闻人生不敢再说别的，急忙起身告辞。鬼王侧着身子，恭敬地把他送到大门外才回去。闻人生出门后没往回走，又返身偷偷走进来，想看看那鬼王到底要干什么。来到大堂下，见那秀才和另外几个人都已被绳子反绑起来，一个面目狰狞的人拿着一把刀子走过来，先脱下秀才的裤子，然后从大腿上一刀割下一片三指宽的肉来。秀才疼得大叫，把嗓子都喊破了。

生少年负义，愤不自持，大呼曰：“惨毒如此，成何世界！”鬼王惊起，暂命止割，跻履迎生[①]。生忿然已出，遍告市人，将控上帝。或笑曰：“迂哉！

蓝尉苍苍[2]，何处觅上帝而诉之冤也？此辈与阎罗近，呼之或可应耳。”乃示之途。趋而往，果见殿陛威赫，阎罗方坐[3]，伏阶号屈。王召诉已，立命诸鬼绾绁提锤而去[4]。少顷，鬼王及秀才并至，审其情确，大怒曰：“怜尔夙世攻苦，暂委此任，候生贵家[5]，今乃敢尔！其去若善筋，增若恶骨，罚令生生世世不得发迹也[6]！”鬼乃箠之[7]，仆地，颠落一齿。以刀割指端，抽筋出，亮白如丝。鬼王呼痛，声类斩豕[8]。手足并抽讫[9]，有二鬼押去。

注释

①跷履：草鞋。跻，通“屩”。

②蓝蔚苍苍：指蔚蓝的苍天。

③方坐：端坐。

④绾 wǎn：把长条形的东西盘绕起来打成结。绁 xiè：绳索。

⑤候生贵家：等候将来投生富贵之家。生，指迷信所谓的“投生转世”。

⑥发迹：指人在事业上得志，变得有财有势。

⑦箠：杖刑，用棍子打。

⑧豕：猪。

⑨讫 qì：终了，结束。

译文

闻人生年轻气盛，见此情景，愤怒至极，大喊道："如此惨毒，什么世道！"鬼王吃了一惊，从座上站起来，命暂停割肉，穿着草鞋就跑出来迎接闻人生。闻人生已气愤地走了出去，遍告路人，要去上帝那里控告鬼王。有人讥笑他说："真愚蠢啊！苍天茫茫，到哪里去找上帝申诉冤屈？这些鬼跟阎王倒挺近，到阎王那里上告，或许还管点用！"便给他指路，闻人生沿路赶去，果然来到阎王殿，见气象十分威严，阎王正在大殿上坐着。闻人生跪拜在台阶下，大声喊冤。阎王叫他上来询问清楚，立即命众鬼拿着绳索提着锤子去捉鬼王。一会儿，鬼王和秀才一起被拿来，阎王审知闻人生说的都是实情，大怒，斥骂鬼王说："我可怜你生前苦读，所以暂时委任你这个重任，等候机会让你投生到富贵大家去。你现在却敢如此无法无天！我要剔去你身上的'善筋'，给你添上'恶骨'，罚你生生世世永远不得发达得志！"一个鬼卒便上前，将鬼王一锤子打翻在地，连门牙也磕掉了一颗。鬼卒又用刀割破鬼王的指尖，抽出一条白亮如丝线的筋来，鬼王痛得杀猪般地大声嗥叫。直到把鬼王手上、脚上的筋都抽完，才有两个鬼卒押着他走了。

生稽首而出，秀才从其后，感荷殷殷[1]。挽送过市，见一户垂朱帘，帘内一女子露半面，容妆绝美。生问："谁家？"秀才曰："此曲巷也[2]。"既过，生低徊不能舍，遂坚止秀才。秀才曰："君为仆来，而令踽踽而去[3]，心何忍。"生固辞，乃去。生望秀才去远，急趋入帘内。女接见，喜形于色。入室促坐，相道姓名。女曰："柳氏，小字秋华。"一妪出，为具肴酒。酒阑，入帏，欢爱殊浓，切切订婚嫁。妪入曰："薪水告竭，要耗郎君金资，奈何！"生顿念腰橐空虚，愧惶无声。久之，曰："我实不曾携得一文，官署券保[4]，归即奉酬。"妪变色曰："曾闻夜度娘索逋欠耶[5]？"秋华颦蹙[6]，不作一语。生暂解衣为质，妪持笑曰："此尚不能偿酒值耳。"呶呶不满志[7]，与女俱入。生惭，移时，犹冀女出展别，再订前约。久候无音，潜入窥之，见妪与女，自肩以上化为牛鬼，目睒睒相对立[8]。大惧，趋出，欲归，则百道岐出，莫知所从。问之市人，并无知其村名者。徘徊廛肆之间[9]，历两昏晓，凄意含酸，响肠鸣饿，进退不能自决。忽秀才过，望见之，惊曰："何尚未归，而简亵若此[10]？"生腼颜莫对。秀才曰："有之矣！得毋为花夜叉所迷耶？"遂盛气而往，曰："秋华母子，何遽不少施面目耶！"去少时，即以衣来付生曰："淫婢无礼，已叱骂之矣。”送生至家，乃别而去。生暴绝三日而苏⑪，历历为家人言之。

注释

①殷殷：情意恳切的样子。

②曲巷：弯曲狭窄的小巷，这里指妓院。

③踽jǔ踽：孤身独行；孤独无依的样子。

④署券保：写下保证偿还的字据，写欠条。

⑤夜度娘：指娼妓。

⑥颦蹙píncù：皱眉蹙额，不悦的表情。

⑦呶呶：喋喋不休的样子。

⑧睒shǎn睒：光亮闪烁的样子。

⑨廛chán肆：商铺市场。也泛指街市。

⑩简亵：轻慢而不庄重。简，懈惰，简慢。亵，不庄重。

⑪暴绝：猝然昏死。

译文

闻人生给阎王磕过头，便退出了阎王殿。秀才跟在他后面，对闻人生很是感激，挽着他的胳膊，送他走过街市。闻人生看见有户人家，门口挂着红门帘，帘后有个女子，露出了半张脸，容貌非常艳丽。闻人生问：“这是谁家？”秀才回答说：“这是妓院。”已经走过去了，闻人生却对那女子留恋不舍，于是坚决不让秀才再送。

秀才说："您是为我而来，却让您一人孤单地回去，我怎么忍心呢？"闻人生坚决告辞，秀才只好离去。闻人生见秀才走远，急忙返身走进那家妓院。那女子立即出来迎接他,面露喜色。女子将闻人生请进室内坐下，互相说了姓名。女子自称姓柳，小名叫秋华。这时一个老妇人出来，为他们准备下酒菜。喝完酒，二人上床，极尽欢爱，山盟海誓，订下了婚约。天亮后，老妇人进来说："没钱买柴买米，无奈只得破费郎君几个钱了！"闻人生这才想起腰包里空空的，没带钱，惶恐惭愧地一言不发。过了很久，才说："我实在没带一文钱，我给你们立个字据，回去后立即偿还。"老妇人一下子变了脸，说："你听说过有妓女外出讨债的吗？"秋华也皱着眉头，一句话不说。闻人生只好脱下外衣，暂且当作抵押。老妇人接过衣服，嘲笑说："这件东西还不够偿还酒钱的！"嘴里絮絮叨叨的，一副很不满意的样子，跟那女子进了内室。闻人生非常羞惭，又过了一会儿，还在盼望着女子出来和他道别，再重申订下的婚约，等了很久，也没有声息。闻人生便悄悄跟进去察看，只见老妇人和柳秋华自肩部以上都变成了牛头鬼，目光闪闪地相对而立。闻人生大惊，急忙返身奔逃而出。他想回家，可是岔路极多，不知走哪条路好。询问街市上的人，并没有人知道他的村名。闻人生在街上徘徊了两天两夜，辛酸凄楚，饥肠辘辘，进退两难。忽然那个秀才从这里经过，看见闻人生，惊讶地说："你怎么还没回去，还这样狼狈？"闻人生惭愧得不知如何回答。秀才说："我知道了，你莫不是被花夜叉迷住了吧？"说完，秀才便怒气冲冲地往那家妓院走去，说："秋华母女怎么这样不给人留面子？"过了一会儿，秀才就把衣服抱来交给闻人生说："那淫婢太无礼，我已经斥骂过她了！"秀才把闻人生一直送到家，才告辞走了。闻人生突然死了三天，此刻才苏醒过来，对家人一一说在起阴间的经历。

卷七

橘　树

陕西刘公为兴化令[①]，有道士来献盆树，视之，则小橘细裁如指[②]，摈弗受[③]。刘有幼女，时六七岁，适值初度。道士云："此不足供大人清玩[④]，聊祝女公子福寿耳。"乃受之。女一见，不胜爱悦，置诸闺闼[⑤]，朝夕护之唯恐伤。刘任满，橘盈把矣，是年初结实。简装将行，以橘重赘，谋弃之。女抱树娇啼。家人绐之曰："暂去，且将复来。"女信之，涕始止。又恐为大力者负之而去，立视家人移栽墀下，乃行。

注释

①兴化令：兴化县令。兴化，明、清县名，在今福建莆田市。

②裁：枝干。这里指橘树的枝干。

③摈 bìn 弗受：拒不接受。摈，排斥，弃绝。

④清玩：供玩赏的精美雅致的物品，对对方赏玩的敬称。清，清新，清雅。

⑤闺闼 tà：妇女所居内室的门户，这里指未婚女子的住处。

译文

陕西的刘公，是兴化县的县令。有一个道士献给他一棵栽在盆里的小树。县令一看，原来是一棵纤细如指的小橘树，他不喜欢，不想接受。刘公有个小女儿，这时才六七岁，正好那天过生日。道士便说："这盆小树不足以供大人您赏玩，姑且送给女公子祝她福寿吧。"于是刘公便接受下来。女儿一见这棵小橘树，非常喜爱，把它放在自己的闺房里，早晚护理，唯恐它受到损伤。刘公任期满时，橘树已经有一把多粗。这一年它第一次结果。刘公一家收拾行装准备离开，觉得橘树太重，带着累赘，商量后决定不要了。小女儿抱着橘树撒娇地哭起来。家里人骗她说："我们只是暂时离开，很快就会回来。"小女儿相信了这些话，才不哭了，但她又害怕这棵树被力气大的人扛走了，非要看着家里人把树移栽到台阶下，这才跟家人一起离去。

女归，受庄氏聘。庄丙戌登进士[①]，释褐为兴化令[②]，夫人大喜。窃意十余年，橘不复存。及至，则橘已十围，实累累以千计。问之故役，皆云："刘公去后，橘甚茂而不实，此其初结也。"更奇之。庄任三年，繁实不懈[③]。第四年，憔悴无少华[④]。夫人曰："君任此不久矣。"至秋，果解任。

注释

①丙戌：康熙四十五年（1706）。

②释褐为兴化令：一入仕即为兴化县令。释褐，脱去平民的布衣，换上官服，为入仕的雅称。

③繁实不懈：指橘树果实累累。实，果实。

④华：花。

译文

女儿回到家乡，长大后嫁给一个姓庄的书生。庄生在丙戌年考中进士，被任命为兴化县令。他的夫人十分高兴，心里琢磨，十多年了，那棵橘树可能已不在了。到兴化一看，原来那橘树已经有十围粗，而且果实累累，数以千计。她问以前的差役，差役都说："刘公走了以后，这棵树长得很茂盛，可就是不结果，这是它第一次结果。"夫人更加惊异。庄生在任三年，这棵橘树年年硕果累累。到了第四年，橘树忽然枯萎，不像从前那样开花。夫人说："夫君在这儿的任期大概不长了。"到了秋天，庄生果然被解任。

异史氏曰："橘其有夙缘于女与[①]？何遇之巧也。其实也似感恩，其不华也似伤离。物犹如此，而况于人乎？"

注释

①夙缘：前世的因缘。夙，旧有的。

译文

异史氏说："橘树果真与这个女子有前世的缘分吗？怎么这样巧啊。它的果实好像是对女子感恩似的，它不开花就像是因离别而感伤。植物尚且这样，更何况是人呢？"

颠道人[1]

颠道人，不知姓名，寓蒙山寺[2]。歌哭不常[3]，人莫之测，或见其煮石为饭者。

注释

①颠：同“癫”，精神错乱。

②蒙山：指山东蒙山，在山东中部，蒙阴县南。

③不常：不合常理，不正常。

译文

有个疯癫的道士，没人知道他姓什么叫什么。他寄住在蒙山的寺庙里。他有时唱有时哭，很不像正常人，谁也猜不透他，有人曾见他煮石头当饭吃。

会重阳，有邑贵载酒登临[1]，舆盖而往[2]，宴毕过寺，甫及门，则道人赤足着破衲[3]，自张黄盖，作警跸声而出[4]，意近玩弄。邑贵乃惭怒，挥仆辈逐骂之。道人笑而却走。逐急弃盖，共毁裂之，片片化为鹰隼，四散群飞。众始骇。盖柄转成巨蟒，赤鳞耀目。众哗欲奔，有同游者止之曰：“此不过翳眼之幻术耳[5]，乌能噬人！”遂操刃直前。蟒张吻怒逆，吞客咽之。

众骇，拥贵人急奔，息于三里之外。使数人逡巡往探，渐入寺，则人蟒俱无。方将返报，闻老槐内喘急如驴，骇甚。初不敢前，潜踪移近之，见树朽中空，有窍如盘。试一攀窥，则斗蟒者倒植其中，而孔大仅容两手，无术可以出之。急以刀劈树，比树开而人已死，逾时少苏，舁归。道人不知所之矣。

注释

①邑贵：县中富贵有权势的人。登临：登山临水，这里指登蒙山游览。

②舆 yú 盖：车舆与车盖，文中指乘车。

③破衲：破旧的僧衣。

④作警跸 bì 声：大声吆喝禁止通行。警跸，古代帝王出入时，于所经路途侍卫警戒，清道止行，谓之“警跸”。出为警，入为跸。

⑤翳 yì 眼之幻术：迷惑他人眼睛的幻术，即俗称的“障眼法”。翳，障蔽，遮蔽。

译文

一次正逢重阳佳节，本县有个贵人带着酒登山，乘坐着华丽的车子上山游玩。喝完了酒从寺庙前经过，刚到门前，只见疯癫道士光着脚穿着破道袍，自己撑着一把黄盖伞，学着给帝王清道的吆喝声从庙里出来，很像在嘲弄这位贵人。贵人羞惭恼怒，指挥着仆人们追赶辱骂道士。道士大笑，转身向后跑。仆人们追得紧了，道士便扔了他打的那把伞。仆人们一起上前撕破了伞，结果一片片伞布竟变成鹰隼，到处乱飞。众人这才害怕起来。伞柄转眼间又变成一条巨大的蟒蛇，红色的鳞片非常耀眼。众人喊叫着正要跑开，有一个同来游玩的人制止他们说："这不过是迷惑人眼的幻术罢了，哪能咬人？"说完持刀直奔蟒蛇。蟒蛇张着口愤怒地迎上来，把他吞进嘴里咽了下去。众人大惊，急忙护着那个贵人逃跑，跑到三里之外的地方才停下来歇息。又派好几个人小心翼翼地到寺庙去探察，派去的人悄悄走进寺庙，见道士和蟒蛇都不见了。刚要回去禀报，听到老槐树内有气喘如驴的声音，他们害怕极了。开始时不敢走近老槐树，后来悄悄隐蔽着靠近，见老槐树已经腐朽，中间空空的，洞口像盘子那么大。有一个人试着爬上去，往洞里一看，只见那个斗蟒蛇的人倒立在树洞之中，而洞口大小只能容两只手进入，没有办法把那人弄出来。急忙用刀劈树，等到把树劈开，那人已经昏死过去。过了一些时候，他才渐渐苏醒过来。众人把他抬回去。道士不知到哪里去了。

异史氏曰："张盖游山，厌气浃天骨髓[①]。仙人游戏三昧[②]，一何可笑！余乡殷生文屏，毕司农之妹夫也[③]，为人玩世不恭[④]。章丘有周生者[⑤]，以寒贱起家，出必驾肩而行⑥。亦与司农有瓜葛之旧⑦。值太夫人寿⑧，殷料其必来，先候于道，着猪皮靴，公服持手本⑨。俟周至，鞠躬道左，唱曰⑩：'淄川生员，接章丘生员！'周惭，下舆，略致数语而别。少间，同聚于司农之堂，冠裳满座⑪，视其服色，无不窃笑；殷傲睨自若⑫。既而筵终出门，各命舆马。殷亦大声呼：'殷老爷独龙车何在？'有二健仆，横扁杖于前⑬，腾身跨之。致声拜谢，飞驰而去。殷亦仙人之亚也⑭。"

注释

①厌气：令人厌恶的庸俗之气。浃 jiā：浸透。

②游戏三昧：佛教语，指排除杂念，使心神平静，也比喻事物的诀窍、精义。后指用游戏的态度对待一切。三昧，指"正定"，即不失定意。

③毕司农：即毕自严，淄川人，明代万历进士，官至户部尚书，故称他为毕司农。司农，户部尚书的别称。

④玩世不恭：不拘礼法，因对现实不满而采取的一种游戏的生活态度。

⑤章丘：县名，今属山东省济南市。

⑥驾肩：车驾和肩舆。肩，肩舆，轿子。

⑦瓜葛之旧：指远亲。瓜和葛都是蔓生的植物。原指纠缠、纠纷，现比喻辗转相连的亲戚关系或社

会关系。

⑧太夫人：此处是对毕司农母亲的尊称。

⑨着猪皮靴，公服持手本：脚上穿着猪皮靴，身穿生员服，手持拜见名帖。殷生这等装束，和后文跨扁杖而去，都是玩世不恭的恶作剧，意在嘲弄周生“以寒贱起家，出必驾肩而行”。

⑩唱：大声念诵。

⑪冠裳：官吏的全套礼服，这里是官吏的代称。

⑫傲睨自若：傲慢地斜眼看人，满不在乎的样子。

⑬扁杖：扁担。即殷生所谓的“独龙车”。

⑭亚：差不多，相似。

译文

异史氏说：“张起车盖游山，令人厌恶的俗气浸透了骨髓。仙人用游戏之心，超然自在地游化世间，相形之下，多么好笑啊！我的同乡殷文屏，是毕司农的妹夫，他为人玩世不恭。章丘有个周生，出身寒微，发家后出门必定要坐轿子。他也与毕司农是远亲。时值毕司农母亲过寿，殷生料定周生一定会来，先在道路边上等候，脚上穿着猪皮靴，身穿生员服，手持拜见名帖。等周生到了，殷生在路边一边鞠躬拜礼，一边唱道：‘淄川生员，接章丘生员！’周生惭愧地下了轿子，和他说了几句话就道别了。过了一会儿，来拜寿的人都聚在毕司农的堂下，满座都是官吏士绅，看到殷生的衣服颜色，无不窃笑，殷生则傲慢地斜眼看人，神态自如。过了一会儿，宴会结束，众人出门，各自吆喝着自己的车马。殷生也大声喊道：‘殷老爷的独龙车在哪里？’有两个身体健壮的仆人，把扁担横在前面，殷生跳起跨上了扁担。道声拜谢，然后飞驰而去。殷生也是类似仙人的人啊。”

宦娘

温如春，秦之世家也[①]。少癖嗜琴[②]，虽逆旅未尝暂舍。客晋[③]，经由古寺，系马门外，暂憩止。入则有布衲道人，趺坐廊间[④]，筇杖倚壁[⑤]，花布囊琴[⑥]。温触所好，因问："亦善此也？" 道人云："顾不能工[⑦]，愿就善者学之耳。" 遂脱囊授温，视之，纹理佳妙[⑧]，略一勾拨[⑨]，清越异常。喜为抚一短曲，道人微笑，似未许可[⑩]。温乃竭尽所长，道人哂曰："亦佳，亦佳！但未足为贫道师也。" 温以其言夸，转请之。道人接置膝上，裁拨动，觉和风自来；又顷之，百鸟群集，庭树为满。温惊极，拜请受业。道人三复之，温侧耳倾心，稍稍会其节奏。道人试使弹，点正疏节[⑪]，曰："此尘间已无对矣。" 温由是精心刻画[⑫]，遂称绝技。

注释

①秦：古地区名，指今陕西省中部一带地区。世家：世禄之家。后泛指世代贵显的家族或大家。

②癖嗜：癖好。

③客：客居，借宿。

④趺 fū 坐：佛教用语，"跏趺坐"的简称，双脚交迭而坐。

⑤筇 qióng 杖：筇竹杖。筇竹为我国西南地区特有

种，其竿节膨大，可做杖，因此称杖为“筇杖”。

⑥囊：名词用作动词，用袋子装。

⑦顾不能工：只是不能精通。顾，只是，但是。

⑧纹理：指琴身的漆刻花纹。

⑨勾拨：弹奏。“勾”“拨”都是弹琴的指法。

⑩许可：赞许认可。

⑪点正疏节：指点更正节奏不合之处。

⑫刻画：细致地摹画。这里指严格地按照节奏练琴。

译文

温如春，是陕西的一个世家子弟，从小酷爱弹琴，即使出门在外住在旅店里，也一刻离不开琴。一次，他外出到了山西，途中经过一个古寺，便把马拴在门外，进寺里休息。进了庙门，见一个穿着布袍的道士，盘腿坐在走廊里。道士的竹杖靠在墙上，花布袋子里装着一架古琴。温如春一看到琴就触动了自己的嗜好，于是就问道士：“您也会弹琴吗？”道士答：“弹得不好，愿意向行家学习讨教。”说着，就把琴从布袋子里取出来递给温如春。温如春接过来一看，只见琴的纹理精妙，试着勾拨了一下，声音非常清脆悠扬。温如春很高兴，为道士弹了一支曲子。道士微微一笑，似乎不太满意。温如春于是把自己拿手的本领都用上，弹奏了一番。道士笑着说：“还好，还好！但要做贫道的师傅还不够格啊！”温如春听他的口气很大，就请他也弹上几曲。道士把琴接过来放在膝上，才拨动了几下，就觉得和风徐来；又弹了一会儿，百鸟飞来，庭院里的树上都落满了。温如春非常惊奇，就拜道士为师，求道士教他。道士把刚才的曲子又重新弹了几遍，温如春细细地听，才稍微领会了曲子的节奏。道士让他试着弹，又加以指点引导，然后说："学会这些，在人间就没有对手了！"温如春从此精心钻研，成了身怀绝技的高手。

后归程，离家数十里，日已暮，暴雨莫可投止。路旁有小村，趋之，不遑审择[①]，见一门，匆匆遽入[②]。登其堂，阒无人[③]。俄一女郎出，年十七八，貌类神仙。举首见客，惊而走入。温时未偶，系情殊深。俄一老妪出问客，温道姓名，兼求寄宿。妪言："宿当不妨，但少床榻；不嫌屈体，便可藉藁[④]。"少旋以烛来，展草铺地，意良殷。问其姓氏，答云："赵姓。"又问："女郎何人？"曰："此宦娘，老身之犹子也。"温曰："不揣寒陋，欲求援系[⑤]，如何？"妪颦蹙曰："此即不敢应命。"温诘其故，但云难言，怅然遂罢。妪既去，温视藉草腐湿，不堪卧处，因危坐鼓琴，以消永夜。雨既歇，冒夜遂归。

注释

①遑 huáng：闲暇，空闲。审择：审察选择。

②遽 jù 入：急忙进去。

③阒 qù：寂静。

④藉藁 gǎo：用草铺在地上来代替床。藉，垫。藁，干草。

⑤不揣寒陋，欲求援系：自谦的说法。我不自量家境贫寒，想要攀附您家，结为姻亲。揣，揣度。寒陋，家境寒微简陋。援系，攀附。

译文

后来，温如春动身返乡，离家还有几十里时，天色已晚，又下起暴雨，一时找不到投宿的地方，看到路旁有个小村庄，就赶快跑过去。进村顾不得细看选择，见有一个门户，便急匆匆躲了进去。进了屋，寂静无人。一会儿，出来一个姑娘，年纪约十七八岁，长得像天仙般美丽。她抬头见有生人，吓得急忙退回去。温如春当时还没有娶亲，对这个姑娘产生了爱慕之情。这时，一位老妇人出来问他是什么人，温如春说了自己的姓名，并且要求借宿。老妇人说："在这里住宿是可以的，只是没有床铺，如不嫌委屈自己，可以用草搭个地铺。"不多一会儿，老妇人点了蜡烛来，又把草铺到地上，显得很热情。温如春问她姓什么，她回答说姓赵。温如春又问刚才那位姑娘是什么人，老妇人说："她叫宦娘，是我的侄女。"温如春说："我不自量，想要攀附高门结为婚姻，怎么样？"老妇人皱起眉头说："这件事却不敢答应你。”温如春问她为什么，老妇人只说难以对外人讲，他很失望，只好不再提了。老妇人走后，他看到铺草又潮又烂，没法睡觉，就端坐在那里弹琴，以度过漫漫长夜。雨停之后，温如春不等天明就起身回家了。

邑有林下部郎葛公[①]，喜文士，温偶诣之，受命弹琴。帘内隐约有眷客窥听[②]，忽风动帘开，见一及笄人，丽绝一世。盖公有一女，小字良工，善词赋，有艳名。温心动，归与母言，媒通之，而葛以温势式微不许[③]。然女自闻琴以后，心窃倾慕，每冀再聆雅奏；而温以姻事不谐，志乖意沮[④]，绝迹于葛氏之门矣。一日，女于园中拾得旧笺一折，上书《惜余春》词云[⑤]：“因恨成痴，转思作想，日日为情颠倒。海棠带醉，杨柳伤春，同是一般怀抱。甚得新愁旧愁，铲尽还生，便如青草。自别离，只在奈何天里，度将昏晓。今日个蹙损春山，望穿秋水，道弃已拚弃了！芳衾妒梦，玉漏惊魂，要睡何能睡好？漫说长宵似年，侬视一年，比更犹少：过三更已是三年，更有何人不老！”女吟咏数四，心悦好之。怀归，出锦笺，庄书一通置案间[⑥]，逾时索之不可得，窃意为风飘去。适葛经闺门过，拾之；谓良工作，恶其词荡[⑦]，火之而未忍言[⑧]，欲急醮之[⑨]。临邑刘方伯之公子[⑩]，适来问名[⑪]，心善之，而犹欲一睹其人。公子盛服而至，仪容秀美。葛大悦，款延优渥⑫。既而告别，坐下遗女舄一钩⑬。心顿恶其儇薄⑭，因呼媒而告以故。公子亟辩其诬，葛弗听，卒绝之。

注释

①林下部郎：退隐山林的部郎。林下，山林之下，归林是古时官员退休的雅称。部郎，中央六部中的郎中、员外郎，是朝廷高官。

②眷客：女眷宾客。

③势：家势。式微：衰微，衰落。式，语气词，无意义。

④志乖意沮：愿望未能实现，心情沮丧。乖，违背。

⑤《惜余春》词：此词收入《聊斋词集》，主旨是写少女的“春怨”。

⑥庄书一通：端端正正地写了一遍。

⑦荡：淫荡，放荡。

⑧火之：“因之火”，为这件事恼火。

⑨醮 jiào 之：把她嫁出去。醮，古时冠礼、婚礼所行的一种简单仪式，尊者对卑者酌酒，卑者接受敬酒后饮尽，不需回敬。

⑩方伯：殷、周时代一方诸侯之长。后泛称地方长官。

⑪问名：古时婚礼六礼之一，指求婚。“问名”之礼最早见于《仪礼》中：“婚有六礼，纳采、问名、纳吉、纳征、请期、亲迎。”问名是男家行纳采礼

后，再托媒人询问女方的名字和出生年月及时辰，以便男家卜问，决定成婚与否，吉凶如何。

⑫款延：设宴款待。

⑬舄 xì：双层木底鞋，古时最尊贵的鞋，多为帝王大臣穿着。

⑭儇 xuān 薄：轻浮，慧黠。

译文

县里有个退休在家的葛部郎，很喜欢文人雅士。温如春有一次去拜访他，他请温如春弹奏几曲。温如春弹琴时，见帘幕后隐约有个女子在偷听。忽然，一阵风吹开帘子，出现一个十六七岁的姑娘，貌美无双。原来葛公有个女儿，乳名叫良工，善填词作赋，是当地有名的美人。温如春动了爱慕之心，回家后跟母亲说了，母亲便请媒人前去提亲，但葛公嫌温家家境破落，没有应承。而女儿良工自从听了温如春的弹奏之后，心里暗暗倾慕，时常盼望再次聆听那美妙的琴声。而温如春因为亲事不成，心灰意懒，再也不登葛家的大门了。一天，良工在花园里拾到一张旧信笺，上面写着一首题为《惜余春》的诗词："因恨成痴，转思作想，日日为情颠倒。海棠带醉，杨柳伤春，同是一般怀抱。甚得新愁旧愁，铲尽还生，便如青草。自别离，只在奈何天里，度将昏晓。今日个蹙损春山，望穿秋水，道弃已拚弃了！芳衾妒梦，玉漏惊魂，要睡何能睡好？漫说长宵似年，侬视一年，比更犹少：过三更已是三年，更有何人不老！”良工把诗词吟诵了三四遍，心里很喜欢，便把诗笺收入怀中，带回屋里，又取出精致华美的信笺，认真地抄了一遍，放在书案上。过些时候，这张信笺却再也找不到了，良工心想也许被风吹走了吧。正巧，葛公从良工闺房门口经过，捡到了这张锦笺，以为是良工写的词，厌恶词句轻佻，就将它烧了，但也没忍心责怪女儿，便打算把良工赶快嫁出去。这时，临县刘布政的公子正好派人来提亲，葛公很高兴，但还想亲眼见见这位公子。刘公子盛装前来，长得大方英俊，葛公非常满意，对公子热情款待。在公子告别之后，在他的座位下却丢着一只绣花女鞋。葛公顿时憎恶刘公子的轻薄行径，于是把媒人叫来，讲到这件事。刘公子一再替自己辩解，葛公不听，于是回绝了刘公子的求亲。

先是，葛有绿菊种，吝不传，良工以植闺中。温庭菊忽有一二株化为绿，同人闻之，辄造庐观赏，温亦宝之。凌晨趋视，于畦畔得笺写《惜余春》词，反覆披读，不知其所自至。以“春”为己名，益惑之，即案头细加丹黄[①]，评语亵嫚[②]。适葛闻温菊变绿，讶之，躬诣其斋，见词便取展读。温以其评亵，夺而挼莎之[③]。葛仅读一两句，盖即闺门所拾者也。大疑，并绿菊之种，亦猜良工所赠。归告夫人，使逼诘良工。良工涕欲死，而事无验见，莫有取实。夫人恐其迹益彰，计不如以女归温。葛然之，遥致温，温喜极。是日招客为绿菊之宴，焚香弹琴，良夜方罢④。既归寝，斋童闻琴自作声，初以为僚仆之戏也⑤，既知其非人，始白温。温自诣之，果不妄。其声梗涩⑥，似将效己而未能者。爇火暴入⑦，杳无所见。温携琴去，则终夜寂然。因意为狐，固知其愿拜门墙也者⑧，遂每夕为奏一曲，而设弦任操若师，夜夜潜伏听之。至六七夜，居然成曲，雅足听闻。

注释

①细加丹黄：细致地批注评语。丹黄，旧时点校书籍用朱笔书写，遇误字，涂以雌黄，故称点校文字的丹砂和雌黄为丹黄。

②亵嫚 màn：即“亵慢”，轻慢，不庄重。

③挼莎 ruó suō：亦作“挼挲”，揉搓，搓摩。

④良夜：深夜。

⑤僚仆：仆人的同伴。

⑥梗涩：迟钝，滞涩。梗，阻碍，阻塞。

⑦爇ruò火暴入：点上火突然涌入。爇，烧。暴，突然。

⑧拜门墙：意为拜师。门墙，指师长之门。

译文

原先，葛公家种有一种绿色的菊花，珍藏着不外传。良工把这种绿菊花养在她的闺房里。这时，温如春家院子里有一两棵菊花忽然变成了绿色，朋友们听到这个消息，就上门来观赏，温如春也视其为珍宝。一天早晨，温如春去看菊花，在花畦边捡到一张写有《惜余春》词的信笺，反复读了几遍，却不知道是从哪里来的。因为“春”字正合自己的名字，就更加感到奇怪，便拿到书桌上详加评点，评语写得轻薄放荡。葛公听说温如春家的菊花变成了绿色，觉得很奇怪，便亲自到温家来探访，看到桌上的诗笺，便拿起来读。温如春觉得自己的评语有些不雅，伸手夺过来揉成一团。葛公只看到一两句，认出了正是在良工房门口拾到的那篇《惜余春》词，心中大疑，进而连温如春的绿菊，也疑心是女儿良工赠送的。葛公回家把这些事告诉夫人，叫夫人逼问良工。良工感到委屈，哭着要寻死。这事没有见证，无法辨别真假。夫人也担心这事传扬出去名声不好，盘算着不如把女儿嫁给温生。葛公表示同意，就叫人将此意转告给温如春。温如春喜出望外。这天，温如春遍请亲友参加观赏绿菊的宴会，焚香弹琴，直到深夜才结束。回房睡下后，书童听到古琴自己作声，开始还以为是别的仆人弹着玩的，可仔细看琴旁并没人，这才向温生报告。温如春亲自到书房外察看，确实是琴不弹自响。那琴声生硬而不流畅，好像是想学自己的弹法，可又没有学会。温如春点起火突然闯进去，房里空无一人。温如春便将琴带回自己的卧室，那琴一夜没有再发出声响。温如春认为是狐仙弹奏的，猜它是想拜自己为师学习弹琴。于是他就每晚弹奏一曲，然后将琴摆放原处任其弹拨，温如春则夜夜藏在暗处偷听。过了六七个夜晚，那琴声已经能够连贯成曲，听起来很悦耳了。

温既亲迎[①]，各述曩词，始知缔好之由，而终不知所由来。良工闻琴鸣之异，往听之，曰："此非狐也，调凄楚，有鬼声。"温未深信。良工因言其家有古镜，可鉴魑魅[②]。翌日，遣人取至，伺琴声既作，握镜遽入；火之，果有女子在，仓皇室隅，莫能复隐，细审之，赵氏之宦娘也。大骇，穷诘之。泫然曰[③]："代作蹇修[④]，不为无德，何相逼之甚也？"温请去镜，约勿避，诺之。乃囊镜。女遥坐曰："妾太守之女，死百年矣。少喜琴筝，筝已颇能谙之[⑤]，独此技未能嫡传[⑥]，重泉犹以为憾[⑦]。惠顾时，得聆雅奏，倾心向往；又恨以异物不能奉裳衣[⑧]，阴为君胸合佳偶[⑨]，以报眷顾之情。刘公子之女舄，《惜余春》之俚词，皆妾为之也。酬师者不可谓不劳矣。"夫妻咸拜谢之。宦娘曰："君之业[⑩]，妾思过半矣[⑪]，但未尽其神理，请为妾再鼓之。”温如其请，又曲陈其法[12]。宦娘大悦曰：“妾已尽得之矣！”乃起辞欲去。良工故善筝，闻其所长，愿以披聆[13]。宦娘不辞，其调其谱，并非尘世所能。良工击节，转请受业。女命笔为绘谱十八章，又起告别。夫妻挽之良苦，宦娘凄然曰：“君琴瑟之好[14]，自相知音[15]；薄命人乌有此福。如有缘，再世可相聚耳。”因以一卷授温曰：“此妾小像。如不忘媒妁，当悬之卧室，快意时，焚香一炷，对鼓一曲，则儿身受之矣[16]。”出门遂没。

注释

①亲迎：古代婚礼“六礼”中的第六礼，俗称“迎亲”，新婿亲往女家迎娶新娘的仪式。通常是男家将婚期通知女家后，到成婚日，由新郎亲自到女家迎接新娘，也有由男家派遣迎亲队伍迎娶，新郎在家等候。

②鉴：原意是镜子，这里名词用作动词，指用镜子照见。魑魅 chīmèi：传说中能害人的怪物。也泛指鬼怪。

③泫 xuàn 然：流泪的样子。亦指流泪。

④蹇 jiǎn 修：媒人的代称。传说蹇修是伏羲的臣子，《离骚》曾谓“吾令蹇修以为理”，意思是派蹇修为媒以通辞理。后因称媒人为“蹇修”。

⑤谙：熟悉，精通。

⑥嫡传：正传，真传。嫡，正宗，正统。

⑦重 chóng 泉：即九泉，指地下。

⑧异物：指死亡的人。奉裳衣：指伺候生活起居，即嫁为人妇。

⑨[illegible]合：撮合。肳，即“吻”的借字。

⑩业：学业，这里指琴艺。

⑪思过半矣：大部分已能领悟了。

⑫曲陈：婉转详尽地述说。曲，婉转。

⑬披聆：认真聆听。

⑭琴瑟之好：比喻夫妇间感情和谐。

⑮知音：相传古代伯牙善鼓琴，钟子期善听琴，能从伯牙的琴声听出他的心意。后因以知音比喻知己。

⑯儿：古时年轻女子的自称。

译文

温如春成亲之后，和良工谈起之前那篇《惜余春》词，才明白他们之所以能够成亲的原因，可始终不知道那首词是从哪里来的。良工听到琴能自鸣的奇事，就去听了一次，说：“这不是狐仙，弹奏的曲调凄楚哀怨，有鬼气。”温如春不太相信，良工说她家有面古镜，可照出鬼怪的原形。第二天良工派人去取了来，等琴自己响起来时，温如春握着镜子突然闯进书房，用灯火一照，果然有个女子在，只见她张皇失措地躲在房内一角，再也藏不住了。温如春仔细一看，原来是之前避雨时遇见的那位赵家宦娘。温如春大为惊奇，就追问她是怎么回事。宦娘流着眼泪说："替你们当媒人，不能说对你们不好吧，为什么这样苦苦地逼我呢？"温如春收起镜子，要宦娘不要再躲避，宦娘答应下来，温如春就把古镜装进镜袋。宦娘远坐一旁，说："我是太守的女儿，已经死了一百年，从小就喜欢琴和筝，筝已经颇为熟练，但琴还没有得名师指点，所以在九泉之下，仍感遗憾！那次你冒雨光顾我家，听到你的琴声，我十分倾慕，只恨自己是死去的人，不能和你结成伴侣，所以暗地里设法帮助你们二人结成美好姻缘,来报答你对我的眷恋之情。刘公子座下的那只绣鞋，还有那篇《惜余春》词，都是我做的事，我报答老师不能说不尽心了。"温如春夫妇听了她的话，都非常感激地拜谢她。宦娘又对温如春说："你的琴艺，我能领会多半，可是还没有参透其中的神韵，请你再为我弹一次吧！"温如春答应了，一面教她弹琴，一面讲解要义。宦娘特别高兴，说："我已经全部领会了！"说着起身要告辞。良工原本也喜欢弹筝，得知宦娘擅长弹筝，就想听她弹一曲，宦娘答应了。宦娘弹的声调和曲谱好极了，都不是人间能够听到的。良工边听边打着拍子赞叹，并请求向她学习。宦娘执笔写了十八章曲谱后，又起身告辞，温如春夫妇极力挽留她。宦娘悲切地说："你们夫妻俩多么幸福，相知相惜，我这个苦命人哪有这样的福气！如果有缘，只能下辈子相见了。”说着她将一卷画像交给温如春，说：“这是我的肖像，若是你不忘媒人，可以挂在卧室里，高兴时点上一炷香，对着我的画像演奏一曲，那我就如同亲自领受了！”说罢，宦娘走出房门，很快就消失不见了。

卷八

画　马

临清崔生[①]，家屡贫[②]，围垣不修[③]。每晨起，辄见一马卧露草间，黑质白章[④]；惟尾毛不整，似火燎断者。逐去，夜又复来，不知所自。崔有好友官于晋，欲往就之，苦无健步[⑤]，遂捉马施勒乘去，嘱家人曰："倘有寻马者，当如以告。"既就途，马骛驶[⑥]，瞬息百里。夜不甚啖刍豆[⑦]，意其病。次日紧衔不令驰[⑧]，而马蹄嘶喷沫，健怒如昨。复纵之，午已达晋。时骑入市廛，观者无不称叹。晋王闻之，以重直购之。崔恐为失者所寻，不敢售。

注释

①临清：县名，今山东省临清市。

②屡贫：贫穷，贫陋。

③围垣：围墙。

④黑质白章：黑皮毛上有白花纹。章，花纹。

⑤健步：行走快而有力的代步坐骑，如马、骡之类。步，代步的坐骑。

⑥骛 wù 驶：纵横奔驰。

⑦啖 dàn：同"啖"，吃。刍 chú 豆：草和豆，牲口食用的草料。刍，草。

⑧紧衔：拉紧马嚼子。衔，马嚼子。

译文

山东临清县有个崔生，家中贫穷简陋，院墙破败不堪。崔生每天早晨起来，总看见一匹马躺在草丛中，黑皮毛，白花纹，只是尾巴上的毛长短不齐，像是被火燎断的。崔生把它赶走，夜里又再回来，不知是从哪里来的。崔生有一位好友在山西做官，他想去投奔他，苦于没有马匹，就把这匹马捉来拴上缰绳骑着去。他临行前嘱咐家人说：“如果有找马的来，就说我骑着去山西了。”崔生于是骑马上路。马一路疾驰，瞬间就跑了一百多里路。到了夜里，马也不大吃草料，崔生以为它累病了，第二天就拉紧马嚼子，不让它快跑，但马却奋蹄嘶叫，口喷着沫，同昨天一样雄健。崔生便任它奔驰，中午便到达了山西。此后，崔生便经常骑着马到集市上，看到的人无不称赞。晋王听到消息，要用高价买下这匹马。崔生怕丢马的人来找，不敢卖。

居半年，无耗[①]，遂以八百金货于晋邸，乃自市健骡归。后王以急务，遣校尉骑赴临清[②]。马逸[③]，追至崔之东邻，入门不见。索诸主人，主曾姓，实莫之睹。及入室，见壁间挂子昂画马一帧[④]，内一匹毛色浑似，尾处为香炷所烧，始知马，画妖也。校尉难复王命，因讼曾。时崔得马资，居积盈万，自愿以直贷曾，付校尉去。曾甚德之，不知崔即当年之售主也。

注释

①无耗：没有消息，没有音信。耗，消息。

②校尉：武官名。校，军事编制单位。尉，军官。

③马逸：马因受惊而逃跑。

④子昂：赵孟頫（1254—1322），字子昂，号松雪道人，吴兴（今浙江湖州）人。元代著名画家。

译文

过了半年，也没人来找马，崔生就以八百两银子将马卖给晋王府，自己又从集市上买了一匹健壮的骡子回家。后来晋王因为有急事，派遣校尉骑着这匹马去临清。刚到临清，马便自己跑了，校尉追到崔生东邻家，进了门，却不见马，便向主人索要。主人姓曾，说确实没有看见这匹马。等进到主人的房里，看见墙壁上挂着赵孟頫的一幅画马图，其中一匹毛色很像那匹马，尾巴上的毛被香头烧了一点，这才知道，那匹马原来是画上的马成妖了。校尉因为难复王命，就告了姓曾的。这时崔生因以卖马的钱作投资，家中已积金数万，自愿借钱给姓曾的，姓曾的于是把钱交付校尉回去复命。姓曾的很感激崔生的恩德，却不知道崔生就是当年卖马的人。

梦　狼

白翁，直隶人[①]。长子甲，筮仕南服[②]，二年无耗。适有瓜葛丁姓造谒，翁款之。丁素走无常[③]。谈次，翁辄问以冥事[④]，丁对语涉幻，翁不深信，但微哂之[⑤]。

注释

①直隶：中国旧省名。

②筮 shì 仕南服：在南方做官。筮，用蓍草占卜。古人出外做官，必先占卜吉凶，后因称入官为“筮仕”。南服，古代王畿外围，每五百里为一区划，按距离远近分为五等地带，称为五服，因称南方为南服。

③走无常：旧时迷信所谓当阴差，就是冥间利用活人的生魂来为冥间做事。

④冥事：阴间的事情。

⑤哂 shěn：嘲笑，讥笑。

译文

白翁，是河北人。大儿子白甲，在江南做官，已经两年没有消息。正巧有位姓丁的远亲，来他家拜访，白翁设宴招待他。这位姓丁的平日常到阴间地府中当差。谈话间，白翁问他阴间之事，丁某对答了些虚幻不着边际的话，白翁听了，也不怎么相信，只是微微一笑罢了。

别后数日，翁方卧，见丁又来，邀与同游。从之去，入一城阙，移时，丁指一门曰："此间君家甥也。"时翁有姊子为晋令，讶曰："乌在此？"丁曰："倘不信，入便知之。"翁入，果见甥，蝉冠豸绣坐堂上[①]，戟幢行列[②]，无人可通[③]。丁曳之出，曰："公子衙署，去此不远，亦愿见之否？"翁诺。少间至一第，丁曰："入之。"窥其门，见一巨狼当道，大惧不敢进。丁又曰："入之。"又入一门，见堂上、堂下，坐者、卧者，皆狼也。又视墀中，白骨如山，益惧。丁乃以身翼翁而进[④]。公子甲方自内出，见父及丁，良喜。少坐，唤侍者治肴蔌[⑤]。忽一巨狼，衔死人入。翁战惕而起[⑥]，曰："此胡为者？"甲曰："聊充庖厨[⑦]。"翁急止之。心怔忡不宁，辞欲出，而群狼阻道。进退方无所主，忽见诸狼纷然嗥避，或窜床下，或伏几底。错愕不解其故[⑧]，俄有两金甲猛士努目入，出黑索索甲[⑨]。甲扑地化为虎，牙齿巉巉[⑩]，一人出利剑，欲枭其首[⑪]。一人曰："且勿，且勿，此明年四月间事，不如姑敲齿去。"乃出巨锤锤齿，齿零落堕地。虎大吼，声震山岳。翁大惧，忽醒，乃知其梦。

注释

①蝉冠豸 zhì 绣：此处指穿着官服。蝉冠，汉代侍从官所戴的冠。上有蝉饰，并插貂尾，故亦称貂蝉冠，后泛指高官。豸绣，古时监察、执法官所穿的绣有獬豸图案的官服。官服绣有獬豸图案，象征公正无私，为御史和其他司法官员的服饰。

②戟幢 chuáng 行列：指成行排列于堂前的仪仗。幢，古时作为仪仗用的以羽毛为饰的旌旗。

③无人可通：指官仪威严，私人情谊无人转达。

④翼：遮盖，掩护。

⑤肴蔌 sù：鱼肉与菜蔬，指菜肴。

⑥战惕：惊悸恐惧的样子。

⑦聊充庖厨：暂且供厨房使用。庖厨，厨房。

⑧错愕：仓促间感到惊愕。

⑨黑索：官府捆绑犯人用的绳索。

⑩巉 chán 巉：形容山势峭拔险峻。

⑪枭 xiāo 其首：斩下他的头。枭首，古代一种酷刑，砍下人头挂在城门上示众。

译文

丁某离开后没几天，一天白翁刚躺下，见丁某又来了，邀请白翁一块儿去游历。白翁跟他去了。进了一座城门，又走了一会儿，丁某指着一扇大门说："这里是您外甥的官署。”当时，白翁姐姐的儿子在山西当县令。白翁惊讶地问：“怎么在这里？”丁某说：“如果你不信，就进去看个明白。”白翁进了大门，果然见外甥坐在大堂上，头戴饰有蝉纹的帽子，身穿绣有獬豸图案的官服，手持门戟、打着旌旗的卫士列于两旁，但没有人给他通报。丁某拉他出来，说：“你家公子的衙署，离这里不远，想去看看吗？”白翁答应了。走了不多一会儿，来到一座官府门前，丁某说：“进去吧。”白翁探头向里一看，有一只巨狼挡在路上，他很畏惧，不敢进去。丁某说：“进去。”白翁又进了一道门，见堂上、堂下，坐着的、躺着的，都是狼。再看堂屋前的高台上，白骨堆积如山，白翁更加畏惧。丁某以自己的身体掩护着白翁走进去。这时，白翁的公子白甲正好从里面出来，见父亲与丁某到来，很高兴，把他们请到屋里坐了一会儿，便让侍从准备饭菜。忽然，一只狼叼着一个死人跑进来，白翁战战兢兢地站起来说：“这是干什么？”儿子白甲说：“暂且对付着做几个菜。”白翁急忙制止他。白翁心里惶恐不安，想告辞回去，一群狼挡住去路。正进退两难时，忽见群狼纷纷嗥叫着四散奔逃，有的蹿到床底，有的趴伏在桌上。白翁很惊异，不明白这是什么缘故。一会儿，有两个身着黄金铠甲的猛士瞪着眼睛闯进来，拿出黑色的绳索把白甲捆起来。白甲扑倒在地上，变成一只牙齿锋利的老虎。一个猛士拔出利剑，想砍下老虎的脑袋，另一个猛士说：“别砍，别砍，这是明年四月间的事，不如暂且敲掉它的牙齿。”于是，就拿出大铁锤敲击老虎的牙齿，牙齿一颗颗掉在地上。老虎痛得大吼，声音震得地动山摇。白翁大为恐惧，忽然被吓醒，才知道是做了一个梦。

心异之，遣人招丁，丁辞不至。翁志其梦，使次子诣甲，函戒哀切。既至，见兄门齿尽脱，骇而问之，醉中坠马所折，考其时，则父梦之日也，益骇。出父书，甲读之变色，间曰："此幻梦之适符耳，何足怪？"时方赂当路者[①]，得首荐[②]，故不以妖梦为意。弟居数日，见其蠹役满堂[③]，纳贿关说者中夜不绝，流涕谏止之。甲曰："弟日居衡茅[④]，故不知仕途之关窍耳[⑤]。黜陟之权[⑥]，在上台不在百姓[⑦]。上台喜，便是好官；爱百姓，何术能令上台喜也？"弟知不可劝止，遂归告父，翁闻之大哭。无可如何，惟捐家济贫，日祷于神，但求逆子之报[⑧]，不累妻孥[⑨]。

注释

①当路者：即当道者，指掌权的人物。

②得首荐：取得优先荐举，获得擢升的资格。荐，荐举，指保举调京考选。明清时代每三年考察外官政绩，称为“大计”。大计优异者，荐举擢升新职。

③蠹役：害民的差役，对衙门差役的贬称。蠹，蛀

食木头的虫子，比喻枉法敛财的官吏。

④衡茅：衡门茅舍，平民居住的简陋房屋。衡门，横木做的门。

⑤关窍：道教医学内丹学用语，指内气运行的关节孔窍，这里指诀窍。

⑥黜陟zhì：指人才的进退，官吏的升降。陟，擢升。

⑦上台：升官。

⑧逆子之报：指白甲应该得到的报应。逆子，蔑称，忤逆之子。报，报应，果报。

⑨妻孥nú：妻子和儿女。

译文

白翁心里总觉得这个梦很古怪，就派人去把丁某请来，丁某推辞不来。白翁把自己的梦记下来，让次子送到白甲做官的府邸，信中劝诫白甲的言词沉痛悲切。次子到白甲处，见白甲门牙都掉了，惊骇地问他，白甲说是因为喝醉酒从马上掉下来磕掉的。细问时间，正是父亲做梦的日子，更加惊骇。他把父亲写的信拿出来，白甲读完信后脸色大变，略沉思了一会儿说："梦是虚幻的，这只是偶然的巧合，有什么值得大惊小怪的？"当时，白甲正在贿赂当权的长官，得到优先举荐的机会，所以并不在意这个稀奇的梦。弟弟在白甲的府邸中住了几天，见满堂都是贪赃枉法之徒，行贿通关节的人，到深夜也不间断。弟弟流着泪劝谏白甲不要再这样干了，白甲说：

“弟弟你自小居住在乡间土墙茅屋中，所以不了解官场的诀窍啊。官吏升降的大权，是在上司的手里，而不是在老百姓手里。上司喜欢你，你就是好官；你爱护百姓，有什么法子能使上司喜欢呢？”弟弟知道没有办法劝阻白甲，就回到家里，把白甲的行为告诉了父亲。白翁听后，大哭一场，没有别的法子可想，只有将家中的财产捐献出来周济贫苦的人，天天向神灵祈祷，只求老天对逆子的报应，不要牵累到他的妻子儿女。

次年，报甲以荐举作吏部[①]，贺者盈门；翁惟欷歔，伏枕托疾不出。未几，闻子归途遇寇，主仆殒命。翁乃起，谓人曰：“鬼神之怒，止及其身，祐我家者不可谓不厚也。”因焚香而报谢之。慰藉翁者，咸以为道路讹传，惟翁则深信不疑，刻日为之营兆[②]。而甲固未死。先是，四月间，甲解任[③]，甫离境，即遭寇，甲倾装以献之。诸寇曰：“我等来，为一邑之民泄冤愤耳，宁专为此哉！”遂决其首。又问家人：“有司大成者谁是？”司故甲之腹心，助纣为虐者[④]。家人共指之，贼亦杀之。更有蠹役四人，甲聚敛臣也[⑤]，将携入都。并搜决讫，始分资入囊，骛驰而去。

注释

①作吏部：这里指做吏部属官。

②营兆：营葬，寻找墓葬之地。兆，墓地。

③解任：卸任，这里指解除原官上调。

④助纣为虐：比喻帮助坏人干坏事。纣，商末暴君，后以喻坏人。为，做。虐，暴行。

⑤聚敛臣：帮助长官搜刮百姓钱财的帮凶。臣，奴仆。

译文

第二年，有人传说白甲被推荐到吏部做官，前来祝贺的人挤满门庭，白翁长吁短叹，躺在床上推说有病，不再出门。不久，又传闻白甲在回家的路上遇到强盗，与仆从都已丧生。白翁这才起来，对人说："鬼神的暴怒，只殃及到他自己，保佑我全家的恩德不能说不厚。"白翁就烧香感谢神灵。来安慰白翁的人，都说这是道听途说的消息，但白翁却深信不疑，并定下日期为白甲营造坟墓。可是白甲并没有死，原来四月间，白甲离任调往京都，刚离开县境，就遇到强盗。白甲把携带的行装全部献出来，众强盗说："我们到这里来，是为全县百姓中冤泄愤的，哪里是专为这些财物而来！"接着就砍下了白甲的脑袋。又问白甲的随从及家人："有个叫司大成的是哪一个？"司大成是白甲的心腹，专帮他干坏事。家人都指着那个叫司大成的人，强盗们也把他杀了。还有四个贪婪的衙役，是为白甲搜刮百姓钱财的爪牙，白甲准备带他们到京城，强盗们也把他们从仆从中找出来杀了，然后才把白甲的不义之财分了带到身上，骑马飞驰而去。

甲魂伏道旁，见一宰官过，问：“杀者何人？”前驱者曰：“某县白知县也。”宰官曰：“此白某之子，不宜使老后见此凶惨，宜续其头。”即有一人掇头置腔上，曰：“邪人不宜使正，以肩承颔可也[①]。”遂去。移时复苏。妻子往收其尸，见有余息，载之以行；从容灌之，亦受饮。但寄旅邸，贫不能归。半年许，翁始得确耗，遣次子致之而归。甲虽复生，而目能自顾其背，不复齿人数矣。翁姊子有政声，是年行取为御史[②]，悉符所梦[③]。

注释

①以肩承颔 hàn：用肩部承接下巴，让他的头和脸侧向一边。

②行取：明制，地方官知县、推官，科目出身三年考满者，经地方高级官员保举和考选，由吏部、都察院协同授职，称为“行取”。优者授给事中，次御史，再次各部官职。清初沿袭，并规定每三年一次，各省有定额。

③悉符所梦：指前面梦到他的外甥“蝉冠豸绣”，如今果然补投御史，所以说是“悉符所梦”。

译文

白甲的魂魄伏在路边，见一位官员从这里经过。官员问道："被杀的这个人是谁？"走在前边开路的人说："是某县的白知县。"官员说："这是白翁的儿子，不应该让他这么大年纪见到这样凶残悲惨的景象，应当把死者的头再接上。"立即有一个随从把白甲的头安上，并且说："这种邪恶之人，不应该让他的头端正，让他用肩托着下巴就行了。"他们安上头就都走了。过了一会儿，白甲苏醒过来。妻子去收拾他的尸体，见他还有一丝气息，就把他用车子拉走，慢慢地给他灌点汤水，他也能咽下去。只是住在旅店中，穷得连路费都没有。半年多后，白翁才得知儿子的确切消息，就派次子去把他接回来。白甲虽说是死而复生了，但两只眼睛只能看到自己的脊背，人们都不拿他当人看待。白翁姐姐的孩子从政声望很好，这一年被提拔为御史。这些都和白翁梦中所见完全相符。

异史氏曰："窃叹天下之官虎而吏狼者，比比也[①]。即官不为虎，而吏且将为狼，况有猛于虎者耶[②]！夫人患不能自顾其后耳；苏而使之自顾，鬼神之教微矣哉[③]！"

注释

①比比：到处皆是。

②猛于虎：比虎还要凶猛。这里指贪吏甚至比贪官凶狠。

③微矣哉：多么微妙啊！微，精妙，幽深。

译文

异史氏说："我私下里感叹天下如虎狼般残暴的官吏到处都是。即使官员不像老虎一般凶恶，小吏也会像狼一般狠毒，何况有的官吏比老虎还要凶狠！人的问题就在于不能预料到自己的将来，让白甲复活后，还让他能看到自己的未来，鬼神的指教多么微妙啊！"

邹平李进士匡九[①]，居官颇廉明。常有富民为人罗织[②]，门役吓之曰："官索汝二百金，宜速办；不然，败矣！"富民惧，诺备半数。役摇手不可，富民苦哀之，役曰："我无不极力，但恐不允耳。待听鞫时，汝目睹我为若白之，其允与否，亦可明我意之无他也。"少间，公按是事[③]。役知李戒烟，近问："饮烟否？"李摇其首。役即趋下曰："适言其数，官摇首不许，汝见之耶？"富民信之，惧，许如数。役知李嗜茶，近问："饮茶否？"李颔之。役托烹茶，趋下曰："谐矣！

适首肯，汝见之耶？”既而审结，富民果获免，役即收其苞苴[④]，且索谢金[⑤]。呜呼！官自以为廉，而骂其贪者载道焉。此又纵狼而不自知者矣[⑥]。世之如此类者更多，可为居官者备一鉴也。

注释

①邹平：县名，在今山东省。

②为人罗织：被人诬陷。罗织，编造罪名陷害。

③按：审问，审讯。

④苞苴jū：包装鱼肉等用的草袋，后指馈赠的礼物，这里指行贿的财物。

⑤谢金：酬谢的钱财。

⑥纵狼：比喻放纵差役小吏作恶。

译文

邹平县进士李匡九，为官廉洁清正。当时，常有富人被人罗织罪状诬陷。一次，一个差役讹诈被抓来的富人说：“县太爷要你交二百两银子，赶快送来，不然，你的官司就要输了！”富人很害怕，答应给一半。差役摆摆手说不行，富人向他哀求，差役说：“这事不是我不尽力，怕的是县太爷不同意。到听审时，我当堂给你讲讲情。你可亲眼看看他是否允许，这样你也就明白我的一片苦心了。”过了一会儿，李匡九开始审理这个案件。差役心知李匡九最近戒烟，故意走到近前，低声问他要不要吸烟。李匡九摇摇头表示不吸。差役便走到富人跟前说："我禀报说你出白银一百两，他摇头不答应，这你亲眼看见了吧？"富人相信了他的鬼话，很害怕，就答应给二百两银子。差役知道李匡九爱喝茶，就靠近问道："冲点茶吧？"李匡九点点头。差役托着泡好的茶走到堂下对富人说："成了。刚才老爷点头同意，你亲眼看见了吧！"后来案子结了，富人果然无罪释放。这位差役不但收到二百两银子，还得到额外的谢金。唉，做官者自以为为政清廉，而骂他们贪婪的大有人在。这就是自己放纵差役如豺狼般去作恶，而自己还稀里糊涂不自知啊。世上这种糊涂官很多，这件事可为当官者提供一个借鉴啊。

图书在版编目（CIP）数据

聊斋志异译注 /（清）蒲松龄著；宋欣然译注．—北京：北京联合出版公司，2015.7（2023.8重印）

ISBN 978-7-5502-3871-8

Ⅰ.①聊… Ⅱ.①蒲… ②宋… Ⅲ.①笔记小说－中国－清代②《聊斋志异》－译文③《聊斋志异》－注释 Ⅳ.①I242.1

中国版本图书馆CIP数据核字（2015）第143339号

聊斋志异译注

作　　者：(清) 蒲松龄
译　　注：宋欣然
出 品 人：赵红仕
选题策划：梁明德　邵鹏军
责任编辑：王　巍
特约编辑：周正朗
封面设计：格林文化
版式设计：格林文化

北京联合出版公司出版
(北京市西城区德外大街83号楼9层　100088)
天津丰富彩艺印刷有限公司　新华书店经销
字数155千字　960毫米×640毫米　1/16　印张24.25
2015年9月第1版　2023年8月第3次印刷
ISBN 978-7-5502-3871-8
定价：56.00元